Carola Clasen
Nirgendwo in der Eifel

Seit 1998 schreibt **Carola Clasen** Kriminalromane, die in der Eifel spielen. Auch mit ihren Kurzgeschichten und Lesungen hat Carola Clasen sich einen Namen in der Region gemacht. Die »Queen of Eifel-Crime« ist Mitglied im Syndikat, lebt und arbeitet in Hürth.

Carola Clasen

# Nirgendwo in der Eifel

KBV EDITION EYFALIA

Originalausgabe

www.kbv-verlag.de
E-Mail: info@kbv-verlag.de
Telefon: 0 65 93 - 998 96-0
Fax: 0 65 93 - 998 96-20
Umschlagillustration: Ralf Kramp
unter Verwendung von: © lassedesignen - www.fotolia.de
Druck: Aalexx Buchproduktion GmbH, Großburgwedel
Printed in Germany
ISBN 978-3-942446-74-7

»Wir befinden uns im Jahre 50 v. Chr.
Ganz Gallien ist von den Römern besetzt … Ganz Gallien?
Nein! Ein von unbeugsamen Galliern bevölkertes Dorf hört
nicht auf, dem Eindringling Widerstand zu leisten.«

(aus der Einleitung zu allen *Asterix*-Heften)

# 1. Kapitel

Magnus Faber hatte Eva Zimmermann in der Mittagspause zu einem Picknick eingeladen. Sie saßen unter einer Linde, auf einer karierten Wolldecke, umgeben von einem Meer von Narzissen, und froren. Es war viel zu kalt für ein Picknick, es waren die Iden des März, der erste der vier Tage, und im Rasen schimmerte silbern der Tau.

Eva musste ahnen, dass es einen besonderen Anlass gab, denn für gewöhnlich verließ Magnus seine Buchhandlung auf der Burgstraße nur, um in sein Hinterzimmer hinein oder die Treppe hinauf in seine dunkle Wohnung oder einmal am Tag bis zum gegenüberliegenden Haus zu gehen, um von dort den Eindruck zu überprüfen, den die Schaufenster auf Vorübergehende machen mussten.

Magnus wusste nicht, wie er es Eva sagen sollte. Es war ein schwieriges Thema, und er fürchtete ganz besonders ihren vorwurfsvollen Blick. Ihre Augen waren von einem irritierenden Blau. Er wusste nicht, wo er beginnen sollte. Aber als plötzlich ein Wind aufkam und alles so ins Wehen und Wanken geriet, flossen die Sätze, die er eigentlich zu einem späteren Zeitpunkt und in einer anderen Reihenfolge hatte sagen wollen, förmlich aus ihm heraus: »Unsere Wege müssen sich trennen. Ich kann mir dein Gehalt nicht mehr leisten. Ich zahle dir einen vollen Monatslohn als Abfindung.«

Kaum war die letzte Silbe verklungen, warf Magnus sich drei der kleinen Kirschtomaten hintereinander in den Mund – wie ein Jongleur – und beobachtete angestrengt das Narzissenmeer. Blumenköpfe wiegten sich im Wind. Aus den Augenwinkeln bemerkte er, wie Eva ihre dunkelbraunen

Haare, die sie wie eine Löwenmähne trug, schüttelte. Sie wehrte sich, damit hatte er gerechnet.

»Was soll dann aus mir werden?«, rief sie aufgebracht.

»Es tut mir leid, aber es geht nicht anders«, antwortete er mit vollem Mund, ohne sie anzusehen.

»Doch, wenn Sie mich heiraten würden, Herr Faber!«

Magnus sprang auf, als hätte ihn ein Blitz getroffen, und griff sich an die Kehle. Als er die Tomaten endlich in die Wiese spucken konnte, fühlte er sich nicht besser. Noch nie in der Weltgeschichte hatte eine Heirat jemanden vor irgendetwas bewahrt. Eva verkannte den Ernst der Lage.

Sie war Magnus' einzige Angestellte, ging ihm auch privat zur Hand, kaufte für ihn auf dem Wochenmarkt ein und brachte seine Wäsche in die Wäscherei, damit er das Haus nicht verlassen musste. Sie würde ihm fehlen. Sie war Anfang dreißig und bekam für ihre Tätigkeit 100 Euro pro Woche. Das war mehr Geld, als er in letzter Zeit für sich selbst hatte.

Mit einem Ruck zog Magnus die karierte Wolldecke unter Eva und dem Picknick hervor, rollte sie unter seinem Arm zusammen und stapfte davon.

»Herr Faber«, rief sie ihm nach. »Warum eigentlich nicht?«

Er mochte ihr mit seinen 37 Jahren als ein idealer Mann zum Heiraten erscheinen. Aber das war ein Irrtum – obwohl er ledig und alleinstehend war und auch kein Scheidungsopfer. Aber Eva hatte keine Ahnung, wie es um ihn stand. Von seinem Kredit wusste sie nichts. Außerdem war sie fast einen Kopf größer als er.

»Aber zusammen und mit vereinten Kräften könnten wir Ihr Geschäft retten«, hörte er sie rufen. »Herr Faber! Wir müssten es nur renovieren und vor allem endlich K...«

Magnus hielt sich die Ohren zu, er wollte nichts mehr hören. Nicht schon wieder hören, was sie aus der Buchhandlung machen wollte, da sie doch gut war, wie sie war. Vor allem nicht hören, wenn sie dieses unaussprechliche Genre aussprach, obwohl sie genau wusste, was er davon hielt. Pro Kapitel zwei Tote und drei Vergewaltigungen und zwei Tüten Drogen. Das wusste er, ohne jemals so ein Buch gelesen zu haben. Besonders brutal mussten die amerikanischen Werke sein.

Ein letztes Mal blickte er sich nach Eva um. Wie wild trommelte sie auf ihre Oberschenkel. Sie musste den Verstand verloren haben.

Magnus sah zu, dass er in sein Geschäft kam, verbrachte den Rest des Tages hinter seiner Kasse und sehnte mit geschlossenen Augen den Ladenschluss herbei. Nie war er glücklicher über den Mangel an Kunden als heute.

Um 18.30 Uhr verriegelte er die Türe, löschte das Licht, kniete in seinem Hinterzimmer vor der bunten Dreibeinliege nieder und zog einen kleinen Koffer hervor, einen rissigen Lederkoffer mit verbeulten, rostigen Metallbeschlägen. Er ließ die Schlösser aufschnappen, schob den Deckel auf und atmete den aufsteigenden Duft ein. Sogleich wurde ihm wohler.

Da lag es, schillernd wie Seetang. Mutters grünes Kleid. Magnus liebte es, wie es bei jeder Berührung knisterte und kleine Funken schlug in der Dunkelheit. Das Kleid war knitterarm und bis zu einem gewissen Grad dehnbar, wie die sich darunter schlängelnde Stola, deren Maschen mit den Jahren weit geworden waren. Das Rosa der Stola erinnerte Magnus an zartes Krabbenfleisch. Mit einem tiefen Seufzer ließ er sich auf die Liege fallen, knetete Kleid und Stola in seinem Schoß und sah zur Zimmerdecke, wo sich ein Schimmelfleck ausbreitete wie das zerklüftete Ufer einer Insel im Meer. Von dort wanderte sein Blick zu dem alten Ölgemälde an der Wand.

*Die Staumauer der Olef bei Mitteldorf*

Ein friedliches Bild. Staumauer, Wasser, Wald, ein wolkenloser Himmel, und am linken Bildrand hatte sich ein kleines, verwinkeltes Dorf eingenistet. Inmitten all der roten Hausdächer, aus denen kleine Schornsteine wuchsen, ragte ein Denkmal in Form eines Obelisken empor. Am rechten Bildrand erhob sich ein Hügel, auf dem ein Kreuz und eine Kirche mit einem eckigen Turm vor einem hellblauen Himmel standen. Das Zifferblatt war aus purem Gold.

Das Gemälde war ein Prunkstück, etwa einen Meter breit und 80 Zentimeter hoch, und steckte in einem barocken Rahmen. Magnus kannte jeden Pinselstrich auf der Leinwand, jede Welle auf dem See, jeden Pfeiler der mächtigen Staumauer, jeden Baum des dunklen, undurchdringlichen Waldes. Der Name des Malers, der sein Werk am unteren Bildrand signiert hatte, setzte sich aus einer Fülle von Haken zusammen. Magnus kannte ihn nicht, genauso wenig wie er die Olef und erst recht nicht Mitteldorf kannte. Er wusste nur, dass beides in der Eifel lag. Weit weg.

Er hatte das Rheinland und die Stadt Brühl nie verlassen müssen. Aber er hatte eine klare bildliche Vorstellung von der Eifel, denn seine Mutter hatte ihm viel von ihrer Heimat erzählt. Eines Tages wäre sie sicher dorthin zurückgekehrt, mit Mann und Sohn, wenn sie nicht vorher gestorben wäre. An ihrer Krankheit.

Drei Jahre lang hatte sein Vater nach ihrem Tod ausgehalten, bevor auch er starb, erschöpft von der Trauer um seine Frau, und seinem Sohn Magnus alles vererbte, was er besaß. Außer *Faber*, einer schlecht gehenden Buchhandlung mit einem Sortiment, das zwar alt und staubig war, aber nicht alt genug, um ein Antiquariat zu sein, erbte Magnus einen schwarzen Opel Rekord, Baujahr 1957, Eva Zimmermann, Schulden in Höhe von rund 25.000 Euro und 155,97 Euro in der antiquierten Kasse.

Magnus Faber liebte Bücher, Erstausgaben, signierte Werke, vergriffene Exemplare, antiquierte Einzelstücke, ihm war fast jedes Genre recht. Bücher waren sein einziger Lebensinhalt.

Einen Führerschein besaß Magnus nicht, und von Frauen hatte er überhaupt keine Ahnung. Wenn er an gewisse Teile ihres Körpers dachte, wurde er nervös, sie schienen ihm problematisch.

Auch von Geld verstand er nichts, ahnte aber, dass er auch ohne die Schulden mit 155,97 Euro nicht weit kommen konnte.

Ein Klingeln riss ihn aus seinen Gedanken. Er hob den Kopf und konnte von seiner Dreibeinliege aus über den geraden, dunklen Gang hinweg sehen, wie am Telefon ein rotes Licht bei jedem Ton aufflackerte. Telefon nach Ladenschluss? Das konnte nur Eva sein. Magnus ließ es klingeln. Sie wollte weiter diskutieren. Er nicht. Aber aus der Art, wie es hartnäckig weiter klingelte, konnte er annehmen, dass sie sich entschuldigen wollte. Vielleicht wollte sie das Entsetzliche zurücknehmen, das sie vorgeschlagen hatte, sein Angebot annehmen, den letzten Monatslohn kassieren und friedlich von dannen ziehen.

Zögernd erhob Magnus sich, warf Kleid und Stola zurück in den Koffer und fuhr sich mit den Fingern durchs Haar. Er konnte immer noch den Hörer auflegen, wenn es ihm zu bunt wurde. Auf halbem Wege von seinem Hinterzimmer über den dunklen Gang zur Kasse hörte es allerdings auf zu klingeln.

Kaum lag er wieder, hämmerte jemand gegen die Ladentür.

»Herr Faber?«

Das war nicht Evas Stimme.

Er war zwei Köpfe größer als Magnus, der Mann, der im schwarzen Anzug vor ihm stand. Er war hager und trug sein rötliches Haar im akkuraten Herrenschnitt.

»Sind Sie Magnus Bernhard Theodor Faber?«, fragte er, blickte auf Magnus herab und zeigte mit dem Finger auf ihn.

»Ja?«

»Mein Name ist Oskar Pesch.«

Als Magnus nach dem Tod seines Vaters den Kredit von 50.000 Euro bei *Pesch & Söhne* aufnahm, um die alten Schulden von 25.000 Euro zu bezahlen und mit dem Rest zu überleben, hatte er Oskar Pesch nur am Telefon gesprochen. Später hatte er ihn ein einziges Mal vor seiner Ladentür angetroffen. Dunkelheit und Regen und Aufregung hatten nur eine sehr vage Erinnerung an ihn zurückgelassen.

»Heute ist der 15. März«, sagte Pesch.

»Ich weiß«, sagte Magnus. Niemand wusste das besser als er. Nicht zufällig hatte er sich als Rückzahlungsdatum den ersten Tag der Iden des März ausgesucht.

»Die drei Jahre sind vorbei«, behauptete Pesch.

»O nein«, widersprach Magnus mutig. »Sie kommen ein ganzes Jahr zu früh, Herr Pesch.«

»Nein, heute ist es soweit«, beharrte Pesch.

»Sie irren.« Magnus war ganz sicher, dass ihm noch ein Jahr blieb. Hatte er nicht heute Eva entlassen, um ab sofort und für ein Jahr lang ihr Gehalt einzusparen? Es mussten Schriftstücke existieren. Irgendwo.

»Heute«, wiederholte Pesch unerbittlich und zwängte sich in den Laden hinein.

Magnus knipste das trübe Licht an der Ladentheke an. Pesch schritt bis zur Ladentheke vor. Magnus stellte sich breitbeinig vor den Durchgang. Wenn Pesch ins Hinterzimmer ging und den offenstehenden Koffer bemerkte, würde er das Falsche denken. Diensteifrig lenkte Magnus ihn ab, durchwühlte Schubladen und Fächer der Thekenkommode, ohne sich zu erinnern, wohin er den Kreditvertrag gelegt hatte. Ihm schwante nichts Gutes.

Da schob Pesch ein Blatt auf die Ladentheke und zeigte mit einem seiner manikürten Finger auf ein Datum. Magnus beugte sich darüber. Da stand es. Schwarz auf Weiß. Rückzahlungsdatum war der 15. März 2012.

»Das ist heute«, betonte Pesch.

Er hatte recht, das war heute. Magnus wurde schwindlig, er hielt sich an der Ladentheke fest und schloss kurz die Augen.

Pesch räusperte sich und vermeldete: »Aber wir sind keine Unmenschen. Wir räumen Ihnen ein Ultimatum von 24 Stunden ein, Faber, innerhalb welchem Sie uns die Kreditsumme von 50.000 Euro plus Zinsen in Höhe von 25.253 Euro und 42 Cent zurückzahlen müssen. Sonst sprengen wir diesen seltsamen Laden hier mitsamt Inventar in die Luft.«

Magnus fiel die Kinnlade herunter. Er erstarrte. Seine Buchhandlung war alles, was er hatte, alles, was er war. Damit rissen sie ihm das Herz aus der Brust. Schwankend stützte er sich an der Ladentheke ab. Ohne sie könnte er genauso gut tot sein. Er sah, wie Pesch redete, wie seine Lippen sich bewegten, aber seine Worte drangen nicht bis zu ihm vor.

»Ich habe das Geld nicht«, sagte er nach einer Weile.

»Besorgen Sie es sich.«

Magnus versuchte zu nicken.

»Aber machen Sie sich keine Illusionen, Faber«, fuhr Pesch fort. »Wenn Sie unseren Forderungen nicht nachkommen, müssen Sie mit Konsequenzen rechnen, wobei wir uns nicht scheuen werden, zur ultima ratio zu greifen.«

Magnus schluckte, obwohl sein Mund ausgetrocknet war.

»Und denken Sie nicht einmal an Flucht. Wir werden Sie überall finden. Wohin Sie auch gehen. Wir haben dafür unsere Leute.«

Magnus griff sich an die Kehle.

»Wie viel Uhr haben Sie?«, fragte Pesch und kontrollierte seine Armbanduhr.

»19 Uhr und 12 Minuten«, antwortete Magnus und wies zur Pendeluhr, die neben der Kasse hing.

»Ich auch«, sagte Pesch.

Magnus' Blick folgte dem Schwung des Pendels, nicht ohne Stolz darauf, wie genau die Uhr ging, obwohl sie älter als hundert Jahre war und er sie selbst repariert hatte. Das Hin und Her des Pendels versetzte ihn in eine kurze Trance, aus der er jedoch mit einem plötzlichen Krach herausgerissen wurde.

Die Ladentür war hinter Pesch ins Schloss gefallen und eine Skulptur durch die Erschütterung aus dem Regalschrank auf den Steinboden gefallen. Die Replik einer Bronzefigur, das Original stammte von Max Ernst, dem wohl berühmtesten Sohn der Stadt Brühl. Die Skulptur hieß *Der Fisch*, obwohl sie nicht so aussah.

Unfähig, die Skulptur aufzuheben und an ihren angestammten Platz zurückzustellen, schlurfte Magnus wie betäubt in sein Hinterzimmer, schob den Koffer unter die Dreibeinliege und warf sich mit einem Stoßseufzer darauf.

Nichts war mehr wie zuvor. Wozu sollte er weiterleben? Ohne Buchhandlung war sein Leben nichts mehr wert und der Tod die einzige Lösung. Sein Tod. Aber klar war ihm auch, dass der Tod ihn nicht von selbst ereilen würde. Er war noch jung und kerngesund, wenn auch etwas mager. Auf Pesch und das Ende des Ultimatums warten und von ihren Händen sterben, glaubte er nicht aushalten zu können.

Nein, er würde selbst Hand anlegen müssen. Einige Methoden schieden nach kurzer Überlegung aus. Keinesfalls wollte er sich in seiner Buchhandlung erhängen. Auch von einem Ertrinken in der Erft nahm er Abstand, sie war zu flach. An Gift zu sterben, kam für ihn nicht infrage, er hatte einen empfindlichen Magen. Sich vor einen Zug zu werfen, fand er rücksichtslos, der Fahrplan geriete durcheinander, der Fahrer erlitte einen Schock, es gäbe Verletzte, unter Umständen weitere Tote. Er konnte auch nicht einfach den schwarzen Opel gegen die Wand oder einen Brückenpfeiler setzen, er würde das Ziel verfehlen, er besaß keinen Führerschein.

Unruhig tastete er nach der Uhr an seinem Handgelenk.

20 Uhr und 32 Minuten. Nur noch 22 Stunden und 30 Minuten. Die Zeit verging schneller, als ihm lieb war. Seine Blicke wanderten ruhelos im Hinterzimmer umher. Als sie bei dem Ölgemälde *Die Staumauer der Olef bei Mitteldorf* landeten, hatte er die rettende Idee.

Magnus sprang auf und lief in den Laden, stieg mit großem Schritt über die Skulptur und trat an eines seiner Bücherregale. Seinem vergilbten Kartenmaterial und einem alten Reiseführer entnahm er im Verlauf der nächsten Stunde, dass es für einen Fußgänger von Brühl aus eine ziemlich weite Strecke an die Staumauer der Olef war.

Bus oder Bahn? Obwohl er keinen Führerschein besaß und der Opel seit Vaters Tod stillgestanden hatte, schien ihm ein Auto das kleinere Übel im Kreise aller möglichen Transportmittel. Es versprach zumindest das Alleinsein. Den Ort Mitteldorf selbst fand er in seinen Unterlagen nicht, aber das beunruhigte Magnus nicht weiter, sondern gab ihm die Gewissheit, dass Pesch ihn nicht auf Anhieb finden würde.

Die einzige Stadt in der Nähe der Talsperre, die er nach einigem Suchen in einer der Karten entdeckte, nannte sich Hellenthal.

Magnus notierte alle Städte und Orte und Weiler, die er auf dem Weg dorthin passieren musste, auf einer Liste und informierte sich in seiner Enzyklopädie kurz über ihren geschichtlichen Hintergrund. Die Römer mussten seinerzeit mehr oder weniger die gleiche Reise gemacht haben, sie hatten viele Überbleibsel, vor allem eine Wasserleitung, hinterlassen.

Allein wie lange die Reise mit einem Auto dauern sollte, konnte Magnus sich schwer vorstellen. Er wanderte die Strecke mit dem Zirkel ab und kam auf etwa 100 Kilometer. Wie viele Kilometer schaffte ein Opel in der Stunde? Zeit spielte plötzlich in seinem Leben eine große Rolle. Eigentlich die einzige.

Anstatt seine Buchhandlung wie gewöhnlich um 9 Uhr zu öffnen, legte Magnus Faber am 16. März, dem zweiten Tag der Iden des März, gegen 8 Uhr Evas Monatslohn auf die Ladentheke und warf sich seinen alten Wollmantel über das Tweedsakko. Er hatte kein Gepäck, nur die Liste der Orte, die er unterwegs passieren musste, und das Ölgemälde, mit dessen Hilfe er den Ort Mitteldorf sicher zu finden hoffte. An seiner Stelle hing im Hinterzimmer nun ein größeres Bild aus seinem Bestand, das die Schatten an der Tapete verbarg. Eine Radierung. *Daun im Jahre 1889*. Sie hing ein wenig schief am Nagel, aber Magnus gelang es nicht, sie auszurichten.

Ein letztes Mal stieg er über die Skulptur und setzte Hugh, den dicken, alten Kater, den Eva aus Mitleid eines Tages angeschleppt hatte, behutsam vor die Tür, schloss den Laden ab und ließ den Schlüssel stecken. *Pesch & Söhne* sollten keine Veranlassung haben, die schöne Eichentür aus dem 18. Jahrhundert einzutreten.

In der Holzgarage knipste er das Licht an. Es roch muffig. Zwischen allerlei schummrigem Gerümpel entdeckte er einen verbeulten Benzinkanister, in dem es gluckerte, als er ihn schüttelte. Magnus öffnete den Tankdeckel und ließ die stinkende Flüssigkeit in den Tank laufen. Es war nicht viel, aber es musste bis zur nächsten Tankstelle reichen. Mit einem Handfeger wischte er den Staub von den Scheiben und Scheinwerfern des schwarzen Opel und pustete über das Dach, das früher weiß gewesen war.

Dann bestieg er das Auto und überredete es anzuspringen, löste die Handbremse und rollte rückwärts aus der Garage auf die Straße. Es fanden sich Schalthebel, Kupplung, Gas und Bremse fast wie von selbst, und bald ruckelte der Opel knapp am Straßenrand entlang schlingernd über die Burgstraße.

Stolz beobachtete Magnus im Rückspiegel, an dem der heilige Christophorus baumelte, wie seine Buchhandlung mitsamt Bürgersteig, Straße, Bäumen und Häusern in einer Postkartenidylle hinter pechschwarzen Rauchwolken, die dem knatternden Auspuff entstiegen, verschwand.

Das Herz wurde ihm schwer. Wenn er wenigstens … Entsetzt trat er auf die Bremse, wendete umständlich und hielt vor seinem Laden. Niemand wunderte sich über die Kürze seines Ausflugs, Brühl schlief noch.

Ein weiteres Mal stieg Magnus über die Skulptur, stürzte in sein Hinterzimmer, zog den Koffer hervor und presste ihn an sich. Wie konnte er ihn vergessen!

Er balancierte um die Skulptur am Boden herum und verließ zum zweiten Mal seine Heimatstadt. Die Schaufenster seiner Buchhandlung kamen ihm bereits abweisend vor, Hugh war schon auf und davon, so schnell konnte es gehen.

Auf der Römerstraße fand Magnus eine Tankstelle, die geöffnet hatte. Das Tanken verlangte ihm viel Geschick ab. Er ahmte die Handreichungen eines anderen Kunden nach, vom Einhängen des Benzinstutzens bis hin zum Abzählen der Münzen auf dem Kassentisch. Er machte seine Sache gut, er fiel nicht auf.

Von dort aus erreichte er die Euskirchener Straße, die ihn aus Brühl hinaus über kurz oder lang nach Weilerswist bringen musste, den Ort, der zuoberst auf seiner langen Liste stand. Wie leicht es war, seine Heimatstadt zu verlassen, dachte Magnus. Und war es nicht ein kleines Wunder, dass es Weilerswist wirklich gab?

Auf dem Weg zur nächsten Station seiner Reise drückte Magnus erleichtert aufs Gas. Bald war er bei 30 Kilometern pro Stunde. Wenn das so weiterging, konnte er in gut drei Stunden an seinem Ziel sein, schätzte er. Die freie Strecke ließ ihm Zeit, sich mit der Landschaft zu beschäftigen, die an den Fenstern vorbeizog. Flaches Wiesen- und Weideland, Hecken und einzelne Bäume, Weiler und Aussiedlerhöfe, eine Bahnlinie folgte ihm zu seiner Linken.

Von Ferne drang ein Hupen an sein Ohr. Als es nicht aufhören wollte, blickte Magnus in den Rückspiegel. Eine kleine Autoschlange hatte sich hinter ihm gebildet. Hinter den Scheiben konnte er kein Gesicht erkennen. Auch nicht, als ihn die Autos überholten und die Fahrer aufgebracht gestikulierten. Aber keiner versuchte, ihn abzudrängen und zum Anhalten zu bewegen, sie gaben Gas und verschwanden bald aus seinem Blickfeld.

Die Stadt Euskirchen war die nächste große Herausforderung für Magnus Faber. Das Gewirr an Straßen und Geschäften, Autos und Bussen, Menschen und Ampeln machte ihn nervös. Und er war froh, als er das Hinweisschild *Wißkirchen* entdeckte, dem dritten Ort auf seiner Liste, die sich auf wunderbare Weise erfüllte wie das Horoskop einer Wahrsagerin.

Auf Wißkirchen folgte Kommern, auf Kommern Mechernich, und der schwarze Opel zockelte wie selbstverständlich durch eine karge Märzlandschaft, als habe er sein Leben lang nichts anderes getan. Je mehr Magnus Herr über alles wurde, den Opel, die Liste, die Orte und die Straßenschilder, je kühner wurde er. Ab und zu fuhr er sogar einhändig und probierte die wenigen Knöpfe und Schalter und Hebel am Armaturenbrett oder dem Lenkrad aus. Einmal blickte er sich sogar nach seinem Gemälde um. Es ging ihm gut, obwohl es bei letzten Bremsen vom Rücksitz auf den Boden gerutscht war.

Nach dem Ort Wallenthal musste er achtgeben, damit er nicht den Abzweig nach Kall verpasste. Er verließ die B 266 und enterte die Kölner Straße, die ihn mitten durch die Stadt führte, wo das Leben allmählich erwachte. Dem Straßenschild folgend bog Magnus auf die Aachener Straße ab, passierte – wie erwartet – die Orte Golbach und Broich, ehe er, nachdem die Straße einen Haken geschlagen hatte, endlich die Stadt Schleiden erreichte, wo er die Gleise einer Schmalspurbahn überqueren musste.

Er musste sich nicht in das Getümmel der Innenstadt stürzen, sondern konnte am Stadteingang links abbiegen und sich durch ein langgestrecktes Tal Kilometer für Kilometer seinem Ziel nähern, das den Opel magisch anzog.

## 2. Kapitel

Bring mir den Mann und das Geld!«, schnaubte Herrmann Pesch seinen Sohn Oskar in einem Ton an, der Widerspruch nicht kannte.

Herrmann Pesch, Senior von *Pesch & Söhne*, legte eine Hand auf die Bettdecke, unter der seine Frau steif und regungslos lag. Hervor schauten nur Arme, Hals und Kopf. Die Augen waren geschlossen, in Mund und Nase steckten Schläuche, Kabel führten vom Kopf und den Handgelenken zu Überwachungsgeräten, auf deren Monitore Kurven in verschiedenen Farben und Verläufen zu sehen waren. Töne piepsten in diversen Höhenlagen und Rhythmen. Frau Marianne Pesch war nach einem Reitunfall ins Koma gefallen.

»Wenn sie stirbt ...«, sagte er und seine Stimme brach. Er räusperte sich.

»Sie wird nicht sterben.« Oskar legte eine Hand auf die Schulter seines Vaters und drückte sie leicht.

»Und was ist, wenn sie nie wieder so sein wird wie früher? Ohne sie ...« Erneut versagte ihm die Stimme ihren Dienst.

»Die Medizin wirkt heutzutage Wunder«, meinte Oskar und beobachtete die Monitore, als sich die Tür öffnete.

»So ist es«, sagte der junge Arzt, der, bei diesen Worten, das Zimmer betrat. Er trug seinen weißen Kittel offen, ein Stethoskop baumelte um den Hals. In seinem Kielwasser schwamm eine noch jüngere Krankenschwester. »Wir tun alles, was in unseren Kräften steht. Ich bin Professor Mavromatis. Guten Tag.«

Der alte Pesch brummte Unverständliches und nahm die angebotene Hand nicht an.

Oskar ergriff sie an seiner Stelle und lächelte der Krankenschwester zu. »Davon sind wir überzeugt«, sagte er. »Wie sieht es aus, Herr Professor?«

»Schwester Hatice?« Dr. Mavromatis ließ sich von ihr die Krankenakte reichen und fuhr mit dem Zeigefinger über die Seiten. Schwungvoll klappte er die Mappe auf und zu und sagte mit einem gewissen Stolz in der Stimme: »Unverändert.«

»Sag ich doch«, knurrte der alte Pesch. »Über zwölf Stunden liegt meine Frau nun einfach nur so da und ist immer noch ...«

»... am Leben!«, rief Professor Mavromatis fröhlich aus.

»Pah!«, machte Pesch. »Ist das ein Grund zur Freude? Sie kann nicht sprechen.«

»Dann sprechen Sie mit ihr. Sie kann Sie hören.«

»Ich will, dass sie auf der Stelle in ein anderes Krankenhaus verlegt wird.«

»Das geht nicht in ihrem jetzigen Zustand. Das wäre unverantwortlich.«

»Raus!«, schrie Herrmann Pesch.

»Sie müssen ein wenig Geduld haben«, bat Professor Mavromatis.

»Ich muss nichts. Ich will niemanden mehr sehen. Raus, habe ich gesagt! Und zwar alle!«

Professor Mavromatis und Schwester Hatice sahen zu, dass sie das Zimmer verließen. Als Oskar ihnen folgen wollte, kommandierte Pesch: »Du bleibst hier!«

Oskar hielt inne, sah betreten zu, wie die Tür vor seiner Nase geschlossen wurde, und drehte sich zu seinem Vater um.

»Du bringst mir den Mann und das Geld, Oskar! Sonst bist du die längste Zeit mein Sohn gewesen.«

»Aber, Vater!«

»Jetzt geh endlich und finde ihn und beeile dich gefälligst!«

Oskar hatte die Hand in der Klinke, als sein Vater ihn mit einem Kopfnicken zurückwinkte.

»Ich werde dich enterben«, drohte er.

»Das kannst du nicht machen!«

»Und ob ich das kann. Aber wenn du es schaffst, darfst du vorübergehend das Geschäft ganz allein führen, während ich mich um Mutter kümmere.«

»Sie könnte sich auf dem Gestüt erholen«, schlug Oskar eilig vor.

Der alte Pesch nickte. Seit Generationen besaß die Familie Pesch in der Nähe von Metternich ein Gestüt, wo Marianne Pesch eine Reitschule betrieb und die bekannten *Aegidienberger* züchtete. »Also?« Herrmann schien das Misstrauen seines Sohnes zu spüren und streckte ihm die Hand entgegen. »Du hast mein Wort.«

Oskar schlug ein und sagte ohne große Überzeugung: »Okay, ich werde tun, was ich kann.«

Mit einer Mischung aus Neugier und Skepsis, in der eindeutig Letzteres überwog, lenkte Oskar Pesch seinen silbernen Mercedes in die Burgstraße und hielt vor der Buchhandlung *Faber*. Als er auf die Ladentür zuging, öffnete sie sich, und ein Mann lief ihm in die Arme. Er trug einen zerknautschten Trenchcoat und einen dunklen Lockenkopf, legte seinen Kopf schief und kniff ein Auge zu. Er hielt Oskar die Türe auf und sagte: »Bitte sehr, der Herr!«

»Vielen Dank, Inspektor Columbo«, sagte Oskar und trat ein.

# 3. Kapitel

Bernd Zimmermann lächelte zufrieden vor sich hin. Er mochte es, wenn man ihn Columbo nannte. Normalerweise tat das nur seine Schwester Eva mit spöttischem Blick und manchmal Tilly in besonders zärtlichen Momenten. Diesen Namen hatte er nicht nur seinem Trenchcoat zu verdanken, der schon ein paar Jahre auf den Buckel hatte, aber bis auf ein paar Flecken und ein kleines Loch in der rechten Tasche noch gut in Schuss war. Zimmermann hatte ihn auf einem Flohmarkt erstanden. Es wäre Columbos Mantel, hatte der Verkäufer – ein Mann mit unübersehbarem Migrationshintergrund – dreist behauptet. Daher der Preis. Dass er damit einen Nerv bei Zimmermann traf, konnte er nicht wissen.

Zimmermann probierte ihn noch am Marktstand an. Und Ungewöhnliches geschah. Er hatte das Gefühl zu wachsen, seine Schultern verbreiterten sich, es war, als ob ungeahnte Kräfte ihn von Kopf bis Fuß durchströmten, seine Muskeln sich anspannten, sein Gehirn von Gedankenblitzen durchflutet wurde. Verwegen und tollkühn kam er sich darin vor. Einfach unbesiegbar. Einfach wie Columbo.

Natürlich hatte er den Trench gekauft und sofort anbehalten, diesen Mantel für jede Jahreszeit, bei dem man das karierte Wollfutter herausknöpfen konnte, und in dessen vielen Taschen man seinen halben Haushalt verschwinden lassen konnte. Zu einem Preis, der sich in der Mitte zwischen der Forderung des Händlers und dem Angebot des einzigen Interessenten ansiedelte. 50 Euro. Und seitdem trug er ihn. Täglich. Immer. Jederzeit. Manchmal behielt er ihn sogar im Bett an, wenn Tilly ihn darum bat.

Aber das würde sie nach gestern Nacht nie wieder tun.

Aber auch sonst, auch ohne Mantel, verband Zimmermann – wie er fand – eine gewisse Ähnlichkeit mit Columbo. Nicht dessen überragende Intelligenz, die ihm in seiner Tätigkeit als freier Journalist hätte zugute kommen können, sondern das Augenproblem. Zimmermanns rechtes Auge (das kein Glasauge war) litt an einer chronischen Bindehautentzündung und ließ sich nur zur Hälfte öffnen. Zimmermann hatte sich einen dunklen Wuschelkopf wachsen lassen und angewöhnt, den Kopf immer leicht schief zu neigen. Und als er dann eines Tages auf einer Baustelle zwischen einem Berg Bauschutt eine Waffe fand, kam ihm dieser Fund vor wie ein Wink des Himmels. Die Rolle seines Lebens war auf einmal zum Greifen nah.

Und als seine Schwester ihn heute Morgen anrief und ihn als Erstes fragte: »Hast du deinen Trench noch?«, wusste er, dass sein Leben eine Wendung nehmen würde. Natürlich hatte er sofort zugesagt, ihr bei der Suche nach ihrem Chef zu helfen. Er hatte sowieso nichts Besseres zu tun.

Zimmermann blieb neben der Buchhandlung stehen und fragte sich, wer dieser Mann war, der ihn Columbo genannt hatte. Er sah nicht aus wie jemand, der ein Buch kaufen wollte. Zimmermann entdeckte durch die Schaufenster nichts Auffälliges, blieb aber wachsam in der Nähe.

Er konnte die Not seiner Schwester nachvollziehen. Ihre Existenz stand auf dem Spiel. Ihm war nicht entgangen, dass ihr Chef in großen finanziellen Schwierigkeiten steckte. Gestern die fristlose Kündigung, seit heute Morgen schien er vom Erdboden verschluckt. Eva war felsenfest davon überzeugt, dass er geflohen war, ordnungsliebend wie er war, nicht einmal Zeit gehabt hatte, seine geliebte Skulptur *Der Fisch* vom Boden aufzuheben und zurückzustellen, oder irgendetwas anderes mitzunehmen, außer dem kleinen Lederkoffer und dem großen Ölgemälde, auf dem die Staumauer der Olef abgebildet war.

Eva fürchtete, dass er sich etwas antun könnte, er schien ein melancholischer Typ zu sein. Und nicht nur das, er hatte seine Buchhandlung noch nie verlassen und die Stadt Brühl erst recht nicht.

Als sie auf die absurde Idee kam, dass Magnus Faber vielleicht an den Ort, der auf dem Bild dargestellt war, geflohen sei, da hatte Zimmermann kurz gedacht, die Fantasie sei mit ihr durchgegangen. Wie verzweifelt musste sie sein! Ihm selbst schien es plausibler, dass Magnus Faber noch in Brühl umherirrte.

Nach einem Blick auf die Uhr, 11.30 Uhr, beschloss Zimmermann, in der Nähe des silbernen Mercedes, dem der auffallend große, schlanke und elegant gekleidete Mann entstiegen war, zu warten. Auf die Buchhandlung folgte ein Kiosk, auf den Kiosk die kleine Kneipe *Im Schlösschen*. Zimmermann stellte sich vor den Kiosk, studierte die Auslagen und dachte dabei an Tilly.

Tilly Hut, Redakteurin in einem Brühler Käseblatt, 32 Jahre alt, eine resolute, kleine, ungeschminkte Frau mit kurzen Haaren, erwiderte seit vier Jahren Zimmermanns Liebe. Sie hatten sich auf der Straße kennengelernt, wo sie ihn unverblümt um ein Interview gebeten hatte, weil er aussah wie Columbo. Zimmermann war geschmeichelt, sie hatte einen knackigen Po und blonde, lange Haare. Und er verliebte sich auf der Stelle in sie, als sie sich in einem Café bei einem Espresso und einem Glas Wasser gegenübersaßen, und sie sich auf die Zungenspitze biss und eifrig wie eine Schülerin Notizen machte – mit ihrer linken Hand. Zimmermann hatte eine Rechts-Links-Schwäche.

Es wurde ein langes Interview, und nicht einmal ein Viertel davon stand am nächsten Tag in Tillys Käseblatt. Den Rest hatte sie im Laufe der Nacht wohl vergessen.

Tilly hatte neben vielen liebenswerten Eigenschaften eine richtig üble. Sie verwahrte sich Diskussionen über Gott und die Welt, ihre beiden Zeitungsredaktionen und ihre Beziehung liebend gern für den Abend auf. Wenn sie abends nichts anderes vorhatten, so kam es Zimmermann vor, dienten sie als Unterhaltungsprogramm, so wie andere ins Kino oder ins Theater gingen. Bis zum gemeinsamen Abendessen, das meist sie in ihrer Wohnung zubereitete, war alles eitel Sonnenschein, es wurde gelacht und geflirtet, aber sobald der Tisch abgeräumt war und sie bei einem Glas Wein beisammensaßen, wartete sie mit irgendeinem kleinen Problemchen auf, das sich in Windeseile zu einer Katastrophe entwickelte. Diese Diskussionen konnten die halbe Nacht dauern und wurden bei Bedarf, wenn die Beteiligten so müde wurden, dass sie von ihren Stühlen zu fallen drohten, ins Bett verlegt. Bei einem beruflichen Problem konnte Zimmermann ihr oft helfen, das tat er gerne und genoss es sogar ein wenig, bei Beziehungsgesprächen aber fühlte er sich machtlos. Gestern Nacht war es so gewesen.

Als er heute Morgen kurz nach 9 Uhr von seiner Schwester Eva in die Buchhandlung *Faber* gerufen wurde, hatte er noch in Tillys Bett gelegen, aber nicht etwa tief und fest geschlafen, sondern wurde mitten aus einem Streit herausgerissen. Das Schlimmste war, dass er nicht mehr wusste, worum es eigentlich gegangen war. Er hatte überhaupt keine Ahnung. Was hatte er verbrochen?

Zimmermann hypnotisierte die Ladentür der Buchhandlung und fluchte leise vor sich hin. Wieso blieb der Mann nur so lange? Wer war er? Was trieb er dort? Bald 14 Uhr. Zimmermann lief ungeduldig vor dem Kiosk auf und ab, kaufte sich schließlich eine Dose Cola und nuckelte daran herum. Als sie leer war, drückte er sie zu einem Blechklumpen zusammen und warf sie in den Abfallkorb von Langnese, der vor dem Kiosk stand.

Es tat sich nichts. Gar nichts. Rein gar nichts.

Genervt kramte Zimmermann sein Handy aus der Manteltasche und wählte Tillys Mobilnummer. Sie ging nicht dran, die Mailbox war ausgeschaltet. Er wählte ihre Festnetznummer. Sie ging nicht dran, der AB war ausgeschaltet. Er wählte ihre Büronummer. Eine Kollegin nahm ab und behauptete, Tilly Hut habe einen Außentermin. Auf die Bitte, ihr eine Nachricht hinterlassen zu dürfen, meinte die abweisende Stimme, dass Privatgespräche im Dienst nicht erwünscht seien.

»Sie können mich mal!«, brüllte Zimmermann ins Telefon.

Eine Passantin blieb entsetzt stehen und lief dann davon, als sei der Teufel hinter ihr her. Zimmermann mochte es, wenn man bei seinem Auftauchen ein schlechtes Gewissen bekam.

## 4. Kapitel

Was kann ich für Sie tun?«, fragte Eva Zimmermann den Mann in dem schmal geschnittenen, dunklen Anzug, der die Buchhandlung betrat, kaum dass ihr Bruder Bernd sie verlassen hatte. Bis auf eine rotblonde Haartolle, die ihm in die Stirn fiel, war sein Haar raspelkurz geschnitten. Er sah aus, als hätte er Geld genug, um die halbe Buchhandlung leer zu kaufen.

»Wer sind Sie denn?«, fragte er und sah auf sie herab.

Sie zog ihr Sweatshirt glatt und antwortete nicht.

Er lächelte. »Nun?«, fragte er etwas freundlicher nach.

»Eva Zimmermann.«

»Und was machen Sie hier?«

»Ich bin die Assistentin. Und Sie?«

»Pesch«, antwortete er und drückte die Ladentür zu, drehte den Schlüssel herum, zog ihn heraus und spielte kurz damit, ehe er ihn einsteckte.

»Kein Bedarf, Pech haben wir schon genug«, sagte Eva.

»Sehr witzig! Ich bin Oskar Pesch. Von der Firma *Pesch & Söhne*.«

»Na und?«

»Sie wissen also nicht, wer ich bin?«

Eva lehnte sich an die Wand und musterte den Eindringling. Seine Lippen waren blass und dünn wie Striche.

»Ich suche Magnus Faber«, sagte Pesch und blickte sich neugierig um.

Sie spähte durch das Schaufenster, entdeckte Bernd, zuckte gelassen mit den Schultern und sagte: »Ich auch.«

Magnus Faber war verschwunden, er war nirgendwo, nicht in seiner Wohnung, nicht in seinem Hinterzimmer. Obwohl er ihr gestern fristlos gekündigt hatte, war Eva heute Morgen wie jeden Morgen pünktlich zur Arbeit erschienen und beim Betreten des Ladens über die Skulptur auf dem Steinboden gestolpert, bevor sie die Rollladen hochziehen konnte.

Als sie sie aufhob, entdeckte sie bestürzt den Riss, der sich vom Kopf des Fisches bis zu seinem Schwanz auftat. Vorsichtig legte sie ihn auf die Ladentheke, wo sie zwei Hundert-Euro-Scheine entdeckte und sofort einsteckte, ehe sie sich auf die Suche nach Magnus Faber machte. Erfolglos.

Voller Panik hatte sie danach ihren Bruder Bernd angerufen und ihn gebeten, sofort herzukommen, es sei etwas Schreckliches passiert. Jetzt stand Bern draußen vor der Buchhandlung. Eva war sicher, er würde sie stürmen, wenn sie bedrängt würde.

»Er schuldet uns nämlich eine Menge Geld«, sagte Pesch.

»Mir auch«, rutschte es Eva heraus, weil sie daran dachte, dass Magnus ihr gekündigt hatte und sie so schnell keinen neuen Job finden würde.

»Wie viel?«, fragte Pesch und zog seine Börse aus der Hosentasche.

»Einen ganzen Monatslohn«, sagte sie und überlegte fieberhaft, wie weit sie gehen konnte.

»Wie viel?«, wiederholte Pesch.

»400 Euro«, antwortete sie kühn.

Pesch zog vier grüne Scheine heraus und hielt sie ihr entgegen.

Eva ließ sie schnell in ihre Jeans wandern, zu den anderen 200 Euro, und fragte: »Und wie viel schuldet er Ihnen?«

Pesch lächelte vage. »Das tut hier nichts zu Sache.«

»Und wofür schuldet er Ihnen das Geld?«, wollte Eva wissen.

»Ich glaube nicht, dass Sie das etwas angeht. Sagen Sie mir lieber, wo Faber jetzt ist.«

Sie zuckte mit den Schultern.

»Ich werde es auch ohne Sie herausfinden.« Bei diesen Worten drängte sich Pesch an ihr vorbei durch den dunklen Flur geradewegs in den Laden hinein, in den das Tageslicht matt durch die Schaufenster schien.

Eva tastete nach einem Lichtschalter.

Der baumlange Pesch begann den Verkaufsraum einer Prüfung zu unterziehen, studierte Buchrücken, begutachtete Landkarten und Fotografien, warf auch einen kurzen Blick auf die Skulptur auf der Ladentheke und schüttelte immer wieder entsetzt den Kopf. »Kein Wunder, dass hier kein Geld über die Theke geht. Ich würde hier auch nichts kaufen.«

Eva war plötzlich hellwach. »Nicht wahr? Das habe ich meinem Chef auch immer gesagt, er soll mal das Ganze hier modernisieren. Frisch streichen und neue Möbel. Farbe und Licht. Wenn er mich dann auch noch ...« Sie schlug sich eine Hand vor den Mund. Beinah hätte sie sich verplappert und Pesch von ihren Heiratsplänen erzählt. Er lächelte ihr aufmunternd zu. »Aber«, sie verzog das Gesicht, »er kann so stur sein. Es ist zum Verrücktwerden.«

»Wo könnte er jetzt sein, was glauben Sie?«

»Ich weiß es wirklich nicht«, beteuerte Eva. »Der Ärmste, der hat doch dieses Haus hier nie verlassen. Er kennt sich in der Welt nicht aus.«

»Ich würde ihm gern sagen, dass wir es uns überlegt haben und ihm mehr Zeit geben wollen, so viel wie er braucht, wenn wir nur wüssten, wie wir ihn erreichen könnten ... Geben Sie mir seine Handynummer?«

Eva schüttelte den Kopf. »Er hat kein Handy. Aber er ist noch in der Nähe, ich bin ganz sicher, garantiert. Er irrt hier in der Stadt umher und findet wahrscheinlich nicht mehr nach Hause.«

»Haben Sie das auch dem Mann gesagt, der eben den Laden verlassen hat, diesem Columbo-Verschnitt?«, fragte Pesch.

Sie nickte.

»Wer war das denn?«

»Mein Bruder. Er wollte mich trösten. Ich habe ja sonst niemanden. Ich weiß nicht, was jetzt aus mir werden soll.«

»Aha.« Pesch ging umher. »Es muss hier irgendwo einen Hinweis geben. Fehlt vielleicht irgendetwas im Laden?«

»Nur sein alter Wollmantel, der hat immer drüben am Haken gehangen.« Sie wies auf eine leere Stelle im Flur. »Sonst nichts.«

Pesch nickte. »Wo wohnt Magnus Faber eigentlich?«

Eva zeigte zur Zimmerdecke. »Ich bin oben gewesen. Alles ist wie immer.«

»Und was gibt es außer der Wohnung noch?«

»Eine Garage«, sagte Eva langsam.

»Mit Auto?«, hakte Pesch nach.

»Natürlich.«

»Ich will es sehen.«

Sie verließen das Haus durch eine Seitentür. Die Garage grenzte an das Gebäude und war ein Anbau aus Holz mit einer windschiefen Doppeltür, die Eva ohne Schlüssel öffnen konnte. Aber außer Gerümpel enthielt sie nichts. Wohl aber staubige Reifenspuren jüngeren Datums, die nach draußen führten. Pesch stellte sich mitten in die Garage, stemmte die Hände in die Hüften und drehte sich einmal um sich selbst.

»Dann ist er wohl mit dem Auto unterwegs«, meinte Eva lapidar. Auch mit ihrem Bruder war sie hier gewesen, aber ihn hatte sie darüber aufgeklärt, dass es sich bei dem Auto um ein vorsintflutliches Modell handelte, das seit dem Tode des alten Faber nicht mehr bewegt worden war.«

»Kann ich jetzt die Wohnung sehen?«, fragte Pesch.

»Von mir aus.«

Vom Flur führte eine gewundene Treppe in den ersten Stock. Pesch hatte schon einen Fuß auf der ersten Stufe, als er zufällig hinter der Treppe eine weitere Tür entdeckte. »Was ist das?«, fragte er.

»Das Hinterzimmer«, antwortete Eva, die auf der vierten Stufe stand. »Da hat er sich oft zwischendurch ausgeruht. Da ist nur eine Liege drin, sonst nichts.«

Sie kletterten weiter. Die Stufen ächzten unter ihren Schritten. Oben angekommen öffnete Eva die Wohnungstür und sie schritten durch die fünf Räume wie durch ein Museum. Küche, Wohnzimmer, Schlafzimmer, Bad und eine Art Kinderzimmer. Alles wirkte einfach und ordentlich, farblos und dunkel. Es roch nach Alter und Vergangenheit. Auf dem Doppelbett aus Eiche lag eine Decke, in der Küche standen drei Stühle um einen quadratischen Tisch, im Wohnzimmer eine Couch und zwei Sessel und ein mächtiger Schrank. Allein das Kinderzimmer schien bewohnt zu sein. Das Bett war mit ungebügelter, karierter Wäsche bezogen, über einem Stuhl hing eine Jacke, auf dem schmalen Schreibtisch lagen ein Notizblock und ein Stift. Die Blätter waren unbeschrieben. Überall lagen Bücher verstreut.

Pesch öffnete den zweitürigen Schrank, rechts Fächer, links eine Garderobenstange. »Fehlt etwas?

Eva trat neben ihn und inspizierte die Pullover, Hemden und Hosen und schüttelte den Kopf. »Nur das, was er gestern trug.«

»Sind Sie sicher?«

»Ich war für seine Wäsche verantwortlich«, entgegnete Eva.

»Und was trug er gestern?«

»Wie immer: Hose, Hemd, Hosenträger.« Eva trat ans Fenster, zog die Gardine beiseite und blickte hinunter. Bernd stand ein paar Schritte entfernt an die Hauswand gelehnt, aber er sah nicht hoch zu ihr. Eva sprach gegen die Fensterscheibe. »Die Familie war ziemlich komisch. Als ich hier anfing, hatten sie nicht einmal Telefon. Kein Fernseher, kein Radio, kein nichts. Da war die alte Frau Faber gerade gestorben. Hier war es immer so still wie in einem Grab. Der alte Herr ist drei Jahre nach seiner Frau gestorben. Aber Magnus, ich meine, mein Chef, der ist doch noch jung und lebt trotzdem in der Vergangenheit. Und taucht jedes Jahr ein wenig tiefer in sie hinein, glaube ich fast. Er hat so viel Zeit und fängt nichts mit ihr an.«

Als sie sich nach Pesch umblickte, hatte er das Zimmer verlassen, er war auch in keinem anderen. »Wo sind Sie?«

Er antwortete nicht.

Sie stieg die Treppen hinunter und bemerkte, dass die Tür zum Hinterzimmer geöffnet war. Sie blieb auf der Schwelle stehen und stützte sich mit beiden Händen am Türrahmen ab, als läge das Zimmer einen halben Meter tiefer und sie fürchtete hinabzustürzen. Pesch kniete auf dem Fußboden, streckte ihr sein Hinterteil entgegen und leuchtete mit einer Taschenlampe unter die Dreibeinliege.

»Hier durfte ich nie saubermachen«, entschuldigte sich Eva. »Also wundern Sie sich nicht, wenn es ein bisschen staubig unter der Liege ist. Hier hat sich schon seine Mutter immer ausgeruht, später sein Vater, zum Schluss Magnus selbst. Das Hinterzimmer ist das Allerheiligste.«

»Ich bin keine Hausfrau«, erklärte Peschs Stimme, dumpf und hohl, als käme sie aus einem Brunnen. »Staub interessiert mich nicht. Aber es gibt hier einen staubfreien Fleck. Etwas hat dort lange gelegen und liegt dort nun nicht mehr, weil es hervorgezogen wurde.«

»Keine Ahnung, was das sein könnte«, meinte Eva und sah, dass aus Peschs Gesäßtasche eine prall gefüllte Börse hervorlugte. Sie hatte schon die Hand ausgestreckt, als Pesch sich aufrappelte, den Staub aus dem Anzug klopfte und seine Krawatte zurechtrückte.

Suchend blickte er sich um. Das Zimmer war etwa acht Quadratmeter groß und fensterlos. Die Wände waren kahl und vergilbt wie in einer Zelle, es fehlten nur Krakeleien, Zahlenpäckchen und Zeichnungen. Am Fußende der Liege hing ein großes Bild, eine bräunliche Radierung. Pesch trat näher und entzifferte die Zeile am unteren Bildrand: *Daun im Jahre 1889*. Das Bild hing ein wenig schief. Als er es ausrichten wollte, rutschte es vom Nagel und fiel in seine Hand. Und dahinter leuchtete ein etwas kleinerer, fast weißer Fleck auf.

»Was ist das?«, fragte er und sah Eva an.

»Ein Fleck.«

Pesch sah drohend auf sie herunter.

»Ich glaube, da hat sonst immer ein anderes Bild gehangen, ein alter Ölschinken in so einem verschnörkelten Rahmen. Ist mir noch gar nicht aufgefallen«, log Eva, die ihren Bruder sehr wohl darauf aufmerksam gemacht hatte.

»Beschreiben Sie mir das Bild.«

Eva seufzte, zog die Stirn kraus und sah zur Decke und überlegte, wie sie vorhin Bernd das Bild beschrieben hatte Pesch folgte ihren Blicken. Beide betrachteten eine Weile stumm einen Schimmelfleck, als könnten sie beobachten, wie er sich ausbreitete. »Ein See und ein kleiner Fluss und dazwischen eine riesige Mauer. Am linken Bildrand ein kleines Dorf und sonst nur jede Menge Wald und so.«

Mehr hatte Bernd nicht wissen wollen, Pesch aber fragte sie weiter aus.

»Eine Staumauer, meinen Sie?«

Eva nickte langsam. »Ich glaube, ja.«

»Sie wissen nicht zufällig, wie das Bild hieß oder der Maler oder der Fluss oder das Dorf?«

Sie lachte ihn aus. »Wo denken Sie hin. Ich durfte das Zimmer kaum betreten. Außerdem verstehe ich nichts von Kunst. Aber ich weiß, dass das Bild der Mutter gehört hat. Sie muss wohl aus der Gegend stammen, die darauf abgebildet ist.«

»Ach?«

»Ja, ja, ich bin ganz sicher. Aber weiter als bis hierhin«, sie zeigte auf die Türschwelle zu ihren Füßen, »durfte ich mich dem Bild nicht nähern.«

»Irgendeine Staumauer auf der Welt, also«, resümierte Pesch.

»Davon gibt viele, oder?«, fragte sie hoffnungsvoll.

»Wissen Sie, ob die Mutter Deutsche war?«, fragte Pesch zurück, hängte die Radierung wieder an den Nagel und richtete sie aus. Er trat einen Schritt zurück und betrachtete sie.

»Natürlich war sie Deutsche«, sagte Eva.

»Sprach sie einen Dialekt?«

»Weiß ich nicht, sie war doch schon tot, als ich hier anfing. Aber Magnus hat sie manchmal nachgemacht. Es klang witzig.«

»Welcher Dialekt war es?«, fragte er.

Eva zuckte mit den Schultern. »Das weiß ich doch nicht.«

Pesch fischte sein Handy aus der Brusttasche seines Anzugs und klappte den Deckel auf. Er fingerte auf den kleinen Tasten herum und meinte schließlich resigniert: »Es gibt 311 Staumauern in Deutschland.«

»Oje«, meinte sie. »Dann finden wir sie wohl nie.«

Pesch wandte den Blick nicht von dem kleinen Display seines Handys. »Wir gehen einfach alle durch.«

Eva stöhnte auf. »Wozu soll das gut sein?«

»Es sieht so aus, als ob Ihr Chef das Bild mitgenommen hat. Es ist neben dem verschwundenen Auto unser einziger Hinweis. Vielleicht wollte er sich in dem Ort, der darauf abgebildet ist, verstecken.«

»Niemals!«, rief Eva entsetzt aus.

Pesch blätterte unbeirrt allein mit der Berührung des Displays von Seite zu Seite und sagte schließlich. »Es gibt drei verschiedene Bauweisen für Staumauern. Glauben Sie, Sie könnten sich an die Bauweise der Mauer auf dem Bild erinnern?«

Eva zuckte wieder mit den Schultern.

»Da wäre zunächst die Gewichtsstaumauer.«

»Zeigen Sie mal.«

Er zeigte ihr ein Foto. »Wie hier zum Beispiel die Möhnetalsperre, einfach eine glatte, gerade Mauer.«

»So sah sie nicht aus«, sagte sie wahrheitsgemäß.

»Weiter gibt es noch die sogenannte Bogenstaumauer«, fuhr er fort. »Wie hier zum Beispiel am Zervreilasee in der Schweiz.« Ein großzügiger Bogen schwang sich von einer zur anderen Uferseite.

»Nein, einen Bogen hatte sie nicht«, sagte Eva und schüttelte den Kopf. »Aber ein tolles Handy haben Sie da, das hätte ich auch gern.«

Pesch winkte ab. »Und hier zuletzt die typische Pfeilerstaumauer. Davon gibt nur zwei Stück in ganz Deutschland, die sich nur im sogenannten Gewölbe voneinander unterscheiden. Das hier ist die eine, die Linnachtalsperre im Schwarzwald.«

Eva nahm Pesch das Handy aus der Hand, hielt es dicht vor Augen. Wie mächtige Säulen wölbten sich auf der See-

Seite die Pfeiler in einer langen Reihe hintereinander von einem Ende zum anderen. So ähnlich hatte die Staumauer auf dem Ölschinken ausgesehen. »Ich glaube nicht. Und die andere?«

»Hier! Das ist die Oleftalsperre, nicht weit von hier, in der Eifel, bei Hellenthal.«

»Ach, ich weiß nicht«, sagte Eva und schüttelte den Kopf.

Pesch musterte sie misstrauisch. »Was denn nun?«

»Machen Sie doch, was Sie wollen«, sagte sie, ließ die Hand mit dem Handy sinken und unauffällig hinter ihrem Rücken verschwinden.

»Das werde ich auch tun«, sagte Pesch, verließ das Hinterzimmer und trat an die Ladentür. Er steckte den Schlüssel ins Schloss und drehte ihn herum.

»Viel Erfolg«, sagte sie und schob das Handy in die Hosentasche.

Pesch zog die Tür auf, als es in Evas Hosentasche klingelte. Er kannte die Melodie seines Handys und forderte die Herausgabe mit einem Fingerzeig.

Kaum hatte Pesch dem Laden den Rücken zugekehrt, presste Eva ihre Stirn gegen das Schaufenster, klopfte, bis Bernd auf sie aufmerksam wurde und gestikulierte so lange wild herum, bis er begriffen hatte, dass es das Beste wäre, wenn er Pesch nicht aus den Augen ließe, sondern sich an seine Fersen heftete.

# 5. Kapitel

Der Himmel zog sich zu, als der schwarze Opel das Ortsschild *Hellenthal* passierte und über die Kölner Straße auf einen Kreisverkehr zurollte, in dem ein Hinweisschild auf die Oleftalsperre aufmerksam machte. Der Name, die Buchstaben schwarz auf weiß, versetzten Magnus einen Stich in die Magengrube. Er war fast da, nur noch wenige Meter entfernt, er musste sich zusammenreißen, um nicht vor dem Schild zu bremsen, sondern sich im fließenden Verkehr weiterzubewegen. Er bog im Kreisverkehr rechts auf die Aachener Straße ab.

Gegenüber dem *Café Dressel* holte der Opel zu weit aus und geriet auf den Bürgersteig. Magnus konnte im letzten Moment quietschend bremsen, ehe er einem parkenden Auto in die Seite fuhr. Gäste im Café wurden auf ihn aufmerksam und traten ans Fenster. Magnus stieg aus und gab zu verstehen, dass alles in Ordnung sei. Eine junge Frau kam herausgestürmt und fragte, ob sie etwas für ihn tun könne. Magnus sah sie fragend an.

»Möchten Sie vielleicht auf den Schreck einen Kaffee?«

Magnus entdeckte die fragenden Gesichter hinter den großen Fensterscheiben. Unter diesen Augen einen Kaffee trinken, wäre ihm ganz und gar unmöglich. »Es tut mir leid«, sagte er. »Ich habe es eilig.« Es blieben ihm keine sieben Stunden mehr bis zum Ablauf des Ultimatums. Die junge Frau studierte das Kennzeichen seines Opel und fragte: »Wo wollen Sie hin?«

»Zur Oleftalsperre!«, rief Magnus, schlug die Tür zu und warf den Motor an.

Die junge Frau sprang beiseite.

Knatternd fuhr der Opel über die Oleftalstraße durch ein Gewerbegebiet und über eine holperige Brücke, die sich über die Olef spannte, ein winziges Rinnsal nur, bis auf einen Parkplatz zu Füßen des Staudamms, der sich mächtig, finster und unbezwingbar erhob wie eine Stadtmauer.

Magnus hielt an, blinzelte durch die Windschutzscheibe, auf der vereinzelte, dicke Regentropfen zerplatzten. Die Betonmauer mit sechzehn Bögen und den verblichenen Spuren einer großflächigen Malerei – Konturen eines Rehs, eines Eichhörnchens, eines Fisches – grenzte zu beiden Seiten an einen Bergkamm, versperrte ihm jeden Zugang, jede Sicht, als sei hier das Ende der Welt oder ihr Anfang. Er kam sich wie ein Däumling vor.

Und er war beunruhigt darüber, wie wenig der Anblick mit seinem Gemälde gemeinsam hatte. Weder den Stausee, noch das bewaldete Steilufer und erst recht nicht Mitteldorf konnte er von seinem Standort aus entdecken.

Dennoch spürte er, dass er hier richtig war, dass er angekommen war. Ihm war feierlich zumute und nichts hielt ihn länger hinter den Scheiben seines Autos. Er schaltete den Motor aus und ließ den Schlüssel stecken, schob die Tür auf und stieg aus. Der schwarze Opel war das einzige Fahrzeug auf dem Parkplatz.

Magnus spürte den Regen nicht, als er auf ein Absperrgitter zuging und an der Pforte rüttelte. Sie war verschlossen. *Betriebsbereich – Betreten für Unbefugte verboten – WVER – Wasserverband Eifel-Rur* stand auf einem gelben Schild.

Rechter Hand lag ein kleines, flaches Staubecken, dessen Wasser in die Olef mündete. Links begann ein Aufgang zu einem Restaurant *Zum Seeadler*, das auf halber Höhe lag. Die Rollladen waren heruntergelassen.

Magnus erklomm die Stufen und erreichte auf der Rückseite des Restaurants, das auch den Verkauf von Andenken anpries, einen steilen Waldweg und blieb vor dem Verbotsschild für Radfahrer und dem Hinweis *Aufgang zur Staumauer* kurz stehen und verschnaufte.

»Boooooah!«

Magnus blickte sich um. Ein Hirsch in der Brunft? Eine Hupe? Es war ein rot-weißer Bus, der über die Staumauer auf die gegenüberliegende Seite rollte und gleich darauf zwischen den Bäumen verschwand.

Magnus kehrte rasch zu seinem Opel zurück, wischte die Regentropfen von seinen Brillengläsern und stellte die Scheibenwischer an. Kaum hatte er den Parkplatz verlassen, kam ihm der Bus aus einem Waldstück entgegen und bog links ab. *Hellenthal – Schleiden – Kall* stand auf der Anzeigentafel. Der Linienbus 836, der keinen einzigen Fahrgast transportierte. Die Fahrspur, die er heruntergekommen war, war ein Privatweg, Durchgang verboten, und gehörte wiederum zum Betriebsbereich des WVER.

Magnus ließ sich nicht beirren. Es ging stetig bergauf. Nach einer langgezogenen Kurve, auf die ein gerades, steiles Stück Weg folgte, auf dem der Opel knatterte und ruckelte, als wollte er jeden Augenblick streiken, erreichte er mit letzter Kraft die Höhe.

Belohnung für die Mühe war für den Opel eine Pause, für Magnus endlich der Blick auf den Stausee und sein von dunklem, undurchdringlichem Wald eingerahmtes Ufer. Uneinsehbare Buchten, ausladende Landzungen – von einer Ortschaft war nichts zu sehen.

Bedächtig ließ Magnus den Opel über die Straße auf der Staumauer rollen, die zu beiden Seiten von einem halbhohen Geländer begrenzt wurde. Rechts der See, links der Parkplatz, auf dem er eben noch gestanden hatte. Die Straße war schmal, ließ keinen Gegenverkehr zu und führte zu einer Informationstafel über das Talsperren-Bauwerk, vor der Magnus anhielt. Er stieg aus und sah sich um. Auch hier hatte der WVER Verbotsschilder aufgestellt:

*Das Herabwerfen von Gegenständen ist verboten*

Und einen Meter weiter:

*WARNUNG*
*Wegen der täglichen Seespiegelschwankungen*
*ist überall Unterspülung und Bruch der Eisdecke möglich*
*BETRETEN DER EISFLÄCHE AUF DER TALSPERRE IST LEBENSGEFÄHRLICH*
*Der Talsperreneigentümer*

Magnus hatte nicht vor, Gegenstände herabzuwerfen oder die Eisfläche zu betreten, die es im Übrigen im Monat März nicht gab. Die Wasseroberfläche kräuselte sich. Der Regen hatte aufgehört, aber die dunkelgraue Wolkendecke schien noch mehr davon im Angebot zu haben.

Magnus nahm sein Gemälde unter den einen Arm, den Koffer unter den anderen, ließ den Autoschlüssel stecken und die Tür offen stehen und betrat die Staumauer. Wieder und wieder wanderte sein Blick fasziniert vom ruhigen See auf der einen zu dem kleinen Rinnsal auf der anderen Seite. Magnus glaubte, unter sich die Kraft der Mauer, die die Wassermassen voneinander trennte, förmlich zu spüren. Da war ein deutliches Vibrieren, ein Rauschen, ein Druck unter seinen Füßen.

Unterwegs hatte Magnus sich ständig gefragt, wie es sein würde, wenn er endlich auf der Staumauer stand. Als es jetzt soweit war, plagte ihn nur der Gedanke an das fehlende Mitteldorf. Weder Kirchturm noch Kreuz noch Denkmal ragten irgendwo aus den Bäumen empor. Vögel segelten an ihm vorüber, keine Menschenseele war weit und breit zu sehen. Nicht einmal die Himmelsfarbe entsprach dem Gemälde.

Magnus schritt die ungefähre Mitte der Staumauer ab, stellte seinen Koffer ab und lehnte sein Gemälde gegen das Geländer. Er trat ein paar Schritte zurück und verglich es mit der Realität. Keine Landzunge, keine Bucht hatte der Maler vergessen. Allerdings hatte er es mit den Perspektiven nicht besonders genau genommen und auf einem einzigen Bild untergebracht, was in natura unmöglich war: die mächtige Staumauer aus Sicht des kleinen Flusses zu ihren Füßen und gleichzeitig der hoch liegende See in seiner ganzen Länge und Breite.

Das war eben künstlerische Freiheit, tröstete sich Magnus, aber dass er auch noch ein Dorf in diese Gegend gesetzt hatte, das es nicht gab, nahm er ihm übel. Den Ort, auf den er seit vielen Jahren geblickt hatte, wenn er in seinem Hinterzimmer auf seiner Liege lag, der Ort, an dem er sich das Leben nehmen wollte, den gab es nicht.

Sein umherirrender Blick blieb an einem der Verbotsschilder haften. »Tägliche Seespiegelschwankungen«, murmelte er.

Seespiegelschwankungen? War eine Katastrophe geschehen? War Mitteldorf untergegangen. Hatte er es deswegen auf keiner Landkarte finden können, in keinem Reiseführer?

Magnus kehrte mit ein paar Schritten zur Informationstafel des Wasserverbandes zurück. Das Schaubild des Bauwerks verriet nichts, aber die Rückseite zeigte eine Wandkarte. Hellenthal, die Staumauer, der See und seine Buchten, ein Rundweg, das Ganze in einem einzigen großen, dunklen Waldgebiet. Kein Dorf weit und breit, nur ein schmutziger Fleck in

Ufernähe hinter einer der Landzungen. Er fuhr mit dem Finger darüber. Die Stelle war rau. Hier war etwas weggekratzt worden, vielleicht mit einem Taschenmesser. Vor langer, langer Zeit.

Und nun?

*Wir finden Sie überall,* hörte Magnus wieder Peschs Stimme, *machen Sie sich keine Illusionen.*

Er musste trotzdem springen. Mit und ohne Dorf. An einem Dorf durfte sein Plan nicht scheitern. Auf der Suche nach der idealen Stelle entschied Magnus sich nach langem Hin und Her für die Stelle, an der er gerade stand. Das Geländer reichte ihm bis zum Bauch, der Handlauf war glatt und feucht. Auch diese Konstruktion brachte seinen schönen Plan durcheinander. Man machte es ihm wirklich nicht leicht. Während der Anreise hatte er beschlossen, mit den Füßen zuerst zu springen. Aufrecht! Aber nun würde ihm wohl nichts anderes übrig bleiben, als sich um das Geländer zu wickeln und einfach kopfüber fallen zu lassen. Keine schöne Vorstellung.

Er beugte sich über das Geländer und blickte in die Tiefe. Als ein Sog ihn erfasste, wich er einen Schritt zurück. Hände und Knie bebten. Eigentlich lag ihm das gesamte Springen nicht. Er konnte nicht schwimmen. Springen war wirklich kein idealer Plan, aber der einzige, den er hatte. Mit viel Glück und nach den Grundsätzen der Physik könnte er bereits tot sein, wenn er unten aufkam, da sein Körper aufgrund fehlender Flügel und der Thermik gegen die Staumauer geschmettert würde. Er würde nicht viel spüren, hatte er gelesen, außer einer gewissen Leichtigkeit. Das Bewusstsein ist ein flüchtiger Vogel.

Aber was war mit der Temperatur des Wassers? Er würde nicht nur ertrinken, sondern auch erfrieren. Ein bitterer Winter lag hinter der Eifel. Der Frühling ließ nicht nur kalendarisch auf sich warten. Die Sonne verbarg sich hinter einer Wolkendecke. Gleich würde es wieder zu regnen beginnen.

Vielleicht war es besser, sich gegenüber auf der anderen Seite der Staumauer in die Tiefe zu stürzen? Dort, wo nur wenig Wasser in dem kleinen Flüsschen sprudelte, dafür das Fallen länger dauern würde?

Lange stand er frierend da, ehe er niederkniete, den Koffer öffnete und die rosafarbene Stola hervorholte und wie einen Schal dreimal um den Hals wickelte. Immer wieder schlug ihm ein einzelner Zipfel ins Gesicht, als er auf seine Uhr sah. 15.30 Uhr – keine vier Stunden mehr.

Magnus lehnte sich gegen das Geländer, presste die Knie gegen die Stäbe und breitete die Arme aus. Wie eine Galionsfigur stand er da. Ein plötzlicher Regenschauer blies ihm gegen die Brillengläser. Er beugte sich vor, hob das rechte Bein, das linke, verlagerte sein Gewicht, begann zu schweben, als sich eine Hand in seinen Mantel krallte.

»Tun Sie das nicht, Magnus Faber!«

# 6. Kapitel

Mit rigorosem Griff wurde Magnus vom Geländer der Staumauer zurückgerissen, er taumelte und stolperte rücklings auf die Straße. Eine Bö wehte ihm eine Haarsträhne vor die verregneten Brillengläser. Als er sie beiseite schob, erkannte er einen kräftigen Mann, der mit blauer Latzhose, Gummistiefeln und einer Kappe auf dem Kopf vor ihm stand. Während seine Hand immer noch Magnus' Mantel festhielt, streckte er ihm die andere entgegen. Magnus sah hinein: keine Pistole, kein Messer, keine Granate. Außer gelben Schwielen hatte diese Hand nichts zu bieten.

»Papiere!«, brüllte der Mann, wobei es in seinem Mund golden aufblitzte.

Gehorsam angelte Magnus mit klammen Fingern seine Börse aus der Gesäßtasche, fingerte seinen Ausweis heraus und hielt ihn dem Mann unter die Augen.

Der verglich das Foto skeptisch mit der Realität und schrie schließlich grimmig: »Aha!«

»Wer sind Sie?«, rief Magnus entsetzt. Wieso kannte der Mann seinen Namen? Warum hatte er ihn daran gehindert, sich in den See fallen zu lassen? Warum wollte er seine Papiere sehen? Laut Schild war es nur verboten Gegenstände hinabzuwerfen. Magnus war kein Gegenstand.

»Ich?«

Es waren seine Schneidezähne, die golden aufblitzten. Drei, der vierte fehlte.

»Sie sind von *Pesch & Söhne,* nicht wahr?«, half Magnus ihm nach.

Der Mann schien über sich nachzudenken.

Magnus nahm das als Einverständnis und wollte seine Börse wieder wegstecken, als er bemerkte, wie lüstern der Mann darauf schielte. »Ich hab so gut wie kein Geld«, erklärte er. »Meine Kreditkarte ist wahrscheinlich längst gesperrt, das müssten Sie besser wissen als ich.«

»Was?«

Während Magnus seinen Spruch wiederholte, grapschte der Mann nach der Börse. »Wird doch sonst alles nass, oder, Magnus Faber, wenn du springst? Wo ist dein Handy?«

»Ich habe keines.«

Der Mann winkte ab. »Erzähl mir nichts! Ihr jungen Leute habt alle eines. Mindestens. Auch wenn ihr sonst nichts habt.«

Magnus war anders als die anderen jungen Leute. Was sollte ein Mann wie er mit einem Handy? Mobiles Telefonieren war für einen Mann, der nicht mobil war, eine Farce. Wenn es nach ihm ginge, hätte er überhaupt kein Telefon. Er könnte dem Mann erzählen, wie misstrauisch er vor drei Jahren gewesen war, als die Telekom auf Evas Drängen hin ein Telefon in seiner Buchhandlung installiert hatte. Vor seinem inneren Auge sah er es auf der Ladentheke stehen und hörte, wie es läutete. Es zitterte und ein rotes Lämpchen flackerte dabei vor Aufregung. Wie oft hatte Magnus davor gestanden und erst zum Hörer gegriffen, wenn der letzte Ton verhallt und das Blinken erloschen war.

»Wollen Sie auch meine Brille haben?« Magnus zog sie von der Nase und bot sie ihm an.

»Gib her, kann nicht schaden. Und was ist mit der alten Kiste da drüben?«, fragte der Mann, steckte die Brille ein und zeigte ungeduldig hinter sich.

Magnus blinzelte und fragte: »Mein Auto?«

Der Mann lachte kurz auf und ließ seine Goldzähne blitzen. »Brauchst du das noch?«

Magnus überlegte kurz, ehe er sich entschied: »Nein.«

»Sehr vernünftig. Und der Schlüssel?«

»Steckt. Benzin gibt es auch noch. Nicht mehr viel, aber wenn Sie sparsam sind, dann ...« Unauffällig tastete Magnus nach seiner Armbanduhr. 16.30 Uhr. Noch zwei Stunden und 42 Minuten bis zum Ablauf des Ultimatums. »Wie kalt ist das Wasser?«, fragte er und blickte auf den See.

»Kalt.« Der Mann beobachtete ihn mit verschlagenem Blick und fügte hinzu: »Schön hier, nicht?«

Magnus zuckte mit den Schultern, erhob sich und näherte sich wieder vorsichtig der Brüstung. Sich fallen lassen. Jetzt! Nichts sehen, nichts mehr hören. Aber wieder wurde er in ein Gespräch verwickelt.

»Wir haben übrigens jetzt eine Bushaltestelle bei uns in Mitteldorf.«

Mitteldorf? Magnus horchte auf. Hatte der Mann wirklich Mitteldorf gesagt? »Wo ist dieses ...«, er wagte das Wort kaum auszusprechen.

»Mitteldorf? Drüben«, sagte der Mann und zeigte hinter sich zu den dunklen, undurchdringlichen Wäldern.

Magnus stellte sich auf die Zehenspitzen: »Ich sehe es nicht.«

»Es liegt hinter der Landzunge.«

»Ist es nicht untergegangen?«

»Was redest du da?« Der Goldzahnmann schüttelte den Kopf. »Im Gegenteil, unser Ort blüht auf. Wir haben jetzt sogar eine eigene Buslinie. Der Bus, weißt du, der kommt erst seit ... eh ... drei Monaten oder warte, seit Anfang des Jahres zu uns. Der 836er, der kommt aus Kall und Schleiden, früher fuhr er nur bis Hellenthal und machte da wieder kehrt. Jetzt macht er einen Schlenker bei uns vorbei, ehe er zurück nach Kall fährt. Der Umweg kostet ihn keine zehn Minuten, und wir haben zwanzig Jahre dafür gekämpft. Muss man sich mal vorstellen.«

Magnus erinnerte sich an den Bus, der ihm auf der verbotenen Fahrspur entgegengekommen war. Es schien lange her zu sein. Aber all die leeren Sitzreihen sah er auch noch vor sich.

Magnus spürte, wie der Mann über seinen Mantel strich und die Fasern prüfte. Er musste kein Hellseher sein, um zu wissen, was nun kommen würde, und zog ihn freiwillig aus. Er konnte ihn nicht vor der Nässe schützen, die da unten auf ihn wartete, er würde ihn nur belasten. Wie eine Qualle würde er darin hängen und vielleicht nicht untergehen.

»Margot wird sich freuen«, meinte der Mann, rollte den Mantel zusammen und schob ihn unter den Arm.

»Ihre Frau?«, fragte Magnus. Der Mantel war ein Herrenmantel, und schön war er schon lange nicht mehr.

»Margot habe ich gesagt. Margot Klemp!«, verbesserte der Mann ihn wütend. »Ich heiße nicht Klemp.«

Als Nächstes fixierten seine Augen Magnus' Hals. Seine gierigen Blicke sprachen eine deutliche Sprache. Er hätte auch für die rosafarbene Stola eine Verwendung.

»Die ziehe ich nicht aus«, stellte Magnus klar und band einen festen Knoten in die Stola. »Ich werde mich sonst erkälten.«

»Verstehe, Magnus, sonst holst du dir den Tod.« Der Mann lachte kurz, bleckte seine Goldzähne und schob seine Kappe in den Nacken. Danach inspizierte er das Ölgemälde, das am Geländer lehnte, verzog verächtlich das Gesicht und wollte es mit dem Fuß umstoßen, wenn Magnus ihn nicht daran gehindert hätte.

Der Mann nutzte die Gelegenheit und riss Magnus die Uhr vom Handgelenk, hielt sie an ein Ohr, nickte zufrieden und schnallte sie sich um. Als Nächstes ließ er die Kofferschlösser aufschnappen. Lieblos raffte er das grüne Kleid an sich und, auf der Suche nach einem doppelten Boden, klopfte, wendete und drehte er den Koffer, ehe er ihn Magnus vor die Füße schleuderte. »Vielen Dank auch für alles!«

»Keine Ursache«, murmelte Magnus automatisch.

»Viel Erfolg!«, wünschte ihm der Mann und stapfte mit seinem Hab und Gut unter den Armen und in den ausgebeulten Taschen zum Parkplatz, wo der Opel wartete. Er warf seine Beute auf den Rücksitz. Bevor er einstieg, blickte er zurück und rief: »Nur Mut!«

»Vielen Dank«, murmelte Magnus kleinlaut.

Bevor der Mann die Autotür zuschlug, rief er: »Ich sag schon mal Jakob Bescheid.«

»Jakob?«, rief Magnus mit einem Hoffnungsschimmer.

Der Motor heulte auf, die Räder wurden eingeschlagen, der Opel verließ den Parkplatz. Der Mann kurbelte die Seitenscheibe runter und streckte den Arm heraus. Seine Hand winkte immer noch, als der Opel über eine Fahrspur zwischen die Bäume verschwand.

Als Magnus sich, nackt bis auf Boxer-Shorts und Stola, gegen das Geländer lehnte und hinunterstarrte, kam ihm der Stausee noch kälter und abweisender vor. Vielleicht lag es daran, dass er keine Brille mehr trug. Seine wenigen Brusthaare standen zitternd zu Berge, seine hageren Beine schlotterten, die Knie schlugen aneinander. Magnus hatte sich seinen Abgang heroischer vorgestellt. In einer letzten Hoffnung blickte er sich um.

Dankbar entdeckte er, dass neue Bewegung in die aussichtslose Lage kam, das lang gezogene Dach eines rot-weißen Busses tauchte am Ende der Staumauer auf. Hupen durchdrang die Stille.

»Boooooah!«

Mit dem Schrei des brünftigen Hirsches schossen Magnus neue Fragen wie Lichtblitze in den Kopf: War Jakob der Busfahrer? War Jakob ein Passagier? Würde ihn der Busfahrer zu Jakob bringen? Der Bus schien es eilig zu haben, kam schnell näher, brauste mit großem Getöse an Magnus vorbei, hüllte ihn in eine Rußwolke und tauchte ebendort in den Wald ein, wo vorhin sein Opel aus seinem Blickfeld verschwunden war, als würde er ihn verfolgen. Wie Magnus auch auf die Schnelle hatte erkennen können, waren die Sitzbankreihen im Inneren immer noch unbesetzt. Und der Fahrer hatte getan, als gäbe es keinen halbnackten Mann, der sich hilflos an das Geländer klammerte, um nicht vom Sog des schnell vorbeifahrenden Busses ergriffen zu werden.

Magnus war über das Hin- und Herfahren und das Auf- und Abtauchen dieses Geisterbusses einigermaßen verwirrt. Auch wusste er jetzt immer noch nicht, wer Jakob war. Aber das Schlimmste war, dass er keine Uhr mehr hatte, und nicht mehr wusste, welcher Tag heute war.

Wie lange schon war das Ultimatum abgelaufen? Hatten *Pesch & Söhne* ihn vergessen? Unmöglich, denn, juristisch betrachtet, wurden verstrichene Ultimaten selten aufgehoben, sondern liefen im Hintergrund weiter. Vermutlich wurden die Fäden also noch irgendwo gezogen, und *Pesch & Söhne* würden ganz willkürlich in einem anderen Augenblick zupacken.

Ratlos starrte Magnus ins dunkle Wasser. Die Wellen begannen vor seinen Augen zu verschwimmen. Er presste sich gegen das Geländer und breitete die Arme aus. Wie eine Galionsfigur stand er da und horchte in sich hinein.

Was war geschehen? Wo war die absolute Todessehnsucht, wo der eiserne Wille geblieben? Beide schienen ihm durch die vielen Unterbrechungen verloren gegangen zu sein, waren hinter ein einfaches, aber sehr menschliches Hungergefühl zurückgetreten. Magnus hatte seit gestern Mittag, seit der Kirschtomate, die er auch noch ausgespuckt hatte, nichts mehr zu essen bekommen. Sein Magen grummelte unüberhörbar. Sein Mund war ausgetrocknet, seine Lippen rau. Allein bei der Vorstellung eines Stücks trockenen Brots lief ihm das Wasser im Mund zusammen. Er ließ die Arme sinken.

Wenn *Pesch & Söhne* ihr Ultimatum verschieben konnten, konnte er auch seinen Plan verschieben, so lange bis alles passte, der Ort, die Zeit, der Wille, das Gefühl. Er sprang schließlich nur einmal im Leben in den Tod.

Magnus bückte sich, ließ die Schlösser des Koffers zuschnappen und machte sich auf den Weg nach Mitteldorf, ohne zu wissen, wo es war.

Nicht in Sack und Asche, in Boxershorts und Stola, das Gemälde unter dem linken Arm, den Koffer unter dem rechten, schlurfte er über die Staumauer, an den beiden Warnschildern vorbei, der Informationstafel und der Wanderkarte vorbei zu dem Fahrweg, den der Opel und der Bus eingeschlagen hatten.

Nach ein paar Schritten tauchte er in einen Wald ein, in dem die Bäume hoch über ihm zusammenwuchsen, als wollten sie einen Tunnel bilden. Plötzlich lag schwarze Dunkelheit vor ihm, Schlingpflanzen kletterten wild zwischen Stämmen empor, feuchtes Totholz stapelte sich kreuz und quer am Wegesrand, Stille lag über allem. Vergessenheit. Verwunschenheit. Magnus setzte vorsichtig einen nackten Fuß vor den anderen und blinzelte dem Ende des halbrunden Ausblicks entgegen. Der Weg schien kein Ende nehmen zu wollen.

Aber dann öffnete sich endlich der Wald vor ihm. Weit und hell wölbte sich der hellblaue Himmel über einer Talsenke, ohne eine einzige Wolke, und Magnus' Herz begann wie wild zu klopfen. Und in dieser Talsenke lag wie ein Nest ein Dorf. Eine glänzende Sonne schien auf verwinkelte, rote Häuserdächer. Aus ihrer Mitte erhob sich ein Denkmal, in der Form eines Obelisken, rechts, auf einem kleinen Hügel, ragten ein Holzkreuz und eine Kirche in den hellblauen Himmel.

Magnus ging wie in Trance weiter. Zu sehr war er damit beschäftigt, das Ortsschild zu entziffern, hinter dem die Siedlung begann, als dass er die kleine Straßenschwelle auf sich zukommen sah. Er stolperte über sie und las im gleichen Moment: *Mitteldorf*.

# 7. Kapitel

Mitteldorf.

Plötzliche, angenehme Wärme hüllte ihn ein, die intensiver wurde mit jedem Schritt. Eine Melodie schien über der Talsenke zu liegen wie das Summen einer unbekannten Insektenschar. Ein betörender Duft stieg ihm in die Nase.

Die Siedlung entlang der Durchgangsstraße bestand aus kleinen Bauernhäusern, wie Spielzeughäuser in einer Modelleisenbahn-Landschaft, pastellfarben, Giebel an Giebel, wie Perlen an einer Kette, unten Geschäfte mit und ohne Markisen, oben Wohnungen, die mit Balkonen, Türmchen, Erkern und Giebelecken verziert waren. Die kleinen Vorgärten waren eingezäunt. Hier und da zweigte ein holpriges, schmales Seitensträßchen ohne Bürgersteig ab.

Einige wenige pastellfarbene Autos holperten auf dem Kopfsteinpflaster kreuz und quer, als hätten sie kein Ziel. Einige wenige Einheimische bummelten mit Einkaufstaschen, langen Broten, Zeitungen, Blumensträußen von Haus zu Haus.

An der ersten Straßenkreuzung blickte Magnus links und rechts auf zwei bucklige Gassen, die zu beiden Seiten Uferstraße hießen. Magnus blieb auf der Durchgangsstraße, die sich Hauptstraße nannte. An der Bushaltestelle hing kein Fahrplan. Nach wenigen Schritten erreichte er einen Kreisverkehr, auf dessen Mitte das Denkmal errichtet war. Die zwei abgehenden Gassen boten die gleiche Aussicht wie bei der ersten Querstraße und hießen beide Marktstraße.

Magnus stellte sich vor, dass die Nebenstraßen in Gässchen, Fußwege oder Hinterhöfe mündeten, die untereinander verbunden waren.

Mit der dritten Kreuzung, von der zu beiden Seiten die Kirchstraße abzweigte, war das Ende des Orts erreicht. Linker Hand mündete die Uferstraße in den Kirchenhügel, rechter Hand in einen Wendehammer.

Von hier aus konnte Magnus das Wasser des Stausees sehen und stand nach wenigen hundert Metern am Steilufer, wo er sich erschöpft auf einem Findling niederließ, Koffer und Gemälde abstellte und sich ungläubig umsah.

Es war kein Wunder, dass er Mitteldorf von der Staumauer aus nicht hatte sehen können. Es lag in einer Talsenke und dazu in einer Bucht, eingerahmt von Landzungen, groß wie Halbinseln.

*Die Staumauer der Olef bei Mitteldorf*, sein geliebtes Gemälde, war alles andere als eine naturgetreue Darstellung, sondern bloß ein Artefakt, ein Konstrukt, eine Montage, die Kopfgeburt eines unbekannten Malers. Nicht einmal seine Mutter konnte das gewusst haben, sagte sich Magnus. Die Staumauer wurde 1959 fertiggestellt, lange nachdem sie die Eifel verlassen hatte. Da es unmöglich war, den Künstler nach dem Warum und Wieso zu fragen, beschloss Magnus, sich nicht weiter mit diesem Phänomen auseinanderzusetzen. Hauptsache war doch, dass er Mitteldorf gefunden hatte. Und die Staumauer. Und dass er springen konnte, sobald er etwas gegessen hatte.

Niemand in dem bunten, friedlichen Dorf hatte an seinem seltsamen Aussehen Anstoß genommen, im Gegenteil, die Gesichter waren freundlich gewesen, man würde ihn nicht abweisen.

Tok. Tok. Tok.

Magnus blickte sich um.

Tok. Tok. Tok.

Er ließ sein Gemälde und den Koffer stehen und folgte auf nackten Füßen dem Geräusch. Ein schmaler Pfad führte ihn am gewundenen Ufer entlang.

Tok. Tok. Tok.

Nicht lange und er stand vor einem hohen, mächtigen, hölzernen Pfahl. Magnus legte den Kopf in den Nacken. Eine Art Takelbalken, an dem ein Seil über eine Rolle führte, ragte weit über das Ufer hinaus. Die eine Seite des Seiles war am Pfahl festgezurrt, das andere Ende führte zu einem schweren Kranhaken, schwang lose hin und her, rollte sich auf und machte sich wieder lang, als fischte es in der Luft. In regelmäßigen Abständen schlug der Haken gegen den Pfahl.

Tok. Tok. Tok.

Darunter, im Wasser, schaukelte eine Barkasse in den Wellen. Sie war am Ufer vertäut. Wasser war durch die Holzplanken gesickert und plätscherte im Rhythmus der Wellen. Ein abgebrochenes Ruder lag quer über einer Sitzbank.

Suchend schweiften Magnus' Blicke über das ruhige Wasser, das sich, von Landzungen zurückgedrängt, seinen Weg in Buchten gebahnt hatte. Wie ein einziges, großes Puzzleteil. Die Sonne hatte fast ihr Tagewerk beendet und näherte sich den höchsten Baumwipfeln.

Magnus kratzte sich am Kopf und blickte von der Barkasse im Wasser hinauf zum Pfahl. Er wunderte sich nicht, dass das Bauwerk auf seinem Gemälde fehlte, denn schön war es nicht. Welche Bewandtnis es mit dem Bauwerk haben mochte, konnte er sich nicht vorstellen. Er hatte dergleichen nie gesehen. Aber auch das, tröstete er sich, hatte wenig zu bedeuten, da er an diesem Tag viel gesehen hatte, was er nicht verstehen konnte. Von Peschs Auftauchen in seiner Buchhandlung über den Raub auf der Staumauer bis zu dem scheppernden S-Haken war es ein weiter, unergründlicher Weg. Geprägt von einem immer unerträglicher werdenden Hungergefühl. Langsam kehrte er zu dem Findling zurück, nahm das Gemälde und den Koffer an sich. Seine Beine zitterten, er würde auch betteln. Um ein Stück Brot.

Dämmerung brach über Mitteldorf herein, die Sonne war hinter den ersten Baumreihen am Ende der Talsenke schon halb untergegangen. Die Straßen waren leergefegt. Straßenlaternen zündeten sich mit einem kleinen »Klick« an und tauchten den Ort in ein sanftes Regenbogenlicht. Kurz vor dem Denkmal im Kreisverkehr entdeckte Magnus ein weißes Schild an einer Pforte. Er überquerte die Hauptstraße, nahm die beiden Stufen zum Hauseingang mit einem Schritt und stand vor der Praxis eines Arztes. Sein Name war Dr. Klaus Joseph. Er war Allgemeinmediziner.

Ein Arzt ist zur Hilfe verpflichtet, sagte sich Magnus, und ließ den Türklopfer, eine Schlange, die sich um den Äskulap-Stab wand, gegen die rosa lackierte Holztür fallen. Er wartete auf Licht, Schritte, freundliche Worte und ein Stück Brot. Er legte den Kopf in den Nacken und betrachtete die schmale Fensterfront. Im ersten Stock war eine Gardine gerade erst wieder zugezogen worden, sie bewegte sich noch. Er klopfte erneut. Eindringlicher. Vergeblicher.

Da überfiel ihn ein dringendes Bedürfnis, und er huschte durch die angelehnte Pforte in den Garten, um dort unauffällig in die Büsche zu gehen. Kaum hatte er das erledigt, sah er sich zwei irisierenden Punkten gegenüber, aus deren Mitte ein unterdrücktes Knurren zu vernehmen war. Magnus stellte das Atmen ein. Mit an Unbeweglichkeit grenzender Langsamkeit, wie ein chinesischer Kämpfer, trat er den ersten flachen Schritt zurück und stahl sich auf diese Weise rückwärts hinaus. Kaum hatte er die Gartenpforte eingeklinkt, sprang das Ungeheuer mit Anlauf dagegen und überschüttete ihn mit Gebell und Geifer. Ein Hund so groß wie ein Kalb, aber keineswegs so friedlich. Ehe er die Tür aus den Angeln heben konnte, rannte Magnus davon, den Koffer in beiden Händen wie ein Schild an seine Brust gedrückt.

Außer Atem bog er in die Kirchstraße ein, wo am Horizont eine o-beinige Gestalt auf ihn zuwackelte wie ein kleiner Kobold.

Magnus' Herz hüpfte vor Erleichterung. »Ich bin froh, Sie zu sehen«, rief er dem Mann von Weitem entgegen. »Können Sie mir sagen, wo ich etwas zu essen bekomme?«

»Nein!«, schrie der Mann. Er war kleiner als Magnus, trug einen krausen Vollbart, ein Zigarrenstummel klebte in einem Mundwinkel. Das Feuer war ausgegangen, ein Glück, sonst hätte es womöglich seine Barthaare angezündet. Als er Magnus gegenüberstand, musterte er ihn grimmig. »Magnus Faber?«, schnarrte er, und ohne eine Antwort abzuwarten, riss er ihm den Koffer aus den Händen, klemmte ihn unter seinen Arm und schrie: »Mir nach!« Er machte auf dem Absatz kehrt und wackelte den gleichen Weg zurück.

Magnus lief ihm und seinem Koffer hinterher. Der Kobold war unfassbar schnell. Nach zweihundert Metern stolperte er über eine niedrige Steinmauer und flitzte vor Magnus' Augen über ein gekiestes Grundstück.

Auf dem Areal standen ein geschlossener, wackliger Sonnenschirm und ein paar hölzerne Picknicktische, Blumenampeln pendelten vor der Fassade des Hauses. Durch eine Reihe weiß lackierter Sprossenfenster drang schummriges Licht, Schatten bewegten sich dahinter. Über dem Eingang pendelte ein rotes Emaille-Schild, auf dem ein Vogel tückisch auf die Lettern *Der Rote Milan* schielte.

Der Kobold zog die Tür auf, lockte mit krummem Zeigefinger Magnus zu sich heran und schnarrte: »Mir nach!«

# 8. Kapitel

Oskar Pesch steckte sein Handy ein, das ihm Eva Zimmermann beinah entwendet hatte, verließ die Buchhandlung *Faber* und steuerte seinen silbernen Mercedes am Straßenrand an. Er hatte keine Zeit zu verlieren und einen heißen Tipp in der Tasche, der ihn zwar 400 Euro gekostet hatte, aber eine Investition in seine Zukunft sein sollte. Magnus Faber gehörte ihm allein. Auf einem Silbertablett wollte er seinem Vater das Geld präsentieren und endlich Chef werden, Chef von *Pesch & Söhne* – der renommierten, überregionalen Firma für Privatkredite mit Sitz in Brühl, Rheinland.

Oskar stieg ein und programmierte sein Navigationsgerät. Hellenthal, Stadtmitte, gab er ein. Während das Gerät nach dem GPS-Signal suchte, schnallte er sich an, schaltete das Radio ein, warf den Motor an und setzte den Blinker.

*Die Route ist berechnet*, sagte die blecherne Frauenstimme. 70 Kilometer in 52 Minuten, wenn man die Autobahn nicht mied. Oskar ließ sich kurz die Eckpunkte der Strecke auflisten, als seine Beifahrertür aufgerissen wurde und dieser Columbo-Verschnitt mit einem Satz hereinsprang, schneller als Oskar den Mund aufreißen und protestieren konnte. Fix schaltete er sein Navigationsgerät aus.

Der Gürtel des zerknautschten Trenchcoats verklemmte sich, sodass der Mann die Tür noch einmal aufdrücken musste, um ihn zu befreien. Ein Moment, zu kurz, um den ganzen Mann hinauszuwerfen, was Oskar gern getan hätte. Aber sie befanden sich mitten in der Stadt, und Aufhebens konnte er nicht gebrauchen.

»Ich war gerade zufällig am Kiosk. Nehmen Sie mich ein Stück mit?«, fragte der Mann, von dem Eva Zimmermann vorhin in der Buchhandlung behauptet hatte, er wäre ihr Bruder, und schnallte sich seelenruhig an. Aber so sah er nicht aus.

»Ich denke nicht dran«, sagte Oskar und legte die Hände in den Schoß. Er würde das Problem aussitzen.

Zimmermann alias Columbo, der Oskar mit einem schiefen Lächeln musterte, schob langsam seine rechte Hand in die rechte Manteltasche und zog sie ebenso langsam, bestückt mit einer Pistole, wieder heraus. Er entsicherte die Waffe mit einem unüberhörbaren Klicken und legte sie auf seine Knie.

»Okay. Okay. Ist ja gut«, gab sich Oskar geschlagen. So ein Ding hatte er auch, nur lag es im Handschuhkasten, gegen den Zimmermann gerade seine schmutzigen Schuhe stemmte, um es sich bequem zu machen. »Wer sind Sie überhaupt?«

»Sorry, ich vergaß mich vorzustellen. Bernd Zimmermann.«

»Also sind Sie wirklich der Bruder der kleinen Buchhändlerin?«

»Sieht man das nicht?«, fragte Zimmermann und bemühte sich, sein rechtes Auge aufzureißen.

»Die Kleine ist ein hübsches Ding«, sagte Oskar und schielte auf die Waffe.

Zimmermann fuhr zärtlich über den Pistolenlauf. »Nicht wahr?«

»Und wohin darf ich Sie kutschieren?«

»Egal«, meinte Zimmermann und lehnte sich zurück.

Oskar fluchte. Er konnte keine Begleitung gebrauchen, auch wenn es einer wie Zimmermann war, der so aussah, als sei er gerade aus dem Bett gefallen und verstehe nur die Hälfte. Aber das konnte täuschen.

»Nun fahren Sie schon!«, forderte Zimmermann Oskar auf und fuchtelte vor der Windschutzscheibe herum.

Oskar bog an der nächsten Straßenkreuzung rechts ab. Er würde einfach so lange ziellos kreuz und quer durch Brühl fahren, bis Zimmermann es leid war.

»Und wer sind Sie?«, nuschelte Zimmermann.

»Oskar Pesch von *Pesch & Söhne*«, sagte Oskar und bog links ab.

»Und wohin fahren Sie?«, fragte Zimmermann und hielt sich fest, als Oskar scharf rechts um die nächste Ecke bog.

»Spazieren«, antwortete Oskar.

»Geht es etwas genauer?«, wollte Zimmermann wissen.

»Nein.« Oskar hielt vor einer Ampel.

»Also?«

Oskar fuhr an den Bordstein, hielt an und zeigte auf die Tür. Es hupte hinter ihnen, aber Oskar blieb am Straßenrand stehen.

»Sie stehen im Halteverbot«, erklärte Zimmermann.

Es hupte.

Er beugte sich vor und schaltete das Navigationsgerät an. Das letzte Bild erschien auf dem kleinen Monitor.

Oskar presste die Lippen aufeinander.

»Nach Hellenthal fahren Sie, das ist ja interessant.«

Wieder hupte es hinter ihnen. Ein Auto machte einen Bogen um den Mercedes, der Fahrer zeigte ihnen einen Vogel. Oskar hupte zurück.

»Was wollen Sie denn da?«, fragte Zimmermann.

»Das geht Sie nichts an.«

Zimmermann bohrte die Mündung seiner Pistole in Oskars rechten Oberschenkel. »Nun fahren Sie schon! Los! Ab auf die Autobahn!«

»Okay, okay.« Oskar setzte den Blinker und fuhr an. Er wusste, wann er sich geschlagen geben musste, und sagte sich: *If you can't beat them, join them*. Er bog auf die A1 ab. Wenn er Zimmermann nicht los werden konnte, würde er ihn sich zunutze machen.

»Wie kommen Sie eigentlich auf die Idee, dass Magnus Faber hier irgendwo sein könnte?«, fragte Zimmermann.

Oskar lächelte stolz: »Intuition.«

»Das ist ein bisschen dürftig«, kommentierte Zimmermann.

»Haben Sie denn nicht gemerkt, dass in der Buchhandlung ein Bild fehlt?«

Zimmermann runzelte die Stirn und versuchte sich daran zu erinnern, was Eva über das Bild im Hinterzimmer ihres Chefs gesagt hatte.

»Und Ihre Schwester hat Sie nicht darauf aufmerksam gemacht?«, fragte Oskar.

»Und wenn schon?«

Oskar wies mit großer Geste auf die Aussicht. »Weil auf diesem Bild genau diese Staumauer zu sehen ist.«

»Sind Sie sicher?«, fragte Zimmermann ungläubig.

Oskar wedelte mit seinem Handy. »Es besteht kein Zweifel, mein Smartphone lügt nicht.«

»Und deswegen denken Sie allen Ernstes, dass Magnus hier ist?«

»Ich bin mir nicht sicher«, gab Oskar zu, »aber es ist die einzige Spur, die es gibt, oder?«

»Oder er ist noch in Brühl«, erklärte Zimmermann und wies unvermittelt durch die Windschutzscheibe auf die Straße und warnte: »Achten Sie auf Nägel!«

Oskar reckte den Hals. »Nägel?«

»Seit ein paar Wochen streut irgend so ein Psycho Nägel auf die Eifeler Straßen, besonders hier auf diesen Abschnitt der A1.«

Oskar stieß verächtlich Luft aus. »Nägel machen meinen Reifen nichts.«

»Sagen Sie das nicht. Der Mann hat sie präpariert. Sie sind besonders spitz, habe statt einem kleinen runden Kopf eine Metallplatte, damit sie nicht umfallen, und sind aus einer speziellen Legierung hergestellt. Muss ein Fachmann sein. Er hat schon eine Menge Reifen geknackt.«

»Und was hat er davon?«, fragte Oskar und ließ jetzt die Fahrbahn, die vor ihm lag, nicht mehr aus den Augen.

Zimmermann grunzte nur.

Ausfahrt Bad Münstereifel/Mechernich und der silberne Mercedes verließ die A1. Eine lauernde Stille breitete sich zwischen den Parteien aus. Während Oskar Mechernich ansteuerte, fingerte Zimmermann an seinem Handy herum und wählte erfolglos ein und dieselbe Nummer.

»Was treibt Ihre Firma eigentlich?«, fragte Zimmermann nebenher.

»Wir vermitteln private Kredite.«

»Völlig legal, selbstverständlich.«

»Selbstverständlich. Wenn unsere Kunden die Kredite zurückzahlen, gibt es keine Problem.«

»Aber Faber konnte nicht«, ergänzte Zimmermann.

»Er wollte nicht.«

»Und jetzt suchen Sie ihn, um ihm den Hals endgültig zuzudrehen.«

»Im Gegenteil, ich will ihm nur sagen, dass wir ihm einen zeitlichen Aufschub gewähren. Aber der Mann hat ja kein Handy. Und warum suchen Sie ihn?«

»Ich will ihn heil zu meiner Schwester zurückbringen.«

»Dann haben wir ja beide das gleiche Ziel.«

»So könnte man es sagen.«

»Wir wollen beide nur das Beste für Faber«, sagte Oskar.

Wir sind Freund und Feind, dachte Zimmermann, der eine sieht den Wald, der andere die Bäume.

Oskar ließ seinen Mercedes die steilen Serpentinen hinab ins Tal rollen, bremste knapp und ruckartig in den Kurven und erreichte Gemünd.

»Hier mündet die Olef in die Urft«, sagte Zimmermann, als Oskar an der ersten Kreuzung hielt.

»Aha«, meinte Oskar.

»Daher auch der Name, Gemünd.«

»Aha.« Oskar bog links auf die B 265 Richtung Schleiden ab.

»Die Olef ist nur ein kleines Flüsschen«, unterhielt Zimmermann, »besser gesagt ein kurzes Flüsschen. Hat hier mal gerade 30 Kilometer auf dem Buckel, kommt von der belgischen Grenze, wird ...«

Oskar musterte Zimmermann skeptisch. »Sie wissen wohl alles, was?«

Zimmermann nickte unbeeindruckt und fuhr fort: »... vor Hellenthal zur Talsperre aufgestaut.«

Ab Schleiden ging es parallel zu einer schmalen Bahnlinie und zur Olef in einem langgestreckten Tal nach Hellenthal. Der Himmel begann sich zuzuziehen.

»Und da ist sie wieder«, sagte Zimmermann und zeigte auf eine Stelle, die den Ausblick auf den kleinen Fluss frei ließ. »Wir fahren der Olef quasi entgegen.

Oskar hatte schon lange nichts mehr zu Zimmermanns ungebetenen Informationen beigetragen, sondern war seinen eigenen Gedanken nachgegangen. Es fiel ihm schwer, einen Plan zu machen, da er nicht wusste, welche Situationen auf ihn zukamen, außerdem schien Zimmermann das Ruder in die Hand nehmen zu wollen.

Kaum hatten sie das Ortsschild *Hellenthal* passiert, zerplatzten die ersten dicken Regentropfen auf der Windschutzscheibe. Zimmermann verkündete: »Hier nehmen wir uns ein Zimmer!«

»Hier ein Zimmer?«, entfuhr es Oskar. »In diesem Kaff, sind Sie verrückt?«

»Nein, aber ich gehe davon aus, dass wir Magnus Faber nicht schon in den nächsten Stunden finden werden«, antwortete Zimmermann.

»Aber ich habe keine Kleidung zum Wechseln mit. Noch nicht einmal eine Zahnbürste.« Oskar stellte die Scheibenwischer an. Quietschend rutschten sie über die halbfeuchten Scheiben und hinterließen einen Schmier aus Pollen und Staub.

»Da drüben ist ein *Schlecker*.« Zimmermann zeigte auf einen jener vollgestopften, blauen Läden, die bald aus dem Straßenbild Deutschlands verschwinden würden, was kein Jammer war.

»Noch«, knurrte Oskar.

Hellenthal war ein Straßendorf. Alles, was es außer einer *Schlecker*-Filiale zu bieten hatte, konnte man bei der Durchreise entdecken. Auch die wenigen Schilder, die für Fremdenzimmer, Gasthöfe und Pensionen warben, die abseits der Hauptstraße lagen.

Zimmermann presste seine Nase gegen die Seitenscheibe und rief plötzlich: »Da! Da lassen wir uns nieder!«

Pension *Sonnenschein*.

Widerwillig folgte Oskar dem Hinweisschild. Nach einigen engen Kurven hielten sie vor einem bescheidenen Haus auf einem der drei Parkplätze.

»Keine Faxen«, sagte Zimmermann und fuchtelte mit seiner Pistole herum, ehe er sie in seinem Trench verschwinden ließ.

Sehnsüchtig fixierte Oskar das Handschuhfach. Wieder keine Chance, an seine Waffe zu kommen, aber vielleicht heute Nacht, wenn dieser verdammte Columbo schlief. Zimmermann schlug seinen Kragen hoch. Ein Nieselregen erwartete sie draußen.

Mit den Worten »Lassen Sie mich alles machen. Sie halten den Mund, klar?« schob Zimmermann Oskar die Stufen hoch.

»Wir hätten gern ein Zimmer für eine Nacht«, sagte Zimmermann und schüttelte den Regen aus seinen Locken.

»Eines?«, entfuhr es Oskar und strich seine feucht gewordene Haartolle glatt.

Zimmermann stieß ihm in die Rippen.

Der Hotelier, ein kleiner Mann mit einem schwarzen Schnurrbart, sah abwartend von einem zum anderen. »Wir haben sowieso nur Doppelzimmer. Mit oder ohne Balkon?«

»Ohne.«

»Mit Dusche oder ohne?«

»Mit!«, entfuhr es Oskar. Er wollte auf keinen Fall neben einem verschwitzten Columbo die Nacht verbringen.

»Egal«, übertönte Zimmermann ihn.

»Ich könnte Ihnen eines mit Dusche geben, da ist das WC aber auf dem Flur.«

»Ja, ja«, rief Oskar begeistert. Er wollte nicht mit anhören müssen, wie Zimmermann seine Notdurft verrichtete. Außerdem konnte er bei einem Gang auf das WC den Abgang machen.

»In Ordnung«, entschied Zimmermann und streckte die Hand nach dem Schlüssel aus.

Der Hotelier bat um die Personalausweise. Hinter ihm linste eine Angestellte neugierig durch einen Türspalt, ehe sie mit einem Stapel Servietten hervortrat und sie umständlich faltete, ehe sie wieder verschwand.

Während Zimmermann mit der Nasenspitze über dem Papier auf dem Meldebogen herumkritzelte, hatte Oskar eine plötzliche Eingebung: »Wir erwarten unseren Freund. Magnus Faber. Ist er schon da?«

Zimmermann trat ihm auf den Fuß, Oskar verzog das Gesicht, während der Hotelier sein Belegungsbuch kontrollierte. »Wie heißt er, sagen Sie?«

»Magnus Faber«, wiederholte nun Zimmermann und kassierte dafür einen Tritt von Oskar.

»Nein, bedaure, er ist noch nicht da. Soll ich für ihn ein Zimmer frei halten?«

»Ja«, sagte Oskar.

»Nein«, sagte Zimmermann.

Der Hotelier zuckte fragend mit den Schultern.

»Nein«, wiederholte Zimmermann.

»Wie Sie wollen. Ihr Gepäck?«

»Das holen wir später aus dem Auto«, behauptete Zimmermann.

Das Zimmer lag im ersten Stock und war so bescheiden wie das ganze Haus. Einfach, aber sauber. Das Bett war ein Doppelbett mit Besucherritze. Oskar untersuchte das Gestell und fand heraus, dass man es auseinanderschieben konnte. Zimmermann hatte die gleiche Idee, und so kam es, dass jeder an einer Bettseite zog, bis ein Gang von vierzig Zentimetern zwischen den Matratzen lag. Der geflieste Boden darunter war mit Staubflusen übersät.

»Wenigstens keine Kondome«, sagte Zimmermann, richtete sich auf und warf die Haare zurück.

»Ich schlafe rechts«, entschied Oskar, öffnete die beiden weißen Schranktüren – ein paar Regalbretter, eine Garderobenstange – und schloss sie wieder.

»Was haben Sie erwartet?«, fragte Zimmermann und schob die Gardinen beiseite – ein kurzer Blick auf eine Straßenlaterne, einen Hausgiebel, einen Baumwipfel. Es hatte aufgehört zu regnen. Er zog die Gardine wieder zu.

»Was haben Sie erwartet?«, konterte Oskar und ließ sich auf sein Bett fallen. Er schloss für einen Moment die Augen, lauschte auf Zimmermanns Schritte, die im Zimmer auf und ab gingen, begleitet vom Rascheln seines Trenchcoats. Als die Tür aufgezogen wurde, war er sofort hellwach.

»Wir gehen«, kommandierte Zimmermann.

»Gute Idee«, meinte Oskar und rappelte sich auf. »Ich habe Hunger. Ich könnte ein Wildschwein vertilgen.«

»Dann werden wir eines erlegen.«

Nach einem Blick in den dunkelgrauen Himmel, ließen sie den Mercedes stehen und bummelten bis zur Kölner Straße. Als Oskar *Ali's Pizzeria* stürmen wollte, zog Zimmermann ihn weiter. Nach einigen Erkundungsgängen in den Neben- und Seitenstraßen gelangten sie an den Kreisverkehr und entdeckten das Hinweisschild: *Oleftalsperre*. Am *Café Dressel* vorbei bogen sie links in die Oleftalstraße ein, durchquerten ein langgezogenes Gewerbegebiet und erreichten schließlich einen großen Parkplatz, auf dem zwei Reisebusse und ein paar Pkw abgestellt waren. Sie befanden sich direkt zu Füßen der Staumauer.

»Bauzeit 1954-1959, 55 Meter über der Talsohle«, las Oskar vom Display seines Handys ab. »282 Meter Kronenlänge, Höhe der Bauwerkskrone 467 Meter, Bauwerksvolumen 123.000 Kubikmeter. Fassungsvermögen 20 Millionen Kubikmeter Wasser, Pfeilerzellenbauweise, bis auf die Linnachtalsperre einmalig in der Bundesrepublik.«

»Klugscheißer«, meinte Zimmermann.

»Ich habe ein Smartphone«, erklärte Oskar, während Zimmermann schon am Absperrgitter rüttelte, das der Wasserverband Eifel-Rur für Unbefugte verschlossen hatte und hinter dem das, was der Olef nach der Stauung geblieben war, in Richtung Hellenthal davonsprudelte.

Oskar entdeckte als Erster den Treppenaufgang zum Restaurant *Seeadler*, hinter dem ein steiler Fußweg zur Staumauer führte. »Auf geht's!«

»Morgen«, vertröstete Zimmermann ihn. »Morgen gehen wir da hinauf, mein Lieber.«

»Ich bin nicht Ihr Lieber«, rief Oskar schon von der obersten Treppenstufe.

»Es wird gleich dunkel«, mahnte Zimmermann und folgte ihm murrend. »oder es fängt wieder an zu regnen.«

Oskar stand schon am Geländer und starrte in die Tiefe. Als Zimmermann sich außer Atem neben ihn lehnte, sagte er: »Was haben Sie erwartet? Dass Magnus Faber da unten im Wasser liegt?«

Genau das hatte Oskar erwartet, befürchtet und gehofft. »Ich wollte nur mal die Lage peilen.«

Die beiden Männer ließen ihre Blicke schweifen.

»Sehen Sie hier irgendwo ein Dorf?«, fragte Zimmermann.

»Nein«, antwortete Oskar und trommelte nervös auf das Geländer.

»Da hinten ist vielleicht eine Karte«, sagte Zimmermann und wies zur Informationstafel auf dem Parkplatz.

Gemeinsam studierten sie zuerst die eine Seite, auf der das Bauwerk der Staumauer mit technischen Daten erläutert wurde, dann durchsuchten sie die Wandkarte auf der Rückseite. Bis auf einen schmutzigen Fleck in Ufernähe und einer weitläufigen Bucht fiel ihnen nichts auf.

Oskar tippte darauf. »Das könnte es sein.«

Zimmermann zuckte mit den Schultern. »Unwahrscheinlich.« Und dann fragte er: »Haben Sie eigentlich Magnus Faber schon einmal gesehen?«

»Hm«. Oskar nickte. »Ausgetretene Schuhe, Hochwasser-Hose, Hosenträger, viel zu großes Hemd, ungekämmte, selbstgeschnittene Haare, runde Brillengläser ... ein komischer Kauz eben ... und Sie?«

Zimmermann kniff auch sein linkes Auge zu und zischte: »Ich bin kein komischer Kauz.«

Oskar grinste: »Immer mit der Ruhe, ich wollte wissen, ob Sie Magnus Faber schon einmal gesehen haben?«

»Nein.«

»Er ist der Chef Ihrer Schwester!«

»Na und?«

Oskar seufzte und meinte: »Ich weiß nicht, aber ich habe den Verdacht, dass uns Ihre Schwester hier auf eine falsche Fährte geschickt haben könnte.«

»Eva? Haben Sie nicht ihre Augen gesehen?«, fragte Zimmermann und legte seinen Kopf schief. »Können solche Augen lügen? Kommen Sie, wir kehren jetzt um, ich denke, Sie hatten Hunger.«

Oskar folgte ihm widerwillig. Hier stimmte etwas nicht. Hier stimmte nichts, dachte er.

Zimmermann schlug vor, sich auf der Ecke im *Café Dressel* einen schnellen Espresso zu genehmigen. Aber Oskar meinte, wenn er jetzt nicht bald etwas zwischen die Rippen bekäme, würde er ins Koma fallen.

»Die haben auch Kuchen«, meinte Zimmermann.

»Ich brauche etwas Vernünftiges«, erwiderte Oskar und rieb sich den Magen.

»Das Wildschwein kommt später«, vertröstete Zimmermann ihn und schob Oskar zur Eingangstür. An der Kuchentheke erlag Zimmermann dem verführerischen Angebot und entschied sich für ein Stück Käsesahne und bestellte dazu einen großen Milchkaffee.

Oskar wollte nichts, sondern begutachtete den steinernen Backofen, der vermutlich nicht nur zu Dekorationszwecken im Café stand, und die glänzenden Blätter eines hohen Gummibaums.

Sie fanden einen Platz am Fenster mit Blick auf eine antiquierte, gelbe Telefonzelle und den Natursteinhandel *Hörnchen*. Sie legten ihre Handys auf den Tisch und registrierten, wie sich der Empfang Strich für Strich einstellte. Sie lehnten sich zurück und beobachteten schweigend den Straßenverkehr.

»Bitte sehr!«, sagte die Bedienung und stellte wenig später Kuchen und Kaffee vor Zimmermann auf den Tisch, beugte sich zu ihm und fragte leise: »Sind Sie Polizist?«

Zimmermann legte den Kopf schräg und sah sie mit listigem Blick an.

Oskar fixierte den Kuchen.

»Meine Freundin arbeitet in der Pension *Sonnenschein*«, erklärte sie und lächelte verlegen mit ihren pinkfarbenen Lippen. »Sie hat gesagt, da wäre einer abgestiegen, der sieht aus wie Columbo.«

Zimmermann stach zufrieden mit der Kuchengabel in die Käsesahne, führte sich ein Stück zum Munde und ließ es genussvoll auf der Zunge zergehen. »Köstlich.«

Oskar schluckte.

»Entschuldigung«, fuhr die junge Frau fort, »aber meine Freundin sagt, dass Sie ein Dorf suchen, das an der Talsperre liegt.

Zimmermann zog seine Augenbrauen fragend hoch. Oskar räusperte sich. Sie konnten sich beide nicht daran erinnern, den Hotelier oder jemand anderes gefragt zu haben. Die junge Frau tat geheimnisvoll.

»Und?«, fragte Zimmermann endlich und nippte am Milchschaum. »Gibt es das Dorf?«

Sie nickte aufgeregt. Zimmermann fiel fast die Tasse aus der Hand. Oskar hörte auf zu atmen. Dann schüttelte sie den Kopf und legte einen Finger auf Mund.

»Was denn nun?«, fragte Zimmermann ungeduldig.

»Ja und nein. Ich selbst habe es noch nie gesehen.«

»Aber ...«, half ihr Oskar auf die Sprünge und trommelte auf den Tisch.

Die junge Frau riss ihre Augen vor lauter Geheimniskrämerei weit auf und flüsterte: »Meine Großmutter sagt, sie hat es gesehen!«

Oskar und Zimmermann wechselten einen Blick. Die Anspannung fiel mit einem Ruck von ihnen ab.

»Aber sie ist schon lange tot«, fuhr die Informantin fort.

»Okay, okay«, sagte Zimmermann, »kann ich jetzt in Ruhe weiter essen?«

Auf dem Heimweg in ihre Pension ließen sich Oskar Pesch und Bernd Zimmermann in *Ali's Pizzeria* auf der Kölner Straße zwei türkischen Pizzen und vier Dosen Bier – alles pro Person – einpacken. Schräg gegenüber beim trostlosen *Schlecker* erstanden sie zwei Zahnbürsten, eine Tube Zahnpasta und ein Duschgel.

Auf ihrem Zimmer zog Zimmermann seine Pistole aus dem Trench und schob sie unter sein Kopfkissen. Er entledigte sich seiner Schuhe und warf sie irgendwohin.

»Es wird gleich dunkel, und es regnet gleich«, äffte Oskar Zimmermanns Worte vor der Staumauer nach. »Sie sind mir ein Columbo!«

Zimmermann machte sich seelenruhig über die erste Dose Bier her. Schaum lief über die Metallkappe, er leckte ihn ab und hackte zwischendurch wieder leise fluchend auf seinem Handy herum.

Oskar setzte sich auf die Bettkante und packte seine Pizza aus. Ein Duft nach Knoblauch, Koriander und Kümmel stieg auf. Endlich richtige Nahrung!

Sie aßen schweigend, saßen Rücken an Rücken auf ihren Bettkanten und krümelten und tropften im Schein ihrer Nachttischlampen herum. Zimmermann schmatzte so laut, dass Oskar entnervt den kleinen Fernseher anstellte. Bild und Ton waren verzerrt, aber immer noch besser als die Kaugeräusche des anderen zu ertragen.

Die leeren Pappkartons und Dosen räumte Zimmermann wenig später auf den Flur, schloss die Türe ab, zog den Schlüssel ab und legte ihn ebenfalls unter sein Kopfkissen. Wenig später musste Oskar mit ansehen, wie Zimmermann sich bis auf die Unterwäsche – weißes Doppelripp – auszog und sich unter sein Plumeau kuschelte. Er legte sich auf den Bauch, zog die Beine an und streckte den Hintern in die Luft. Embryonalstellung.

»Wollten Sie nicht duschen?«, fragte Oskar ihn, als er den Fernseher ausstellte.

Zimmermann brummte in sein Kopfkissen. »Gute Nacht.«

Oskar streifte seine Schuhe ab und stellte sie akkurat nebeneinander vor sein Bett. Er lockerte ein wenig die Krawatte, öffnete das Sakko, ehe er sich auf sein Bett legte, und verschränkte die Arme unter dem Kopf.

Bald lauschte er einem inbrünstigen Schniefen und Husten und Schnarchen, horchte auf geträumte Wortfetzen, verfolgte wachsam jedes Hin- und Herwälzen, lauerte wie ein Fuchs, alle Sinne geschärft, zum Griff unter Zimmermanns Kopfkissen bereit ... und schlief darüber ein.

# 9. Kapitel

Als Magnus, dem O-beinigen Kobold folgend, den *Roten Milan* betrat, war die Zimmerdecke so unvermutet niedrig, dass er sich den Kopf stieß, ehe er sich bücken konnte. Der Geruch nach Alkohol und gebratenem Fett, die Musik und das Stimmengemurmel, das ihm entgegenschlug, bestätigten seine schlimmste Befürchtung: Der *Rote Milan* war ein Sündenpfuhl.

Es war 20 Jahre her, dass er ein derartiges Etablissement, von dem in seinem Elternhaus nur hinter vorgehaltener Hand gesprochen wurde, betreten hatte. Auch wenn es ganz harmlos *Im Schlösschen* hieß, nur wenige Schritte von der Buchhandlung entfernt war, so trennten sie doch Welten.

Die Buchhandlung *Faber* war eine Oase der Kultur und Geschichte, der Kiosk, der dazwischen lag, verkaufte einfach alles, was das moderne Herz begehrte, und das Etablissement *Im Schlösschen* war verbotenes Terrain. Dennoch hatte Magnus es betreten, denn dort fanden die ersten Trinkversuche der Teenager statt, die gerade alt genug waren, um nicht hinausgeworfen zu werden. Das zunächst fröhliche Beisammensein der Klassenkameraden entwickelte sich über eine ausgelassene Alberei zu lallendem Herumtorkeln und endete in einer wüsten Prügelei.

Magnus war dabei gewesen, er gab es zu, hatte aber nur die Rolle des heimlichen Beobachters von einem Stuhl am Fenster aus gespielt, ganz und gar mit seinem wachsenden Entsetzen beschäftigt. Was sollte aus diesen armen Seelen werden, was konnte noch aus ihnen werden? Andererseits schien mit dem Teufel Alkohol im Kopf ihr Leben federleicht zu sein.

Man konnte Haus und Hof und Ehre verlieren und empfand keine Reue. Man liebte und hasste ein und denselben Menschen und empfand keine Zerrissenheit. Man schlug sich und empfand keinen Schmerz.

Das, sagte sich Magnus, als er die beiden Zapfhähne auf der Theke entdeckte, das wäre genau das, was er jetzt gebrauchen könnte. Bei der Vertragsbrauerei handelte es sich, wie ihm ein grünes Label versicherte, um die *Bitburger Brauerei*. Auf einmal wusste Magnus, was ihm fehlte. Er brauchte kein Stück Brot, er brauchte ein Bier.

Scheu starrte er in den halbfinsteren Raum, der größer als erwartet war. Und gut besucht. Die Gäste kauerten auf Hockern oder hockten in zweifelhaften Nischen beieinander. Sie hielten verschmierte Gläser in der einen Hand, während die andere sich in Chipstüten bohrte oder mithilfe einer Gabel Undefinierbares von Tellern pickte oder sich am Kopf kratzte.

Bei Magnus' Anblick waren die Gäste des *Roten Milan* zunächst allesamt verstummt. Das konnte er niemandem verübeln. Er an ihrer Stelle wäre ebenfalls überrascht über seine Aufmachung gewesen. Shorts und Stola waren nicht nur zu wenige Kleidungsstücke, um seinen Körper auch nur annähernd zu bedecken, sondern auch ungewöhnliche. Selbst für den Besuch eines Etablissements dieser Art.

Nachdem er ausreichend begafft worden war, drehten die Gäste ihm, wie auf ein Kommando, den Rücken zu und widmeten alle Aufmerksamkeit einem winzigen Fernsehgerät. Das Gerät hing unter der Decke auf einem zitternden Metallarm und sendete ein Fußballspiel ohne Worte. Plötzlich knallten die Gläser auf die Tische, tumultartiges Gegröle setzte ein, Hände schlugen auf Rücken und in Nacken, Fäuste flogen in die Luft.

»TOOOOOR!«

Magnus blickte sich irritiert um. Die beiden Theken waren umlagert. An keiner stand der Kobold, der die Zeit genutzt und mitsamt Koffer untergetaucht war. Er machte sich beim Wirt bemerkbar, der wie ausgestopft am rückwärtigen Regal lehnte, das etliche Schnapsflaschen beherbergte und eine Musikanlage, die Schlagermusik verströmte. Er hatte die Arme über seinem enormen Brustkorb fest verschränkt und sah unter halb geschlossenen Lidern vage in Magnus' Richtung oder anderswo hin. Seine Unterlippe war vorgeschoben und in dieser Position verkeilt.

Magnus' bange Bitte: »Könnte ich ein kleines Bier bekommen?«, ging im Lärm unter.

Als er sich suchend umblickte, glaubte er im rauchigen Halbdunkeln etwas golden aufblitzen zu sehen. Der Räuber! Magnus zwängte sich an einem Tisch vorbei, an dem sich eine Frauengruppe breitgemacht hatte, und kämpfte sich weiter vor, aber der Platz des Räubers war besetzt von einem Typ, der zwar auch eine Latzhose trug, aber überhaupt keine Schneidezähne mehr hatte. Er wischte sich Bierschaum von der eingefallenen Oberlippe und grinste dämlich.

Hinter ihm auf einem Fenstersims thronte ein ausgestopfter Fasan, dem ein Auge ausgefallen war, und dem jemand die langen Schwanzfedern ausgerissen hatte. Und über ihm baumelte ein Bild eines Fußballspielers an einem Bindfaden, und dieser hing an einem durchhängenden Elektrokabel.

Beim Anblick des Bildes fiel Magnus sein Ölgemälde wieder ein. Dafür würde er ein Bier bekommen, mehr als eines, mehr als genug. Kunst fürs Überleben. Artefakt gegen Alkohol. Voller Zuversicht kehrte er an die Theke zurück.

Der Wirt war in der Zwischenzeit zum Leben erwacht, hatte seine Arme entwirrt und machte mit Daumen und Zeigefinger das international bekannte Zeichen fürs Bezahlen.

Magnus bückte sich, um sein Gemälde hochzunehmen und es zum Tausch anzubieten, als er ins Leere griff. Es stand nicht zu seinen Füßen, nicht hinter ihm, auch nicht zu Füßen eines anderen. Fieberhaft tastete er sich an die vergangenen Minuten heran. Wann hatte er das Gemälde zuletzt bewusst gesehen?

Hatte er es noch, als er das Etablissement betrat? Nein.

Hatte er es noch, als er den O-beinigen Kobold traf, der ihm den Koffer abgenommen und ihn hierher gelotst hatte? Nein.

Hatte er es noch, als er den Garten des Arztes im Rückwärtsgang verließ? Nein.

Hatte er es noch, als er den Garten des Arztes betrat? Ja!

Magnus erstarrte und fixierte die vollen Biergläser der anderen, er war kurz davor, eines an sich zu reißen und ohne Rücksicht auf Verluste zu leeren. Unruhig trat er von einem Bein aufs andere. Er wusste nicht mehr, wo der Garten des Arztes war. Er wusste kaum noch, wo er sich jetzt befand.

Wachsende Verzweiflung ließ ihn zu einem Überraschungsangriff übergehen, er drehte sich abrupt um und schrie ein einziges Wort über die Köpfe der nichtsahnenden Gäste hinweg. Ein leicht hysterisches: »Jakob!«

Ertappte Stille erfüllte plötzlich den Schankraum. Sämtliche Köpfe wandten sich einem einzigen Mann zu, der auf einer langen Bank hockte und gerade mal über die Tischkante blicken konnte.

Im gleichen Augenblick wurde neben ihm vorsichtig eine Tür aufgeschoben, die mit einer Dartscheibe bestückt war. An der Wand daneben hing eine Tafel, auf die mit Kreide eine Tabelle gezeichnet war. Zwischen *Heim* und *Gast* stand es 13:11. Ein blonder Haarschopf tauchte im Türspalt auf. Ein Mädchen, das prüfte, ob ein Spiel im Gange war, und sie tat gut daran, denn zwei Pfeile steckten in der Scheibe.

Jakob, der Mann, den alle angesehen hatten, Jakob hatte die Ablenkung genutzt und das Weite gesucht.

Magnus gab die nächste Parole aus: »Margot Klemp!«

Wieder erst die ertappte Stille, dann allgemeines Köpfewenden in eine Richtung. Und ein Gesicht, das errötete. Margot Klemp war eine aus der Frauengruppe, die sich kichernd meldete. Magnus trat an ihren Tisch und forderte sie auf, seine Besitztümer herauszugeben oder den Namen des Räubers zu nennen.

Magnus holte tief Luft und beschrieb den Mann, der ihn geplündert hatte.

»Einen Mann mit Goldzähnen kenne ich nicht«, sagte Margot, hielt die Hand vor den Mund und kicherte glucksend.

»*Pesch & Söhne!*«, rief Magnus da und erwartete, dass ein weiterer Ruck durch den *Roten Milan* gehen und alle Köpfe sich zu einer Person drehen würden. Aber nichts geschah. Nicht einmal ertappte Stille, sondern Gleichgültigkeit. Betreten blickte Magnus über die dunklen Köpfe der Gäste wie über ein moddriges Kohlkopffeld. Niemand zuckte zusammen oder duckte sich. Niemand warf sich bedeutungsvolle Blicke zu oder rammte den Ellbogen in die Seite eines anderen. Dergleichen wäre ihm nicht entgangen.

Da winkte der Wirt Magnus zu sich heran und stellte ein randvolles Glas Bier vor ihn auf die Theke. Gierig langte Magnus danach, setzte es an die Lippen und ... trank.

Es war sein erstes Bier, das erste Bier seines Lebens.

Ein angenehm prickelndes Gefühl auf der Zunge, kühl, ohne kalt zu sein, gerade bitter genug, um nicht süß zu sein, aber vor allem war es ein köstliches Gefühl, wie es da so Schluck für Schluck in die letzten Winkel seines unruhigen Magens vordrang. Magnus stellte das leere Glas zurück. Wie ein Profi wischte er sich den Schaum von den Lippen. Wie ein Laie horchte er in sich hinein und wartete auf die Wirkung des Alkohols. Nichts geschah. Vielleicht war eines zu wenig.

»Könnte ich noch eines haben, bitte?« Magnus war überzeugt, dass er mit einem weiteren Bier alles verstehen würde. Das Leben war so kompliziert. Auch früher schon.

Der Wirt schüttelte den Kopf. »Das ist gegen die Regeln.«

»Welche Regeln?«, fragte Magnus.

»Die Regeln von Mitteldorf.«

Magnus spürte, wie ihm übel wurde, dabei schielte er so lange auf den Zapfhahn, bis Will, der Wirt, sich erbarmte, seine Arme entwirrte, unter der Theke einen weißen Briefumschlag hervorzog und ihm entgegenstreckte.

»Das«, flüsterte er verschwörerisch, als handelte es sich um die Übergabe einer nicht unbeträchtlichen Menge Lösegeld. »Das ist für dich, Magnus.«

»Ich will nur ein Bier«, sagte Magnus folgsam.

Will schob den Umschlag näher zu ihm. »Immer der Reihe nach.«

Als Magnus den Umschlag aufriss, rollten ihm ein paar lächerliche Cents und ein Kugelschreiber entgegen, eine Briefmarke und ein Bogen Schreibpapier rutschten heraus.

»Was soll das?«

Will schüttelte den Kopf. »Mit dem Geld sollst du mit deinen Lieben telefonieren.«

»Ich habe keine Lieben.«

»Dann schreib jemandem, dass man dich hier abholt«, schlug er weiter vor. »Den Stift bekomme ich hinterher zurück.«

»Wem soll ich denn schreiben?«

»Du kannst auch tauschen«, bot ihm der Wirt an.

Magnus nickte. Nie war ihm deutlicher geworden, wie allein auf der Welt er war. »Ja, und zwar gegen ein Bier«, verlangte er.

»Später, Magnus«, meinte Will, als hätte er nichts anderes erwartet, und überreichte ihm einen neuen Briefumschlag, er war blau und enthielt ein Busticket für den 836er, eine einfache Fahrt von Mitteldorf über Hellenthal und Schleiden nach Kall. *Keine Rückfahrt*.

Magnus wedelte mit dem blauen Umschlag vor den halb geschlossenen Augen des Wirtes. »Ich brauche keinen Bus. Ich habe ein Auto. Einen schwarzen Opel, der hier irgendwo von einem Mann mit drei Goldzähnen gefangen gehalten wird.«

Der Wirt war ein Stoiker. Er hätte in einem Theaterstück von Shakespeare sechs Stunden lang die Säule spielen sollen.

»Was soll ich überhaupt in Kall?«, wollte Magnus wissen. »Umsteigen und weiterfahren?«

»Genau.«

»Wohin?«

»Hast du kein Zuhause?«, fragte ihn die Säule.

Und Magnus glaubte eine Spur Mitleid in ihrer Stimme zu hören. »Nicht mehr«, seufzte er.

»Willst du noch mal tauschen?«, fragte Will gelangweilt und mit halb geschlossenen Augen.

»Ja!«, schrie Magnus ihn an. Seine Nerven lagen an der Oberfläche, bloß, zerfasert wie Elektrokabel und angespitzt, fertig zur Zündung. »Ich will ein Bier und sonst nichts!«

»Wenn du tauschst, bekommst du fünf«, verriet Will.

»Fünf?!« Magnus' Hand fiel krachend auf die Theke.

## 10. Kapitel

Am anderen Morgen wurde Oskar Pesch von Wasserrauschen geweckt. Noch keine acht Uhr, und das Bett neben ihm war verwaist. Ein schneller Griff unter das Kopfkissen seines Bettgenossen ging ins Leere.

»Verdammt«, fluchte er und blickte zur Badezimmertür. Lautlos sprang er auf und drückte die Klinke herunter. Ganz leicht ließ sich die Tür aufschieben. Das Innere war voller Dampf wie eine Sauna. Hinter dem geblümten Plastikvorhang plantschte Zimmermann. Weder auf dem Waschbecken, noch der Ablage, auch nicht auf dem Spiegelschrank oder dem kleinen Hocker lagen Zimmerschlüssel oder Pistole. Oskar wollte sich gerade zurückziehen, als Zimmermann den Vorhang mit einem Ruck beiseite schob.

Columbo. Splitterfasernackt.

Wie geblendet hob Oskar entsetzt den Arm vor die Augen. »Guten Morgen!«, hörte er Zimmermann dröhnen. »Suchen Sie die hier!«

Oskar blinzelte durch seine Finger. Zimmermann hielt in jeder Hand eines der begehrten Fundstücke. »Die Pistole hat ein bisschen Wasser abbekommen, hoffentlich tut sie es noch.«

Oskar sah zu, dass er das Bad verließ, und saß auf der Bettkante, als Zimmermann, nur ein Handtuch um die Hüften, ins Zimmer hereinkam. »Sie sind dran!«

Beim Frühstück waren sie die einzigen Gäste, die sich in einer Art Wintergarten am Büfett bedienten und Kaffee bei der Bedienung bestellten, einer jungen Frau mit einem dicken, geflochtenen Mozartzopf, der auf ihrer rechten Schulter lag. Als sie eine Thermoskanne an ihren Tisch brachte, fragte Zimmermann mit schräg gelegtem Kopf und listigem Blick: »Ist Hellenthal der einzige Ort, der an der Talsperre liegt?«

Sie nickte und meinte: »Ja. Danach gibt es keine Straßen mehr.«

»Das kann nicht sein, es muss ein kleines Dorf geben, direkt am Ufer, direkt an der Staumauer.«

»Nein, aber Sie können ja meinen Chef fragen.«

Auch ihr Chef hatte von keinem anderen Ort an der Talsperre gehört, die Herren könnten sich ruhig selbst davon überzeugen, dass nach der Staumauer nichts mehr kam, nichts mehr außer Wald und Wasser und Wanderwege, die rund um den Stausee führten. Der kürzeste dieser Wege sei aber 13 Kilometer lang.

»Gab es gestern einen Unfall da oben?«, fragte Zimmermann.

»Ob sich jemand von der Staumauer heruntergestürzt hat, meinen Sie?«

Oskar und Zimmermann nickten erwartungsvoll.

»Nicht, dass ich wüsste«, meinte der Hotelier.

Es regnete schon wieder leicht, als Bernd Zimmermann und Oskar Pesch mit dem silbernen Mercedes die gleiche Strecke fuhren, die sie am Vortag zu Fuß gegangen waren, und vor der Staumauer parkten.

»Ich warte, bis es aufhört zu regen«, meinte Oskar. Und während er noch das Bauwerk zwischen den Scheibenwischern bewunderte, stieg Zimmermann aus und machte sich auf den Weg, den sie gestern entdeckt hatten.

Die Chance für Oskar, seine Pistole aus dem Handschuhfach zu greifen, war gekommen. Er ließ sie in die Brusttasche seines Sakkos verschwinden, zog einen dunkelblauen Knirps aus dem Türfach, spannte ihn auf und folgte Zimmermann, der bereits über die Treppe zum Restaurant *Zum Seeadler* und den Waldweg auf die Staumauer gewandert war.

Oben angekommen betrachteten sie abwechselnd den Stausee, der sich im Wind kräuselte, und den Fluss auf der gegenüberliegenden Seite. Nebeneinander starrten sie hinunter auf das schwarze Wasser des Sees oder das dünne Rinnsal des Flusses und sondierten die Lage. Der Wind schlug den Knirps um, und Oskar ließ ihn sinken. Es hatte wieder aufgehört zu regnen. Er sortierte den Schirm umständlich, faltete ihn zusammen und steckte ihn in die Anzugtasche.

Hinter ihnen lag Hellenthal, vor ihnen die Talsperre, die ringsherum von dichtem Wald gesäumt wurde. Dichter Wald rechter Hand und dichter Wald linker Hand. Es gab keinen ersichtlichen Grund, sich für oder gegen eine Seite zu entscheiden.

»Was machen wir jetzt?«, fragte Oskar, als aus dem Waldrand linker Hand eine Gestalt auftauchte. Ein Mann in blauer Latzhose, Gummistiefeln und einer Kappe auf dem Kopf kam langsam auf sie zu. Ein paar Schritte vor den beiden Männern blieb er stehen und ließ seinen skeptischen Blick von ihren Füßen bis zu ihren Köpfen wandern.

»Was machen Sie hier?«, fragte er barsch. Goldzähne blitzten auf, als er den Mund öffnete. »Sind Sie Springer?«

»Wie bitte?«

»Wollen Sie etwa da runterspringen?«

»Wie kommen Sie darauf?«, fragte Oskar.

»Ich kann Sie nicht dran hindern, aber wenn es so ist, dann ...«, der Mann unterbrach sich und kratzte sich am Kopf.

»Kommt es öfter vor, dass hier jemand runterspringt?«, mischte sich Zimmermann ein. »Erst gestern zum Beispiel?«

Der Mann zuckte mit den Schultern. »Gestern nicht, aber heute vielleicht«, antwortete er grinsend und rieb sich die Hände. »Zwei auf einmal hatten wir noch nie.«

Oskar und Zimmermann warfen sich einen verwunderten Blick zu.

Etwas wie »Schade« brummte der Mann und setzte sich in Bewegung.

»Wohin gehen Sie?«, fragte Oskar.

»Von da nach da.« Der Mann zeigte zuerst hinter sich und dann vor sich.

»Was ist da?«

Aber der Mann hatte ihnen schon den Rücken zugekehrt, und der Wind trug Oskars Frage in die falsche Richtung. Er wartete noch auf eine Antwort, während der Mann bereits das andere Ende der Staumauer erreichte.

»Geht er in den verdammten unsichtbaren Ort oder kommt er von dort?«, fragte Zimmermann grübelnd.

»Auf dem Ölgemälde soll der Ort angeblich auf der linken Uferseite liegen«, antwortete Oskar.

»Nein, rechts«, sagte Zimmermann, »ich bin ganz sicher.« Aber das war er nicht. Er wusste plötzlich nicht mehr, was Eva gesagt hatte. Hatte sie links gesagt? Oder rechts? Hatte sie ihn belogen? Oder war alles hier eine große Lüge, und sie konnten gehen, wohin sie wollten, ohne jemals einen Ort zu finden?

Als der Mann im Wald verschwunden war, kommandierte Oskar: »Wir gehen dahin, woher der Mann gekommen ist.«

»Ich nicht«, sagte Zimmermann und wandte sich in die entgegengesetzte Richtung. »Ich folge ihm.«

»Wie Sie wollen.« Oskar schob seine Hand in die Brusttasche seines Jacketts, Zimmermann griff in der gleichen Sekunde in seine Manteltasche. Hände und Waffen bohrten sich durch die Stoffe eines eleganten Anzugs und eines verknautschten Trenchs.

»Links, habe ich gesagt«, wiederholte Oskar.

»Rechts, habe ich gesagt«, berichtigte Zimmermann ihn.

»Links.«

»Rechts.«

Im nächsten Augenblick fanden sich zwei Pistolen nur knappe 30 Zentimeter gegenüber, ohne dass länger Stoffe zwischen ihnen gewesen wären. Ihre Mündungen standen wie Auge in Auge. Ihre Besitzer traten zwei Schritte zurück, und dann weitere, insgesamt fünfzehn, laut gezählt, mit drohenden Stimmen, wie russische Duellanten im 19. Jahrhundert.

Oskar ließ zuerst seine Waffe sinken, Zimmermann schoss nicht, sondern rief: »Sie links, ich rechts.«

Oskar akzeptierte die Entscheidung und steckte seine Pistole wieder ein. Sie tauschten ihre Handynummern aus, ehe Zimmermann die Hand zum Abschied hob und dem Mann mit den Goldzähnen folgte. Seine Frisur und sein Trench bauschten sich im Wind auf.

Oskar wartete, bis er in den Wald ein- und daraus auch nicht wieder auftauchte, ehe er sich seinerseits auf den Weg machte, in der Hoffnung, dass Columbo in die falsche Richtung marschierte.

Aber er irrte.

# 11. Kapitel

Zur gleichen Zeit bohrte sich in Magnus Fabers Bewusstsein ein ständiges Geräusch. Es verlief in einem unergründlichen Muster kreuz und quer über ihm, ab und zu hielt es inne und wurde von einem tiefen Seufzer abgelöst. Danach setzte es erneut ein, Klack-Klack, Klack-Klack.

Leise Radiomusik dümpelte dazu, eine Art Big-Band-Sound, Tanzmusik, wie sie seine Mutter manchmal aufgelegt hatte, wenn sie dachte, Mann und Sohn seien unten in der Buchhandlung und niemand höre es. Melodien, zu denen sie sich im Takt bewegte. Manchmal trug sie dabei das grüne Kleid und die rosa Stola, meist aber nur die geblümte Kittelschürze. Als Magnus größer wurde, musste er bei ihrem Anblick an Tanzschulen denken, von denen seine Schulfreunde berichteten. Er hatte nie eine Tanzpartnerin gehabt. Er hatte nie getanzt. Nach Mutters Tod hatte er die Schallplatten gesucht, aber nicht finden können.

Während Magnus' Kopf schwer wie eine Eisenkugel unbeweglich auf dem Kissen ruhte, wiegte sich sein Körper im Rhythmus hin und her. Leicht knarrte die Matratze dazu. Als das Klack-Klack aussetzte, versuchte er die Augen zu öffnen. Die Zimmerdecke hing auf Armeslänge über ihm und war mit Holz vertäfelt. Einige Bretter waren verzogen, klafften einen Spaltbreit auseinander, sodass Magnus einen dunklen Schatten zu erkennen glaubte, der mit dem Klack-Klack-Geräusch einherschwebte. Wer auch immer über ihm tanzte, es musste eine Frau mit hohen, spitzen Absätzen sein, die jeden Moment durch die Ritzen der verzogenen Paneele schlagen konnten. Und Magnus stellte sich vor, wie daraufhin alles auseinanderbarst, die Frau durchkrachen und auf ihn fallen würde. Vorsichtig hob er den Kopf, der auf das Doppelte angeschwollen zu sein schien, und in dem ein Wesen arbeitete und versuchte, sich weiter auszudehnen.

Er tastete nach seiner Uhr und konnte sie nicht finden. Sein Handgelenk war nackt bis auf einen Ärmel. Das war nicht sein Hemd. Entsetzt hob Magnus die geblümte Bettdecke hoch. Er steckte in einem seidenglänzenden Anzug mit einem braunen Tigermuster. Sein ganzer Körper war getigert. Am Ende tauchten seine Füße auf, weiß und blank. Er zählte die Zehen. Sie waren komplett, aber einige waren mit Pflastern verklebt. Als er ihnen den Befehl gab, sich zu bewegen, gehorchten sie ihm zögernd.

Magnus ließ seinen Kopf wieder ins Kissen sinken und nur die Augäpfel kreisen, um seine Umgebung zu erkunden. Sein unterirdisches Gemach entpuppte sich als ein mittelgroßes Zimmer, das in eine Blümchentapete gekleidet war. Er lag auf einem Bett mit vier gedrechselten Bettpfosten, die bis zur Holzdecke reichten und durch halbhohe Tüllvolants miteinander verbunden waren. Er lag in einem Himmelbett.

Zu seiner Rechten malte sich hinter hellen Vorhängen ein Fensterkreuz ab und darin vier Flecken mattes Tageslicht. Auf das Fenster folgten neben einem Paravent ein kleiner Waschtisch mit Spiegel und ein Kamin, vor ihm standen ein eiförmiger Couchtisch und ein Cocktailsessel.

Nach und nach drangen Erinnerungsfetzen in Magnus' Bewusstsein: die Staumauer, der Räuber, das Ungeheuer, Jakob, Will, Margot, auch die Pflaster an den Zehen schienen Sinn zu ergeben, war er nicht barfuß durch einen Ort geirrt? Und in einem Etablissement gelandet? Wie hieß es noch? Sein dicker Kopf musste das Resultat seines Alkoholmissbrauchs sein. Aber gesprungen war er offensichtlich nicht. Oder doch?

Klack-klack.

Zu seiner Linken entdeckte er an der Wand, mitten in der Blümchentapete, einen runden Holzknauf zu einer tapezierten Tür, die seine Neugier weckte. Er setzte sich und rieb sich den Schlaf aus den Augen, ließ sich vom Bett rollen, richtete sich auf und stieß mit dem Kopf an die niedrige Zimmerdecke. Das Klack-Klack setzte einen Augenblick aus, Seufzen, dann wurde weiter getanzt.

Magnus machte einen Schritt Richtung Tür, verlor den Boden unter den Füßen und fiel auf die Knie. Wieder machte das Klack-Klack eine kurze Pause, er hielt den Atem an. Seufzen. Klack-Klack.

Auf Zehenspitzen tippelte er zur tapezierten Tür. Der Messingknauf ließ sich drehen, und die Tür öffnete sich unter leisem Schnarren. Magnus blickte auf einen schmalen Flur, dessen Boden sich unter einem lavendelfarbenen Linoleum wölbte. Ein Fenster zeigte zum Hof, auf einer Fensterbank standen zwei blasse Plastikblumen im Topf. Das Stück Himmel, das er sehen konnte, war hellblau. Am Ende des Flures begann eine steile Treppe. Magnus schielte hinauf. Sie endete nach einer Halbkurve vor einer angelehnten Tür.

Er zog sich zurück, stieß gegen einen weiteren Türknauf und öffnete eine Schiebetür zu einem Klosett. Der WC-Deckel trug einen vergilbten Frotteebezug. Eine rostige Abziehkette baumelte von einem Wassertank unter der Decke. Als Magnus später daran zog, begann der Tank zu wackeln und ein bläuliches Rinnsal auszuspucken, das nicht viel auszurichten vermochte.

Zurück in seinem Zimmer suchte Magnus nach einem Lichtschalter, nach Lampen überhaupt. Beides war nicht vorgesehen. Vor dem Waschtisch warf er einen Blick in den Spiegel. Der Pyjama stand ihm gut, wie er fand, glänzte wie

Seide, und das Muster ließ ihn verwegen aussehen. Wie einen Mann von Welt. Magnus spülte sich den Mund mit Wasser aus und trocknete seine Hand mit einem ausgefransten Frotteetuch ab, das einen Hoteldiebstahl offenlegte: *Zur letzten Minute* war in die Fasern eingestickt.

Magnus kletterte wieder ins Himmelbett, an dessen Kopfende das Bild eines Mannes hing, den er nicht kannte und dessen hinterhältiges Lächeln ihn beunruhigte. Er ließ sich auf den Rücken fallen und lauschte der ewig Tanzenden und Seufzenden. Er dachte daran, Klopfzeichen von sich zu geben, fürchtete aber gleichzeitig, die Tänzerin könnte zu ihm herunterkommen. Die Augenlider wurden bleischwer. Magnus klimperte und blinzelte dagegen an. Sie fielen zu.

Das Klack-Klack über ihm war verstummt. Auch das Seufzen, nur die Musik dümpelte weiter leise vor sich hin. Seine Matratze senkte sich. Aus den Augenwinkeln erspähte er ein paar Beine auf seiner Bettkante, die an einem Rock und an Stiefelschäften endeten. Von den Knien wanderten seine Blicke aufwärts. Über den dunklen Rock, eine Bluse, einen nackten Hals zu einem blassen Antlitz, das von glänzenden, kinnlangen, schwarzen Haaren eingerahmt wurde. Ein Pony hing bis über die Augenbrauen. Ein Augenpaar, schwarz und oval, wie Eierbriketts, blickte auf ihn herab. Keine Wimpern überschatteten sie. Die Tänzerin sah aus wie eine böse Fee.

»Wie geht es dir, Magnus?«

Er zuckte zusammen.

Die Tänzerin legte ihre Hand auf seine. Sie war weiß, schmal und warm, die Nägel lang und spitz. Kleine Waffen. »Nun?«

Er schluckte, wollte den Mund öffnen, aber er war wie zugeklebt und seine Zunge darin schien geschwollen. Die Tänzerin hielt ihm ein Glas Wasser entgegen, half ihm, seinen Oberkörper aufzurichten, und ließ die kalte Flüssigkeit zwischen seine Lippen laufen. Einen Hauch Zitrone schmeckte er.

»Nun?«, fragte sie wieder.

Er verzog die Lippen zu einem hilflosen Lächeln.

Sie stellte das Glas ab, erhob sich und streifte ihren Rock glatt. Sie trat ans Fenster, zog die Vorhänge auf und öffnete einen Fensterflügel. Eine warme Brise wehte ins Zimmer und mit ihr ein betörender, süßer Duft nach einer Blumenwiese. In der Ferne vermischten sich Vogelgeschrei, Autohupen, ein Lachen und ein Bellen.

»Wo bin ich?«, flüsterte Magnus.

»Bei mir«, erklärte sie, ohne sich umzudrehen.

Ihre Silhouette vor dem Fenster war schmal. Die Farben ihrer Bluse ähnelten einem bunten Blumenstrauß.

»*Pesch & Söhne?*«, fragte Magnus vorsichtig.

Sie drehte sich zu ihm um, lächelte vage, streifte den Tüllvorhang seines Himmelbettes und entschwand durch die tapezierte Tür.

Das war keine befriedigende Antwort, dachte Magnus, während er auf ihre Schritte auf dem Linoleum im Flur, auf der Treppe, kurz darauf über sich lauschte. Klack-Klack. Töpfe schepperten. Geschirr klapperte. Klack-klack.

Allein im Zimmer nutzte er die Zeit zu rekonstruieren: Wenn *Pesch & Söhne* ihn hier unbedingt zwischenlagern wollten, dabei gut ernährten und nicht quälten, hatte er nichts dagegen einzuwenden, obwohl sich ihm Sinn und Zweck nicht erschlossen. Vielleicht galt es noch, Vorbereitungen für seinen Tod zu treffen. Vielleicht war die Szenerie an der Staumauer nicht vollkommen gewesen.

Als die Tänzerin wieder zu ihm herabstieg, mit einem Tablett in ihren Händen, setzte Magnus sich auf und wagte einen neuen Anfang. »Wo bin ich?«

»Bei mir«, wiederholte sie und stellte das Tablett auf ein Gestell, sodass es zu einem kleinen Tisch wurde, den sie an seine Bettseite rollen konnte. Auf einem Teller befanden sich eine Gabel und ein dunkelbrauner, zerlaufener Brei.

»Wo?«, wiederholte er.

»Im Souterrain.« Mit einem plötzlichen französischen Akzent ließ die Tänzerin die letzte Silbe wie ein Windhauch aufsteigen und davonwehen.

Im Keller, übersetzte Magnus und steckte die Gabel in den Brei, der so fest war, dass sie nicht umkippen konnte. »In welchem Haus?«

»In meinem Haus«, sagte sie und beobachtete ihn, wie er im Brei herumstocherte. »In meinem Hotel. Dem einzigen Hotel von Mitteldorf. Es gehört mir, ich bin die Besitzerin.«

Magnus ließ die Gabel auf den Teller fallen. »Mitteldorf?«

Sie nickte.

»Mitteldorf an der Staumauer der Oleftalsperre?«

Sie nickte wieder.

»Seit wann bin ich hier?«, fragte er entsetzt.

»Erst seit gestern.«

Dann waren die unheilverkündenden Iden des März also noch nicht vorüber. Es musste heute und jetzt der dritte Tag sein, der 17. März. Soweit so gut, dachte Magnus erleichtert, aber wovon sollte er das Hotelzimmer bezahlen? Nicht eine einzige Minute konnte er sich hier leisten. Neue Schulden und neue Feinde konnte er ebenfalls nicht gebrauchen. Er wusste noch nicht, wie es um seine alten bestellt war. Kraftlos sank er in die Kissen. »Ich kann das nicht bezahlen.«

»Doch, das kannst du«, versicherte die Tänzerin und strich beruhigend über seinen Arm.

»Nein. Ein Mann hat mir alles gestohlen. Ich besitze nichts mehr.« Er zog sich die Bettdecke bis zur Nasenspitze hoch. Er war ein erwachsener Mann in einem getigerten Pyjama und lag in einem Himmelbett im Souterrain eines Hotels in Mitteldorf. Er war erledigt.

Auf seine Frage nach dem Preis pro Nacht lächelte sie vage.

»Bitte!«, flehte er nachdrücklich.

»Wir werden uns schon einig werden.«

Das bezweifelte er, bei Geld hörte die Freundlichkeit auf. Er musste es irgendwie und irgendwo auftreiben. So weit war er auch gestern Abend schon gewesen, als der Hunger ihn in ein zweifelhaftes Etablissement getrieben hatte.

»Dieser Mann hat drei Goldzähne.« Magnus zeigte auf seine Schneidezähne im Oberkiefer. »Können Sie mir dabei helfen? Er hat mein Auto und ...«

»Ein Mann mit drei Goldzähnen?«, fragte die Tänzerin erstaunt.

Magnus bleckte wieder seine Schneidezähne. »Er trug eine Latzhose und eine Schlägerkappe.«

Sie schüttelte bedauernd ihren schwarzen Pony, und ihre Augen blitzten auf.

Er wusste nicht, ob es Mitleid oder Schadenfreude war, und verschwand unter die Bettdecke. »Haben Sie wenigstens meinen alten Opel gesehen? Einen hohen, schwarzen Wagen?«, fragte er von dort mit dumpfer Stimme.

»Ach, Magnus, was redest du da, in ganz Mitteldorf gibt es garantiert kein einziges schwarzes Auto«, beteuerte sie.

Magnus zog die Bettdecke von seinen Augen. »Sind Sie sicher?«

»Natürlich, Magnus, das gehört sich einfach nicht.«

Magnus legte auch seine Nase frei. »Was ist daran schlimm?«

»Das ist gegen die Regeln.«

Magnus rollte die Bettdecke zwischen seinen Fingern auf. »Was soll das heißen?«

»In ganz Mitteldorf ist die Farbe Schwarz verboten«, behauptete die Tänzerin mit den schwarzen Haaren und den schwarzen Augen.« Sie bemerkte seinen Blick und strich ihren Pony beiseite.

Magnus verschwand wieder unter die Bettdecke. »Und wer ist Jakob?«, fragte er von dort.

»Jakob?«

»Jakob, der kleine, O-beinige Mann mit dem Vollbart!«

»Stimmt, das ist Jakob«, bestätigte sie.

»Was ist mit ihm?«

»Was soll mit ihm sein?«

Ein Schritt vor, zwei zurück. Es nahm kein Ende. Verzweifelt warf Magnus sich unter der Decke hin und her, obwohl er die Kopfschmerzen kaum aushalten konnte.

»Ganz ruhig, Magnus, mach dir keine Sorgen ums Geld. Geld bedeutet nichts. Wir werden einen anderen Weg finden.«

Und ob Geld etwas bedeutete! Darum war er hier. »Wie viel Uhr ist es?«, fragte er.

»Du musst etwas essen. Ich habe extra für dich einen Fischauflauf gemacht«, sagte sie vorwurfsvoll.

»Wie viel Uhr ist es?«

»Wenn der Auflauf kalt ist, schmeckt er nicht. Komm! Versuch es wenigstens.«

Magnus gab nach, setzte sich auf und ließ sich füttern. Der Brei war lauwarm, roch muffig und schmeckte nach Tang. Er konnte ihn nicht herunterbekommen. Er blähte die Wangen und lächelte gequält.

»Du wirst davon wieder zu Kräften kommen.«

Von welchen Kräften sprach sie? Wozu sollte er danach in der Lage sein? Außer sich zu übergeben? Er nahm die Gabel an sich.

Und sie verstand, erhob sich und sagte: »Brav. Und den ganzen Teller, wenn ich bitten darf.«

Er wollte mit vollem Mund protestieren, aber stieß nur ein glucksendes Geräusch hervor.

In der Tür erklang ihre Stimme noch einmal. »Willst du nicht wissen, wer ich bin?«

»Doch«, gluckste er.

»Patricia Hombach«, sagte sie.

»Hm«, brummte er.

»Du kannst Pat zu mir sagen.«

»Hm.«

»Ich mache hier die Preise, Magnus, verstehst du?«

»Hm.«

»Und wer die Preise macht, bestimmt die Regeln. Also iss«, forderte sie ihn auf. Nach dem dritten Bissen ging sie.

Kaum allein, rannte er ans offene Fenster und spuckte alles in die Böschung, einen dicht mit Efeu bewachsenen Wall, über den er nicht hinwegsehen konnte. Den Rest vom Teller kippte er hinterher und wusch sich den Mund am Waschbecken aus.

Er lehnte sich aus dem Fenster und erspähte über sich eine lavendelfarbene Veranda, die rings um das Hotel verlief. Weiter darüber spannte sich ein hellblauer Himmel wie ein lose flatterndes Tuch. Begierig sog Magnus den betörend süßen Blumenduft ein und horchte auf Geräusche.

»Da bin ich wieder, Magnus!«, rief Patricia fröhlich hinter ihm und bestaunte zufrieden den leeren Teller. Sie trug einen Berg Kleidungsstücke auf dem Arm und warf sie auf die Bettdecke.

»Zieh das an!«

»Das gehört mir nicht«, protestierte er.

»Ich schenk' es dir.«

»Ich brauche nichts. Ich habe alles, was ich brauche. Hose, Schuhe, Hemd und Sakko. Eine Uhr! Eine Brille und einen Ring. Und ein Auto sogar. Wenn ich nur wüsste, wo.«

»Dies wird dir besser stehen«, hörte er sie sagen. »Du bist ein Mann und gut gebaut, wie ich gesehen habe.«

Seine Augen weiteten sich. Hatte sie ihn nackt gesehen? Sein magerer, sehniger, haarloser Körper mit der Hühnerbrust hatte ihr gefallen? Ihm selbst war er stets reizlos vorgekommen. Magnus wartete, dass sie ihn allein ließ. Aber sie ließ ihn nicht allein, weit gefehlt, sie entfernte sich nicht, sondern hatte offensichtlich vor, sich nichts entgehen zu lassen. Sie machte es sich im Cocktailsessel gemütlich und schlug die Beine übereinander.

Weiße Unterwäsche, ein weißer Anzug und ein weißes Hemd, weiße Socken und weiße Schuhe, die Magnus so schnell er konnte anzog, zum Schluss einen weißen Hut mit einem bunten Flatterband, den er auf seinen Kopf setzte. Alles mindestens eine Nummer zu groß.

Patricia strahlte. »Sieh in den Spiegel.«

Magnus fand, er sah aus wie ein Geist, wie ein eleganter, abgemagerter Geist. Sein Gesicht kam ihm durchsichtig vor. »Weiß macht blass«, sagte er und drehte sich zu ihr um. »Wie viel Uhr ist es?«

»Komm mit mir und sieh in den Himmel.«

Fünf quadratische Tische, mit Tischdecken, Blumenvasen und Plastikblumen geschmückt, standen im Erdgeschoss im Frühstücksraum des Hotels *Zur letzten Minute,* der in eine verwaschene Lavendelfarbe getaucht schien. Die Frühstückszeit war längst vorbei, oder das Hotel beherbergte außer Magnus Faber keinen weiteren Gast.

Patricia schob ihn durch eine zweiflügelige Sprossentür hinaus auf die Veranda, und sofort nahm ihn wohlige Wärme auf. Magnus blinzelte ins Sonnenlicht. Die Sonne stand fast senkrecht über ihm, es musste Mittag sein. Keine einzige Wolke zog über das hellblaue Himmelstuch hinweg, als sei ein Wolkenverschieber am Werk gewesen. Am Horizont glitzerte silbern ein Streifen Wasser. Die Linie, wo Wald und Himmel sich berührten, war verschwommen. Wie fast alles mehr oder weniger, wenn ein Kurzsichtiger ohne Brille auskommen muss. Magnus stand einen Moment wie verzaubert im milchigen Licht und gab sich dem betörend süßen Duft hin.

Die Veranda wurde ringsherum von einer lavendelfarbenen Holzbrüstung eingerahmt, an der Blumenkästen ohne Blumen hingen. In der Nähe der Hauswand stand eine Hollywood-Schaukel. Und dahinter war eine Wäscheleine gespannt, auf der Magnus, neben durchsichtigen Spitzenwaren, einen rosaroten Schal entdeckte.

Freude und Entsetzen zugleich. Wie sah seine Stola aus! Sie war nicht mehr krabbenrosa, sondern hatte die Farbe verdorbener Leberpastete angenommen, und sie war länger und schmaler geworden. Magnus spürte einen Stich in die Magengrube. Mit ihrer Farbe und Form war sicher auch ihre Magie in die Kanalisation gespült worden. Er streckte die Hand aus und wollte nach ihr greifen, als Pat ihn wegzog.

»Sieh dir das an!«, rief sie entzückt aus und wies wie eine Fremdenführerin über die Brüstung der Veranda hinaus.

Jenseits der Häuserreihen, an die das Hotel an beiden Seiten stieß, blickten sie auf Mitteldorf und seine roten, verwinkelten Dächer mit ihren röhrenförmigen Schornsteinen. Da war es wieder, sein geliebtes Gemälde, *Die Staumauer der Olef bei Mitteldorf,* das zu seinen Füßen lag, jetzt im Original und in einer neuen Perspektive. Das Denkmal, das Holzkreuz, die

Kirche, die Hausdächer, das Ufer, der See, der Wald – alles war so, wie es sein sollte. Sogar der Himmel. Allein die Staumauer fehlte. Und auf dem eckigen Kirchturm das goldene Zifferblatt.

Als Magnus sich über die Brüstung beugte, gewahrte er das wieder erwachte Leben auf der Hauptstraße. Die Einheimischen schienen heute besser gelaunt, als sie es im *Roten Milan* gewesen waren, in den er halbnackt, verhungert und verdurstet und verwirrt eingekehrt war.

Einige blieben stehen, als sie ihn auf der Veranda des Hotels entdeckten, und lächelten zu ihm herauf. Oder galt die Begrüßung Patricia, die sich bei ihm untergehakt hatte, als gehörten sie zueinander? Er zu ihr, sie zu ihm. Konnte es auch an seinem neuen, weißen Anzug und dem weißen Hut liegen?

Gegenüber dem Hotel befand sich die Post, wie auf gelben Lettern über den beiden Schaufenstern zu lesen stand, die von gelben Markisen beschattet waren. Neben dem gelben Briefkasten nutzten drei Frauen in geblümten Kleidern die gelbe Bank, um eine Pause einzulegen. Sie unterbrachen kurz ihr Gespräch, um dem Paar auf der Veranda zuzuwinken.

Magnus sondierte unauffällig die Lage, wie Gefangene es tun. Soviel er ohne Brille erkennen konnte, war keine Tür und keine Treppe in der Veranda vorgesehen, sie war auf Leimholzpfähle montiert und schwebte mehr als einen Meter über dem verwilderten Garten.

Er sah zu Patricia hinüber, in deren Frisur eine Windbö zu spielen versuchte, vergebens, kein Haar wollte sich bewegen. Fast ohne ihre Lippen zu bewegen, raunte sie: »Riechst du auch den Frühling?«

War dieser betörend süße Duft der Frühling? Magnus wusste nicht, wie der Frühling roch.

»Frühlingsgefühle?«, raunte Patricia.

Geiselgefühle hatte Magnus. Aber er wollte nicht klagen, er hatte schon über schlechtere Gefängnisse gelesen. Trotzdem musste er hier weg. Seine Hände krallten sich um das Geländer. Er saß hier in einer zeitlosen Falle.

Plötzlich, als hätte sie eine furchtbare Entdeckung gemacht – gesehen, was er nicht sehen sollte – zerrte sie Magnus vom Holzgeländer weg, schob ihn zur Hollywood-Schaukel, drückte ihn in die Kissen und ließ sich neben ihn fallen. Mit ihren Sandaletten, die wie zufällig gegen seine weißen Schuhe stießen, brachte sie die Schaukel in Schwung. Magnus lehnte sich zurück und lauschte dem rhythmischen Quietschen, dem Gemurmel, das vom Dorf heraufdrang, dem leisen Summen in der Luft – Geräuschen, die sich mit der Melodie in seinem Inneren vermischten, einem wilden Orchester aus Furcht und Panik.

»Keine Sorge, wir lassen dich ja gehen«, flüsterte Patricia in sein Ohr, ihre Lippen so nah, dass sie es berührten. Ein wohliger Schauer lief über Magnus' Rücken. »Später.«

Ruckartig wandte er sich ihr zu, sodass ihre Nasenspitzen sich berührten. Ihre Nase war kalt wie ein Eisberg.

»Du musst nur ein paar Aufgaben lösen.«

Magnus atmete auf. Aufgaben zu lösen, war seine Spezialität. Niemand konnte besser kombinieren. Wenn er in seiner Buchhandlung von Buch zu Buch sprang, um den Dingen bis auf den Grund zu gehen, war er immer fündig geworden. In jeder Disziplin, Geschichte, Mathematik, Kunst, Literatur. Schon sah er sich wieder auf der Staumauer stehen, um in aller Ruhe und ungehindert endlich zum Sprung ansetzen zu können.

»Was muss ich tun?«, fragte er und gab in seiner Aufregung der Hollywood-Schaukel einen so heftigen Schubs, dass Patricia sich an ihm festhalten musste.

»Du musst deine Siebensachen wiederfinden.«

Misstrauisch zog er die Augenbrauen zusammen. »Sieben?«

Sie nickte. »Deine Stola hast du ja schon.«

Insgeheim zählte er mit den Fingern: Stola, Auto, Koffer, Gemälde, Kleid. Er kam nur auf fünf Sachen. Wenn er seine Brille, seine Börse und all seine Kleidungsstücke dazuzählte, waren es viel mehr als sieben.

»Siebensachen«, murmelte er. »Das ist doch nur eine Redensart.«

»Nein!«, zischte sie und breitete die Hände aus, spreizte die Finger und zog zwei Kreise, als verfluche sie ihn.

Magnus schob trotzig die Unterlippe vor, blickte zu dem verzogenen Lappen auf der Wäscheleine, der nicht mehr viel mit seiner geliebten Stola gemeinsam hatte. »In einer bestimmten Reihenfolge?«, fragte er.

Ihr Nicken war fast unsichtbar, als ginge sie mit dieser Information schon deutlich zu weit. Magnus hatte nicht den Eindruck, als könne er ihr einen weiteren Hinweis entlocken. Er war also auf sich gestellt. Auch gut, das war er gewöhnt. Allerdings waren alle bisherigen Aufgaben in seinem Leben greifbarer und damit einfacher gewesen. Die Lösung konnte er in keinem Handbuch der Welt nachlesen.

Und während die Hollywood-Schaukel ihn stetig weiter wiegte, vor und zurück, sanft wie in einem Schoß, versuchte Magnus, seine wirren Gedankengänge zu analysieren und zu ordnen und zu einem ordentlichen, handfesten Plan zusammenzufügen. Er wollte systematisch vorgehen und zunächst die Aufgaben lösen, die er verstand. Wirklich sicher schien ihm nur der Standort seines Gemäldes zu sein.

## 12. Kapitel

Nach nur hundert Schritten hielt Bernd Zimmermann inne und horchte in den stummen Wald hinein. Er stand an einer Wegkreuzung. Der Weg, der hinter ihm lag, war eine schnurgerade Fahrspur, die sich nun vor ihm in zwei schmale, verschlungene Pfade teilte.

Wohin war der Mann mit der Latzhose und den Goldzähnen gegangen? Und was hätte er wohl unternommen, fragte Zimmermann sich, wenn er und Pesch Ja gesagt hätten, auf seine Frage, ob sie vorhatten, von der Staumauer zu springen?

Pesch schien zu allem bereit. Auf der Staumauer wäre es fast zu einem Schusswechsel gekommen. Pesch hatte nicht gezögert, auf Zimmermann zu zielen, er würde also auch nicht lange fackeln, wenn er Magnus Faber erwischte. Zimmermann hätte ihm besser seine Waffe abgenommen, aber das hatte er verschusselt. Geradezu salomonisch war aber seine Entscheidung gewesen, sich zu trennen. Pesch links, Zimmermann rechts.

Und jetzt schon wieder: rechts oder links. Verdammt, dachte Zimmermann, nicht mit mir. Pesch war so sicher gewesen, dass der Ort links lag. Zimmermann konnte sich inzwischen absolut nicht mehr daran erinnern, was Eva gesagt hatte. Außerdem hatte er eine Rechts-Links-Schwäche. Wütend stand er da und beschloss Eva anzurufen.

Er überprüfte sein Handy, kein Anruf war eingegangen, weder von ihr noch von Tilly.

Zuerst erleichtert über den gestrigen Hilferuf seiner Schwester, weil er das Ende der unendlichen Diskussionen mit Tilly herbeiführte, quälte es ihn stündlich mehr, dass er eine wütende, aufgebrachte Tilly zurückgelassen hatte. Sie hatte danach jede telefonische Verbindung zu ihm gekappt, AB und Mailbox ausgeschaltet, in der Redaktion ließ sie sich verleugnen. Zimmermann hatte ihr nicht sagen können, dass er auf dem Weg nach Hellenthal war, dass er über Nacht blieb, dass sie aber sobald wie möglich weiterreden würden, auf jeden Fall, und das Problem bestimmt aus der Welt schaffen würden, so wie immer.

Er rief Eva in der Buchhandlung an. Sie nahm nach dem dritten Klingeln ab, im Hintergrund hörte er Musik.

»Ist er wieder aufgetaucht?«, fragte er.

»Nein. Hast du ihn gefunden?«

»Nein.«

Als es still am anderen Ende der Leitung blieb, berichtete Zimmermann seiner Schwester, dass er ein paar Tage in Hellenthal bleiben wolle und der junge Pesch bewaffnet sei.

»Sei vorsichtig«, mahnte er sie. »Falls der alte Pesch auftaucht, diese Familie ist zu allem bereit.«

Dass der Ort, an den Magnus Faber ihrer Meinung nach geflohen sein könnte, schwer zu finden schien, verunsicherte sie.

»Denk noch mal scharf nach, lag der Ort links oder rechts auf diesem Gemälde?«

»Links.« Die Antwort kam so schnell, dass sie alle Zweifel ausräumte.

»Das dachte ich mir«, sagte Zimmermann und versuchte, das Gespräch schnell zu beenden. Aber nach Tilly fragen, das musste er noch. Wenn sie ihn wirklich suchte und sprechen wollte, dann hätte sie versucht, in der Buchhandlung anzurufen.

Eine Tilly Hut habe nicht angerufen, beteuerte Eva, ohne zu fragen, wer das sei. Sie hatte ganz andere Sorgen. Sie machte sich Vorwürfe, ihren Bruder in die Sache hineingezogen zu haben.

Er beruhigte sie: »Ich habe alles im Griff.« Dass er ebenfalls bewaffnet war, wollte er ihr lieber nicht sagen.

»Sei vorsichtig«, mahnte sie ihn.

Zimmermann machte kehrt. Am Waldrand angekommen, hielt er zunächst nach Pesch Ausschau, ob der nicht auf die gleiche Idee verfallen war. Während er seine Manteltaschen leerte, Pistole und Schlüsselbund, Börse, Kamm, Mütze und Augentropfen vor sich auf den feuchten Boden häufte, überlegte er zum hundertsten Mal, worum es am letzten Abend mit Tilly eigentlich gegangen war. Er hatte irgendetwas falsch gemacht. Von Selbstbestimmung, Respekt und Übergriffen war die Rede gewesen. Aber er wusste beim besten Willen nicht, was er verbrochen hatte.

Er entledigte sich seines Trenchs, rollte ihn zusammen, zurrte ihn mit seinem Gürtel fest und suchte zwischen den Baumreihen nach einer passenden Stelle, wo er ihn zurücklassen konnte. Er deckte ihn mit Zweigen, Moos und Blättern ab und hoffte inständig, dass seine magischen Kräfte ihn nicht prompt verließen, sondern eine Weile anhielten, wie ein imaginärer Schutzschild.

Zimmermann zog die dunkle Wollmütze bis auf die Ohren herunter, träufelte sich Tropfen in sein entzündetes Auge, das sich daraufhin öffnete, als würde es aus tiefem Schlaf erwachen. Auch seine restlichen Utensilien hob Zimmermann vom Waldboden auf, verstaute alles in seinen Hosen, zog den dicken Wollpulli über die ausgebeulten Taschen und stapfte davon.

Auf der Staumauer pfiff der Wind ihm um die Ohren. Aber die Mütze saß. Er beeilte sich auf der anderen Seite wieder Schutz im Wald zu finden und Anschluss an Pesch zu bekommen. Das ganze Manöver hatte nicht mehr als fünfzehn Minuten gedauert. Er konnte noch nicht weit sein.

Der Weg machte eine langen Bogen und führte ihn in sanften Kurven und ohne Steigung durch den Wald.

Da!

Am Ende des Weges trödelte Pesch vor sich hin, als machte er einen launigen Spaziergang. Zimmermann schlug sich ins Unterholz und pirschte lauernd von Stamm zu Stamm im gehörigen Abstand ihm nach.

Plötzlich war der Wald zu Ende, eine Talsenke tat sich auf, und Pesch schien von einem hellen, rosigen Licht umgeben. Breitbeinig blieb er mitten auf dem Weg stehen, stemmte die Arme in die Hüften und wendete den Kopf nach allen Seiten. Sein Mund stand offen. Als sei er verzaubert oder erschrocken von dem, was er sah.

Zimmermann brannte vor Neugier und näherte sich auf eine absolut gefährliche Nähe, in der Zuversicht, dass sein Äußeres alle Wiedererkennungszeichen verloren hatte. Trotzdem konnte er nicht sehen, was Pesch sah, noch versperrten ihm die verdammten Bäume die Sicht.

Geh endlich weiter, fluchte Zimmermann und fragte sich gleichzeitig bang, wo er ein Versteck finden konnte, falls es nötig wäre, wenn es keine Bäume mehr gab. Was tun, wenn Pesch eine leere Ebene betrat?

Pesch schien sich wieder gefangen zu haben und setzte seinen Weg fort, der ihn leicht bergab führte, sodass er nach einigen Metern fast aus Zimmermanns Blickfeld verschwand. Als dieser nur noch Peschs Oberkörper sehen konnte, löste er sich aus dem Unterholz, lief geduckt auf den Weg – und dann stand er an der gleichen Stelle, an der Pesch wie gebannt verharrt hatte.

Die Wolkendecke war plötzlich aufgerissen, der Himmel hellblau und frei von allen Wolken, die Sonne schien fahl auf eine Talsenke, rund wie ein Suppenteller, in die ein kleines Dorf wie ein Nest gebettet war. Ein leichtes Summen war über der Siedlung zu hören, als wäre eine Horde Insekten unterwegs. Eine Melodie wie aus einem Leierkasten, dachte Zimmermann. Und der Geruch, der ihm entgegenwehte, betörend und exotisch, erinnerte ihn an ein Parfum aus der Vergangenheit.

Eine Durchgangsstraße, auf der bunte Autos geschäftig hin und her kurvten, führte vom Waldweg aus direkt zum Ufer des Stausees, dessen Wasseroberfläche hell in der Sonne glitzerte. Von der Durchgangsstraße zweigten einige kleine Gassen ab. Eine davon auch zu einem Hügel mit einer Kirche und einem Holzkreuz.

Und eine innere Stimme flüsterte ihm zu, dass dieses Nest der Ort auf dem verschwundenen Gemälde war. Sie waren am Ziel. Beruhigt stellte er fest, dass es genügend Verstecke geben würde, die ihm die Verfolgung leicht machten. Autos, Gartenzäune, Blumenkübel, Erker und Straßenecken.

Zimmermann sah, wie Pesch das Ortsschild passierte, unbeholfen stolperte, sein Jackett auszog und über den Arm legte und plötzlich einen Schritt schneller ging, als sei er endlich wach geworden. Wenig später, Zimmermann hielt einen Abstand von fünfzig Metern, stolperte er an derselben Stelle, aber nicht über seine eigenen Füße, sondern über eine Schwelle im Straßenbelag und gleichzeitig über das, was auf dem Schild stand: *Mitteldorf*.

Mitteldorf?

Der Name erinnerte Zimmermann an das Buch, das er als Junge mindestens dreimal gelesen hatte, *Herr der Ringe*, und an den Kontinent Mittelerde, Tolkiens fiktive Welt.

Irgendwie hatte er von Anfang an geahnt, dass es diesen Ort nicht geben könnte. Und wenn es ihn gab, dass er ihn nie finden würde, insbesondere nachdem er ihn gestern Abend auf der Staumauer nirgendwo hatte ausmachen können. Aber jetzt, da der Ort sogar einen Namen hatte, jetzt wollte Zimmermann auch glauben, dass Magnus Faber hier war.

Pesch war in der Zwischenzeit bei einer Frau stehen geblieben, hatte sie wohl angesprochen, sie wich entsetzt einen Schritt zurück und schüttelte heftig den Kopf, ließ ihn stehen und lief davon. Pesch blickte sich um, als fühlte er sich beobachtet.

Zimmermann sah unbekümmert zum hellblauen Himmel, die Sonne blendete ihn, er begann zu schwitzen, er war plötzlich viel zu warm angezogen. Dass in einem dichten, feuchten Wald eine andere Temperatur herrschte als in einer offenen, freien Talsenke, das leuchtete ihm ein, aber die Differenz schien erstaunlich groß. In Mitteldorf war es wärmer als es sein konnte. Eher Sommer als Frühling.

Pesch fragte weiter Passanten aus, Frauen, Männer, von denen jeder selbst Magnus Faber sein konnte, denn Eva Zimmermanns Beschreibung war reichlich vage gewesen. Was immer er fragte, man reagierte mit Ablehnung. Auf diese Weise durchquerten Pesch und fünfzig Meter hinter ihm Zimmermann das Dorf – eine Bushaltestelle ohne Fahrplan, einen Kreisverkehr mit einem Denkmal, Geschäfte mit wenig Betriebsamkeit – und gelangten über einen Wendehammer und einen Trampelpfad zum Ufer des Stausees.

Hier gab es keine Verstecke mehr, und Zimmermann blieb nichts anderes übrig, als den harmlosen Spaziergänger zu mimen, der die Aussicht und die frische Luft genoss, und er begann zu schlendern, unauffällig auffällig, wie ein Schauspieler auf der Bühne, in dessen Drehbuch steht: *Schlendern.*

Aus den Augenwinkeln beobachtete er, wie Pesch sein Handy wie einen Geigerzähler in alle Windrichtungen hielt und schließlich wild auf die Tasten einhämmerte.

Zimmermann untersuchte ebenfalls sein Handy und entdeckte auf dem Display, dass das Symbol für die Empfangsqualität, der kleine Sendemast, statt der üblichen fünf aufsteigenden Striche keinen einzigen Strich aufwies. Und wenn es hier an der freien Uferstelle keinen Empfang gab, gab es ihn sicherlich nirgendwo in Mitteldorf.

Verärgert schüttelte Zimmermann sein Handy, ein einfaches, älteres Modell, von dem Frank Petersen, sein Chefredakteur, befunden hatte, dass es für seine Zwecke völlig ausreichend wäre. Er könnte es genauso gut in den See werfen. Pesch schien zu dem gleichen Ergebnis gekommen zu sein, er fuchtelte wütend mit seinem Handy durch die Luft.

Da nützt dir auch das schönste Smartphone nichts, dachte Zimmermann schadenfroh.

In der gleichen Sekunde trafen sich ihre Blicke. Oder sah es nur so aus? Zwei Männer mit dem gleichen Problem, der Unerreichbarkeit. Aber Zimmermann fiel schnell auf die Knie, um einen gut sitzenden Schuhriemen festzuzurren.

Als er hochsah, hatte Pesch einen schmalen Uferpfad entdeckt. Zimmermann folgte ihm, und sie konnten nach hundert Metern hinter einer Landzunge die Staumauer in ihrer ganzen Länge sehen. Pesch wich im letzten Moment einem seltsamen Bauwerk aus. Einem massiven Holzpfahl, hoch wie der höchste Baumwipfel, der sich unauffällig in die Riege der Baumstämme einordnete. An seinem Ende befand sich ein Takelbalken, an dem ein Seil über eine Rolle führte. Das eine Ende des Seiles war an dem senkrechten Pfahl festgezurrt, das andere endete in einem schweren Kranhaken und schwang lose im Wind hin und her. Wobei der Haken ab und zu gegen den Pfahl stieß und in unregelmäßigen Abständen ein schepperndes Geräusch verursachte. Tok. Tok. Tok. Und exakt an dieser Uferstelle schaukelte eine vertäute Barkasse im Wasser. Und trotzdem war das kein friedliches Bild.

Als Pesch sich von dem Anblick trennte, machte Zimmermann schnell kehrt und lief voraus. Er setzte sich auf einen Findling am Ufer und sah angestrengt aufs Wasser hinaus.

Ohne ihn weiter zu beachten, ging Pesch über den Trampelpfad und den Wendehammer zurück ins Dorf. Zimmermann erhob sich und folgte ihm langsam.

Weitere Befragungen führten Pesch zu einer Kneipe, die sich *Roter Milan* nannte. Der Rote Milan war ein Greifvogel, das hatte sich selbst bis zu Zimmermann, der kein Ornithologe war, herumgesprochen. Eine Art Bussard, der in der Eifel häufig vertreten war. Aber es kreiste gerade niemand über Mitteldorf, der ein rötliches Gefieder hatte. Zimmermann kontrollierte die vier Himmelsrichtungen. Auch kein anderer Vogel. Auch kein Flugzeug. War Mitteldorf eine Sperrzone, nicht nur für Funk? Er spürte, wie ihm schwindlig wurde und sein entzündetes Auge zu tränen begann, und er senkte den Blick.

Die Kneipentür fiel hinter Pesch zu. Zimmermann inspizierte kurz das einstöckige Gebäude, das nicht weiter auffällig war, wohl aber zwei weitere Ausgänge hatte, die jedoch beide verschlossen waren. Durch die Fensterreihe bemerkte er Schatten, dumpfe Musik und Stimmen. Ein Bier käme jetzt gut.

Ein Glück, dass der *Rote Milan* gut besucht war und obendrein zwei Theken hatte, so konnte Zimmermann sich unters Volk mischen, ohne von Pesch gesehen zu werden. Obwohl es schummrig war, wie in einer Sakristei, traute er nicht seiner Verkleidung. Er stellte sich in die zweite Reihe und musterte die Gesichter. Jedes konnte Magnus Faber gehören. Vielleicht fiel gleich sein Name.

Die anderen Gäste schenkten den beiden Neuankömmlingen nur eine kurze Beachtung, musterten sie bei ihrem Eintreten von Kopf bis Fuß, wandten sich dann missbilligend ab, rückten näher zusammen und demonstrierten Geschlossenheit. Auch der Wirt war nicht an Zimmermann oder Pesch interessiert. Unbeweglich, wie ausgestopft, lehnte er am rückwärtigen Regal, das etliche Schnapsflaschen beherbergte und eine Musikanlage, die Schlagermusik verströmte. Er hatte die Arme über seinem enormen Brustkorb fest verschränkt, öffnete sie nur, um Bier zu zapfen, und sah unter halb geschlossenen Lidern geflissentlich in jede andere Richtung. Er schien stumm zu sein, seine Unterlippe war weit vorgeschoben und in dieser Position anscheinend seit Jahren verkeilt.

Eines war klar, Fremde wie Pesch und Zimmermann waren unerwünscht. Kein Kontakt. Kein Bier. Sie waren Luft. Deutlicher hätte man es ihnen nicht zeigen können. Da konnte Pesch so viele Münzen und Scheine auf die Theke blättern, wie er wollte.

Zimmermann zog als Erster die Konsequenz und verließ das unangenehme Lokal. Draußen, hinter einer Hausecke, wartete er auf Pesch, der nicht ganz so schnell von Begriff war. Als er endlich heraustrat, knallte er die Tür hinter sich zu und fluchte lauthals und beschäftigte sich wieder erfolglos mit seinem Handy. Ratlos stand er da. Sie hatten vereinbart, die weitere Vorgehensweise telefonisch abzusprechen. Das war nun nicht möglich. Auch vom Papa konnte er sich keine neue Order einholen. Was würde er tun?

Er schien für heute aufzugeben und wählte den Heimweg, Zimmermann im Schlepptau, ohne es zu wissen. In Höhe eines Hotels namens *Zur letzten Minute* blieb er stehen. Sein Verfolger sprang hinter ein Auto. Pesch betrachtete das Gebäude, Holzfassade, Veranda, Erker, Sprossenfenster, Wintergarten, Holzzaun, wechselweise in den Farben Weiß oder Lavendel gestrichen. Ein hübsches Stück Bäderromantik, das an einer ostdeutschen Strandpromenade stehen könnte.

Zimmermann wäre der Mann nicht aufgefallen, der im weißen Anzug auf der Veranda stand, wenn Pesch nicht so nachdrücklich und skeptisch nach oben geblickt hätte. Der Mann trug einen weißen Hut mit einem bunten Flatterband. An seinem Arm lehnte eine große, schlanke Frau in Rock, Bluse und Stiefeln mit schwarzen Haaren, die einen akkuraten Pottschnitt erfahren hatten. Als sie die beiden Fremden bemerkte, trat sie einen Schritt zurück, mit ihr der Mann, und sie verschwanden schnell von der Bildfläche, als wollte sie es um jeden Preis vermeiden, gesehen zu werden.

Jetzt reicht's, dachte Zimmermann verwundert, und Pesch schien glücklicherweise der gleichen Meinung zu sein. Kaum hatten die erfolglosen Verfolger im Abstand von fünfzig Metern Mitteldorf verlassen – nicht ohne hintereinander in Höhe des Ortsschildes wieder über die Schwelle in der Fahrbahn zu stolpern und den gleichzeitigen Temperaturabfall deutlich zu spüren – begann es zu regnen. Pesch spannte seinen Knirps auf.

Zimmermann schlug sich ins dunkle Unterholz, wo er Pesch ungesehen und ungehört überholen konnte, und über die Staumauer auf die andere Seite des Sees rennen konnte, wo er seinen Trench hervorsuchte, ihn säuberte, sich die Wollmütze vom Kopf riss und den feuchten, zerknautschten Mantel überzog. Es regnete immer noch, als er den Weg hinunter ins Tal und auf dem Parkplatz an Peschs silbernem Mercedes vorbeilief, durch Hellenthal bis zur Pension *Sonnenschein* rannte, als wäre der Teufel hinter ihm her.

Ohne Schuhe und Mantel warf er sich aufs Bett und versuchte seinen Atem wieder in ruhige Bahnen zu bringen. Er zog das Plumeau bis zum Bauch hoch. Sein Puls war noch nicht wieder normal, als er hörte, wie der Mercedes vorfuhr.

Als Pesch die Zimmertür öffnete, fuhr Zimmermann hoch und überfiel ihn mit der Frage: »Haben Sie das verflixte Dorf gefunden?«

»Und Sie?«, fragte Pesch misstrauisch zurück. »Sind Sie schon länger hier?

»Ja. Aber kein Dorf, kein Magnus Faber.«

»Kein Dorf, kein Magnus Faber«, wiederholte Pesch, ohne mit der Wimper zu zucken.

Wenn Zimmermann es nicht besser gewusst hätte, wäre er prompt auf ihn hereingefallen. »Sie sollten mich anrufen, hatten wir vereinbart.«

»Sie haben mich auch nicht angerufen«, knurrte Pesch und ging vor den beiden Betten hin und her. »Wenn Sie mich fragen, Ihre Schwester hat uns verarscht. Blaue Augen hin, blaue Augen her.«

»Na, na«, machte Zimmermann.

»Wenn ich die das nächste Mal sehe, kann sie sich warm anziehen«, drohte Pesch und trat wütend gegen das Fußende seines Bettes, während Zimmermann sein Handy hervorkramte. Aber obwohl es wieder einen guten Funkempfang signalisierte, war kein Anruf zu verzeichnen. Er ließ sich ins Kissen fallen und beobachtete, wie Pesch ebenfalls telefonierte, während er den Vorhang zur Seite schob und aus dem Fenster blickte. Da war der Himmel schwarz, als ginge gleich die Welt unter.

»Ich bin's, Vater«, sagte er.

Die Stimme des alten Pesch war unüberhörbar. Ein Redeschwall ergoss sich auf einen konsternierten Pesch junior, der ihm nur ab und zu Gelegenheit für ein schuldbewusstes »Ja« oder »Nein« ließ.

»Na, was sagt der Herr Papa?«, fragte Zimmermann, als Pesch sein Handy auf die Fensterbank legte.

»Nichts«, knurrte Pesch.

Zimmermann verschränkte die Arme hinter dem Kopf. »So geht es nicht weiter. Ich habe das Gefühl, wir suchen eine nicht vorhandene Stecknadel in einem nicht vorhandenen Heuhaufen. Ich werde mal morgen die Polizei einschalten.«

Aus den Augenwinkeln bemerkte er, wie Pesch kurz zusammenzuckte, ehe er sich umdrehte und harmlos fragte: »Gibt es hier überhaupt eine Polizeidienststelle?«

»Bestimmt«, antwortete Zimmermann.

»Ich persönlich halte nicht viel von der Polizei«, sagte Pesch und umkreiste die beiden Bettgestelle.

Zimmermann räkelte sich genüsslich im Bett. »Aber jetzt schlaf ich erst mal.«

»Ich nicht«, brummte Pesch.

Aber er tat es. Und wie! Zuerst wälzte er sich unruhig neben Zimmermann von einer Seite zur anderen, trat gegen das Fußende des Bettes, schlug um sich, warf die Bettdecke beiseite und begann im Schlaf zu reden. Zuerst stieß er unverständliche Laute aus, dann rief er nach Vater und Mutter und sogar nach der Polizei.

Ein Wort schien ihn besonders zu quälen, es wollte und wollte ihm nicht über die Lippen kommen und hörte sich wie Bibbeldorf an, da rüttelte Zimmermann ihn ungnädig wach.

Schweißgebadet fuhr Pesch hoch und fragte: »Wo bin ich?«

»In Mitteldorf«, antwortete Zimmermann prompt.

Pesch schreckte zurück und musterte seinen Bettgenossen mit zusammengezogenen Augenbrauen. »Woher wissen Sie ...?«

Zimmermann sprang auf und zerrte Pesch an seinem Hemdkragen hoch. »Ich bin Ihnen gefolgt. Nun reden Sie, Mann!«

Pesch drehte den Kopf zur Seite.

»War Magnus Faber der Mann in Weiß auf der Veranda des Hotels?«

Pesch biss die Lippen aufeinander. Zimmermann holte die Pistole unter seinem Kopfkissen hervor und drückte die Mündung gegen seine Schläfe. Pesch hob die Hände. »Okay. Okay. Ja, ich glaube, er war es, aber sicher bin ich mir nicht.«

»Er sah nicht so aus, wie meine Schwester ihn mir beschrieben hat«, behauptete Zimmermann und legte die Pistole auf dem Bett ab. »Oder hat sie Ihnen eine andere Beschreibung zukommen lassen?«

»Ich weiß, wie er aussieht.«

Zögernd erzählte Pesch von dem Tag, als er Magnus Faber zum ersten und einzigen Mal gesehen hatte. Es war an einem regnerischen Abend im letzten November gewesen, als er und sein Vater zur Buchhandlung gefahren waren, um Magnus Faber ein wenig die Hölle heißzumachen. Nur so aus Spaß. Sein Vater war ausgestiegen, während er, Oskar, hinterm Steuer seines Mercedes sitzen geblieben sei. An diesem Tag hatte Magnus dunkle, weite Kleidung getragen, Hemd und Hosenträger, Hochwasser-Hosen, ausgetretene Schuhe. Und die krausen Haare sahen aus, als hätte er in eine Steckdose gegriffen. Es war besonders die runde Nickelbrille, die Oskar in Erinnerung geblieben war, weil sich in ihr das Deckenlicht spiegelte. Magnus Faber hatte vermutlich nicht viel durch die verregneten Scheiben seiner Buchhandlung sehen können. Genauso wenig wie er selbst durch die verregnete Seitenscheibe seines Mercedes.

»Aber er ist es«, versicherte Pesch. »Nur so wie er jetzt ausstaffiert ist, hat Magnus Faber mit dem Mann von früher so viel gemeinsam wie Sie mit James Bond«, schloss Pesch grinsend.

»Verstehe«, sagte Zimmermann. »Einerseits finde ich, dass James Bond völlig überbewertet ist. Keine Ahnung, was die Frauen an ihm finden.«

»Und an Ihnen?«

Mit einem Stich in der Brust dachte Zimmermann an Tilly. Sie war die erste Frau nach unendlichen frauenlosen Jahren, die sich für ihn erwärmt hatte. Sie war nicht einfach, aber er war es auch nicht. Warum hatte er sich an ihrem letzten Abend nicht ein wenig diplomatischer verhalten? Warum musste er immer das letzte Wort haben? Aber das gehörte nicht hierher. »Andererseits schien dieser Mann in Weiß kein Einheimischer, sondern Gast in diesem Hotel zu sein«, sagte er nachdenklich.

»Zur letzten Minute«, brummte Pesch. »Was für ein Name!«

»Wir müssen uns diese Hotelbesitzerin vorknöpfen.«

»Wir?«, fragte Pesch und zog eine Augenbraue hoch.

»Ich«, verbesserte sich Zimmermann und tippte sich auf die Brust. »Und die Polizei.«

Pesch fixierte die Pistole, die neben ihm lag. Langsam schob seine Hand sich vor, aber Zimmermann war schneller. Pesch tat, als wollte er nur die Bettdecke höher ziehen. »Oder ich .... von mir aus könnten Sie und ich auch ... eh ...«, schlug er unsicher vor, »zusammenarbeiten. Wir haben doch beide das gleiche Ziel.«

Freund und Feind, dachte Zimmermann und sagte: »Wie gnädig.«

»Aber nur wenn Sie die Polizei rauslassen.«

Zimmermann fuchtelte mit seiner Waffe herum. »Ich stelle hier die Bedingungen.«

»Ist ja schon gut. Regen Sie sich bloß nicht auf.«

»Ich will mich aber aufregen! Und jetzt geben Sie mir endlich Ihre Waffe.«

## 13. Kapitel

Jeder Schwung der Hollywood-Schaukel, den Patricia auf der Veranda des Hotels *Zur letzten Minute* mit ihren Sandaletten auslöste, brachte Magnus Faber ein Stückchen der Ausrede näher, mit der es ihm gelingen konnte, seinem Gefängnis zu entkommen.

Und dann wusste er es plötzlich. Wie von einem jähen Schmerz getroffen, fuhr Magnus Faber hoch, stöhnte auf und fasste sich mit schmerzverzerrtem Gesicht in den Rücken. »Oh! Au! Oh! Meine Nieren schon wieder!«

»Was ist mit deinen Nieren?«

»Schon als kleiner Junge hatte ich das, es ist die endlose Geschichte eines unheilbaren Leidens. Ich brauche dringend einen Arzt! Jetzt sofort, sonst, oh ...«, gequält unterbrach er sich.

»Warte, ich mache dir sofort einen Tee.« Patricia löste sich von ihm und verschwand in den Frühstücksraum. Er hörte sie in der Küche Wasser aufsetzen, Schubladen gingen auf und zu, Geschirr und Besteck klapperten. Klack-Klack. Der Schuss war nach hinten losgegangen, Tee war nicht die Lösung.

Als Patricia zurückkehrte, angelte sie mit einer Gabel ein schlaffes Kräuterbündel aus einer Tasse und warf es in einen der leeren Blumenkästen. »Trink ihn, so heiß es geht.«

Sonst schmeckt er wie die Fischsuppe?, fragte Magnus sich und beugte sich über die Tasse. Ein ätherischer Duft stieg auf. Bereitwillig inhalierte er ihn. Genügte ihr das? Es genügt nicht, sagte ihr Blick. Der Tee schmeckte nach Pfefferminz, rein und klar, besser als die Fischsuppe, aber er konnte den

Arztbesuch nicht ersetzen. Magnus fasste sich erneut in den Rücken.

»Gleich setzt die Wirkung ein«, versprach Patricia.

Er nickte tapfer und ließ seine kurzsichtigen Blicke schweifen. Als er am Ortsrand einen silbern glänzenden Fleck am Ende der Siedlung entdeckte, fragte er: »Was ist das dahinten? Ein kleiner See?«

»Was meinst du?« Patricia setzte sich wieder neben ihn, lehnte sich an ihn und folgte mit den Blicken seinem Fingerzeig. »Nein, das sieht nur so aus. Das ist unser Schrottplatz. Das Blech reflektiert das Sonnenlicht.«

Ein Schrottplatz? Womöglich stand dort sein Opel, Magnus nahm einen weiteren Schluck Tee. Wenn keine schwarzen Autos in Mitteldorf unterwegs sein durften, hatte der Mann mit den Goldzähnen ihn vielleicht dort abgestellt, um ihn plattzumachen. »Hat der Schrotthändler Goldzähne?«, fragte er aufgeregt.

»Ach, Magnus!« Sie nahm seinen Kopf in beide Hände und drehte ihn, dass es in seinem Nacken knackte, bis er in eine andere Richtung sah. »Sieh dir lieber unseren schönen Markt an! Es ist alles aus eigener Produktion, was dort verkauft wird.«

Im Kreisverkehr, rund um das Denkmal herum, wurden die Marktstände gerade abgebaut, die Abdeckplanen zusammengerollt. Übrig gebliebene Waren, Körbe und Taschen, Obst und Gemüse und Blumen wurden in Handkarren verstaut, in Packtaschen von Fahrrädern, in Autos oder auf die Ladeflächen staubiger Anhänger. Nach und nach leerte sich der runde Platz und übrig blieb das Denkmal.

»Schon besser?«, fragte Patricia einfühlsam.

Er schüttelte enttäuscht den Kopf.

»Möchtest du wieder ins Bett?«

»Nein. Lassen Sie mich einfach hier sitzen und auf die Wirkung des Tees warten«, sagte er und führte erneut die Tasse zum Mund.

»Brav.« Ihre Hand strich über seinen Rücken und machte bei seinen Nieren halt. Dort versuchte sie mit kreisenden Bewegungen Schmerzen, die er nicht hatte, zu vertreiben. Nach einer Weile wurde die Massage schwächer, dann schlief sie ganz ein. Als Magnus sich zu Patricia umdrehte, lag ihr Kopf an seiner Schulter, ihre geschlossenen Augenlider zitterten, ihre Lippen waren leicht geöffnet.

Der Moment war gekommen.

Magnus schob Patricia von sich und stand vorsichtig auf. Mit dem Schwung der Hollywood-Schaukel war sie in eine gemütliche Ecke gerutscht und ihr Kinn auf die Brust gesunken, als Magnus sich seine Stola von der Wäscheleine schnappte. Sie war noch feucht, sie roch nicht mehr gut, sie fühlte sich nicht mehr gut an. Als er sie trotzdem wie gewohnt um seinen Hals wickelte, beengte sie ihn nur. Da hängte er sie zurück auf die Leine.

Mit den Schuhen in der Hand schlich er auf Socken und Zehenspitzen durch den Frühstücksraum in den Flur. Die Haustür mit Sprossen, Briefkastenschlitz und einer Kette, die eingerastet war, konnte er leicht aufschieben. Der Schlüssel, der im Türschloss steckte und einer von vielen an einem Bund war, war nicht herumgedreht. Er rechnete fest damit, dass ein Quietschen ihn verraten und Patricia auf den Plan rufen würde, aber nichts dergleichen geschah. Er schob sich hinaus und drückte die Tür vorsichtig hinter sich zu.

Vom Kirchturmhügel läutete es ein paar Mal herunter, als Magnus mit großen Schritten über einige flache Steinstufen lief, die ihn auf die Hauptstraße führten. Als ihn nur der lavendelfarbene Lattenzaun noch von der Freiheit trennte, hörte er eine Stimme.

»Magnus Faber!«

Die Schuhe fielen ihm aus der Hand. Wie angewachsen blieb er stehen und duckte sich in einem Reflex. Die Stimme war über ihm, streng und einschneidend. Er legte den Kopf in den Nacken und blickte Patricia unter den Rock. Ihr Gesicht ragte zwischen zwei Blumenkästen über der lavendelfarbenen Verandabrüstung auf. Der schwarze Pony fiel ihr über die Augen.

»Wohin willst du?«

»Ich bin gleich zurück«, versprach er und lief weiter auf das Gartentor zu. Ehe sie herunterkommen konnte, musste er auf und davon sein. »Ich will nur kurz zum Arzt.«

»Du wirst nicht weit kommen«, drohte sie.

»Doch«, murmelte er. Aber dann bemerkte er fünf Männer, die die Straße entlang auf ihn zukamen. Sie gingen eng nebeneinander wie eine Wand, die unaufhörlich näherrückte. Da machte Magnus auf dem Absatz kehrt.

»Brav!«, lobte Patricia ihn, empfing ihn im Hausflur und schickte ihn fort wie einen ungehorsamen Sohn. »Geh auf dein Zimmer!«, befahl sie. »Ich komme gleich nach.«

Verzweifelt stolperte Magnus die Treppe hinunter ins Souterrain und ließ sich in den Cocktailsessel fallen. Er war ein Gefangener. Klack. Klack. Und sie stand neben ihm. Er wandte sich ab und sah angestrengt aus dem Fenster. Es stand offen.

»Ab ins Bett!«, kommandierte sie.

»Ich bin nicht müde«, wehrte er sich. Es war noch nicht einmal Abend.

»Tu einfach, was ich sage.«

Betont langsam und höchst umständlich kleidete Magnus sich hinter dem Paravent aus. Kaum lag er im Bett, schloss

Patricia das Fenster und zog die Vorhänge zu. Nur ein Schimmer Tageslicht drang noch ins Souterrain. Leise murmelnd raschelte sie herum, faltete Magnus' Hosen und hängte das Jackett auf einen Bügel an dem Kamin. Als sie ihr eigenes Shirt über den Kopf zog, kniff Magnus entsetzt die Augen zu. Er wollte auf der Stelle sehen und nicht sehen, was es zu sehen gab. Er ahnte und fürchtete und hoffte und freute sich doch.

Kampfer stieg ihm in die Nase, als sie seine erstarrte Hand nahm und sie zu ihrem Körper führte. Sie lag neben ihm auf dem Rücken und war zu seinem Entsetzen völlig unbekleidet. Nackt. Wenn überhaupt, wollte er nur ihre unproblematischen Stellen berühren, Hände und Arme, Schultern oder Hals, und das auch nur kurz. Aber das ließ sie nicht zu. Energisch griff sie nach. Er war erstaunt über das, was er berührte. Ihre Haut war weich und warm und trocken.

Patricia ließ ihre Hand über sein Bein bis zum Oberschenkel hinaufklettern und dann noch ein Stückchen höher und zündete damit ein helles Licht hinter Magnus' Stirn an, ein helles, rotierendes Licht. Natürlich hatte er über Sex gelesen, so war es nicht. Er wusste in groben Zügen, was von ihm erwartet wurde, aber keine Lektüre der Welt hatte ihn auf den Ansturm seiner Gefühle vorbereitet. Er wunderte sich über seine heftige Reaktion und öffnete erstaunt die Augen.

Patricia trug ihre Haare nicht mehr. Auch ihre Augenbrauen waren aus der Nähe besehen nur gemalte Striche. Sie erinnerte ihn an eine Schaufensterpuppe, die lebendig geworden war. Vorsichtig und zart strich er über ihren Porzellankopf, als könnte er zerbrechen. Er war glatt und kalt und glänzte.

»Morgen kannst du in Zimmer 4 ziehen«, sagte sie leise. »Es ist mein schönstes Zimmer, es ist ein Eckzimmer, es hat einen Balkon mit Seeblick, ein eigenes Bad, einen Teekocher, es ist einfach außergewöhnlich«.

Magnus räusperte sich. »Das kann ich erst recht nicht bezahlen.«

»Ach, Magnus, du hast es gerade getan«, sagte sie und führte seine Hand zu ihrer Schläfe, als ob sie gerade dort eine Berührung besonders genoss. »Ich kann dich noch nicht gehen lassen«, sagte sie und legte seine Hand plötzlich wie einen Kamm beiseite.

»Warum nicht?«, fragte Magnus irritiert.

»Es ist gegen die Regeln.«

»Welche Regeln?«

»Die Regeln von Mitteldorf.« Sie küsste ihn auf die Stirn und strich den Kuss beiseite, setzte sich auf, zog die Perücke von einem der Bettpfosten, streifte sie über, schob und drehte sie, ohne in einen Spiegel zu sehen. Sie schüttelte ihren Kopf und strich die Haare glatt. Sie sammelte ihre Kleidungsstücke vom Boden auf, ging nackt und auf samtigen Sohlen wie eine Katze davon und überließ Magnus einem neuen Fluchtversuch.

Er wartete bis es dunkel geworden war. Die weißen Schuhe in der einen Hand, schob er mit der anderen die Vorhänge zurück, drehte den Fensterknauf, zog beide Flügel zu sich heran, kletterte auf die Fensterbank, schwang erst das eine, dann das andere Bein hinüber und ließ sich in die Böschung fallen. Er landete in feuchtem Gebüsch. Als er sich die Hände trocken rieb, rochen sie nach Fisch. Er stieg in seine Schuhe, stapfte durch wildes Gestrüpp, geriet ins Rutschen und Stolpern, stand plötzlich mitten auf der Hauptstraße.

Die neue Freiheit machte ihn stolz und unsicher zugleich, wie einen Hund, der sich nach langen Jahren von der Kette gerissen hat.

Mitteldorf war wie leergefegt. Er überquerte die Hauptstraße. Auf die beiden Schaufenster der Poststelle hatte eine ungeschickte Hand mit weißer Farbe *Börse* geschrieben, auf die Eingangstür *Post*. Es folgten zwei Wohnhäuser, ehe das nächste dunkle Schaufenster in Magnus' Blickfeld geriet. Hier hatte die gleiche ungeschickte Hand geschrieben: *Metzger & Friseur*. Einige Wohnhäuser weiter, die Überquerung der Marktstraße eingeschlossen, und Magnus stand endlich vor der Arztpraxis und inspizierte vom Zaun aus die Stelle, wo er sein Gemälde abgestellt hatte. Aber der Platz unter den Büschen war leer.

Er tröstete sich damit, dass keine Splitter vom Holzrahmen oder Fetzen der Leinwand verstreut auf dem Rasen herumlagen. Nach kurzer Ratlosigkeit betätigte er den Türklopfer.

Im gleichen Augenblick kam der Hund mit großen Sprüngen herangaloppiert, warf seine Tatzen auf die Gartenpforte, die in den Angeln zitterte, und begann zu bellen. Licht wurde im ersten Stock gemacht, ein Vorhang beiseite geschoben, der kleine, grauhaarige Kopf einer Frau erschien, der Vorhang fiel wieder zurück. Neues Licht im Treppenhaus schimmerte durch die Haustüre, in der kurz darauf Dr. Hermann Joseph eintraf. Er musterte Magnus streng vom Kopf bis zu den Füßen.

Dabei war er derjenige, der ordentlich gekleidet war, während aus dem gestreiften, halblangen Frottee-Morgenmantel, den Dr. Joseph übergezogen hatte, krumme, borstig behaarte Unterschenkel zum Vorschein kamen, die in ein Paar ausgetretener Filzpantoffeln mündeten. Er hielt eine weiße Mütze in der Hand, die er sich gerade vom Kopf gerissen haben musste, sein grauer Haarkranz schien zerdrückt.

»So!«, rief er aus.

»Gute Nacht«, sagte Magnus und verbeugte sich.

»Die ist ja nun vorbei.«

»Ich bitte um Entschuldigung, aber ich habe vor ein paar Tagen …«

»Du bist Magnus Faber!«, unterbrach Dr. Joseph ihn überrascht.

Der Hund kläffte.

»Ruhe!«, schrie Dr. Joseph ihn an. »Ich hoffe, es ist dringend. Es ist nämlich Samstag und mitten in der Nacht.

Magnus verzog sein Gesicht vor Schmerzen. »Ich habe ein Nierenleiden und …«

»So!«

»... starke Schmerzen.«

»So!« Jedes *So* war ein kleiner Triumphschrei. Dr. Joseph zerrte Magnus am Jackettaufschlag in sein Haus. »Ich werde dir etwas geben, und das Problem gehört der Vergangenheit an.«

Er schob ihn vor sich her durch eine weiße Tür in einen weißen Raum, schloss die Türe ab und ließ den Schlüssel in die rechte Tasche seines Morgenmantels fallen.

Die Neonleuchte an der Decke tauchte den Raum in kaltes Licht. Zwischen zwei Fenstern hing, Magnus stockte der Atem, rieb sich die kurzsichtigen Augen, schluckte einen Kloß herunter: *Die Staumauer der Olef bei Mitteldorf*.

»Schön, nicht wahr?« Dr. Joseph grinste hinterhältig.

Wie hypnotisiert bewegte Magnus sich auf das Bild zu, strich über den Rahmen.

»Finger weg!«, befahl Dr. Joseph hinter ihm.

Magnus zuckte zurück. »Es gehört mir«, protestierte er.

»So!?«

»Ja.«

»Kannst du das beweisen?«

»Ja«, behauptete er.

»Wie heißt der Maler?«

Magnus zuckte die Achseln. »*Die Staumauer der Olef bei Mitteldorf.*«

Dr. Joseph winkte ab. »Das hast du gerade abgelesen. Ich aber kenne den Maler. Es ist dieser … eh, wie heißt er gleich«, er schnippte mit den Fingern, trat neben ihn und linste durch den unteren Teil seiner Brille. »Aber es ist eine Fälschung.«

»Nein, es ist ein Original. Und ein Familienerbstück. Ich habe es in Ihrem Garten vor ein paar Tagen vergessen«, Magnus drehte sich herum. »Ich kann Ihnen alles erklären.

»So!?«

»Ich musste nur kurz meine …«

»In meinem Garten?« Dr. Josephs Gesicht verfärbte sich. Seine Augen begannen gefährlich zu leuchten.

»Es war wegen meiner Nieren«, gab Magnus zu.

»Setz dich«, befahl er und wies auf eine Liege an der Wand. Schräg gegenüber stand sein Schreibtisch, dahinter hing ein Waschbecken, und unter den beiden Fenstern reihten sich weiße Kommoden mit flachen Schubladen aneinander. Magnus gehorchte, ließ aber sein Bild nicht aus den Augen und verrenkte sich den Kopf danach.

Dr. Joseph zog in einer Spritze eine gelbliche Flüssigkeit auf.

»Warum bist du eigentlich nicht gesprungen?«, fragte er, in seine Arbeit vertieft.

»Es waren gewisse Umstände«, druckste Magnus herum.

»So!« Mit der freien Hand herumfuchtelnd, gab Dr. Joseph ihm zu verstehen, dass er sein Jackett ausziehen und sich flach auf den Rücken legen sollte. Er krempelte ihm den Hemdärmel hoch und suchte in der Armbeuge nach einer Vene und desinfizierte die Stelle. »Niemanden, der sich das Leben wirklich nehmen will, kann man daran hindern. Leiden Sie an Depressionen?«

»Hat die Firma *Pesch & Söhne* Sie beauftragt?«, fragte Magnus zurück und fixierte die Spritze. War es eine Depression, wenn man ohne eine Buchhandlung nicht mehr leben wollte?

»Mich beauftragt niemand.«

»Kennen Sie einen Mann mit Goldzähnen?«, bohrte Magnus weiter.

Dr. Joseph überhörte seine Frage, während er den Kolben herunterdrückte und die gelbliche Flüssigkeit unweigerlich in Magnus' Vene verschwand. Als die Spritze leer war, zog er die Nadel heraus, wischte mit einem Wattestück kurz über die Einstichstelle und sagte: »Zieh dich an.«

Magnus betrachtete den kleinen Blutstropfen, in der Hoffnung, die gelbe Flüssigkeit würde wieder aus seinem Körper herausfließen, was nicht geschah.

»Anziehen!«, kommandierte Dr. Joseph und zerrte an Magnus hochgekrempeltem Ärmel.

Magnus sprang auf, trat an sein Gemälde und fuhr erneut mit den Fingern über den Rahmen, der von fettigen Fingerabdrücken übersät war, als plötzlich die Baumwipfel vor seinen Augen zu verschwimmen begannen. Die Wellen schwappten über die Staumauer. Das Denkmal hatte einen Zwillingsbruder. Der Kirchenhügel wurde zu einer Bergkette. Farben lösten sich auf, alles schwebte unruhig dahin. Magnus verlor das Gleichgewicht.

»Willst du das Bild nicht verkaufen?«, fing ihn Dr. Joseph auf und führte ihn zu Liege.

»Nein«, beteuerte Magnus mit trockener Stimme und setzte sich vorsichtig hin. Auch Dr. Joseph schien zwei Köpfe zu haben.

»Aber du schuldest mir Geld für die Behandlung. Und was ist mit einem ordentlichen Finderlohn für das Gemälde?«

Magnus nickte ergeben.

»Ich glaube, ich rufe mal lieber Patricia«, sagte Dr. Joseph schließlich.

Als Patricia nach wenigen Minuten eintraf, erwarteten Dr. Joseph und Magnus sie bereits im Flur bei geöffneter Haustür. Sie hatte sich eine helle Strickjacke übergeworfen und die Lippen frisch geschminkt. Ihre Perücke saß perfekt. Magnus hielt sich schwankend am Türrahmen fest.

»Hat er dich auch nach *Pesch & Söhne* gefragt, Hermann?«, fragte sie, als sie eintrat.

Er nickte.

»Das fragt er jeden. Keiner weiß, wen oder was er damit meint. Und nach einem Mann mit drei Goldzähnen?«

Dr. Joseph nickte. »Ich habe ihm eine Spritze gegeben. Er hat's angeblich an den Nieren. Hast du es nicht mit deinen Tees probiert?«

»Doch, natürlich.«

Sie sprachen über Magnus, als sei er ein verschneites Pony, weit weg am Rand einer entlegenen Koppel. Er trat zu Patricia und flüsterte: »Könntest du dem Doktor bitte Geld geben? Du weißt, ich gebe es dir wieder.«

»Ich weiß, ich weiß«, lächelte sie wissend und offensichtlich in angenehmer Erinnerung an seine Zahlungsweise. »Aber das geht nicht.«

»Das stimmt«, sagte Dr. Joseph und klapperte ungeduldig mit der Türklinke. »Das ist gegen die Regeln.«

»Welche Regeln?«, fragte Magnus und wusste doch schon die Antwort

»Die Regeln von Mitteldorf«, wiederholten Patricia und Dr. Joseph im Chor und nickten bedeutsam.

»Ich bringe ihn dir direkt morgen früh, Herrmann«, schlug Patricia vor.

»Am besten erst am Nachmittag. Susannah ist den Vormittag über nicht da. Sie muss zur Krankengymnastik, du weißt ja, sie ist auch nicht mehr die Jüngste.«

»Bestell ihr meine Grüße!«

»Susannah?«, fragte Magnus ratlos dazwischen.

»Am frühen Nachmittag?«, hörte er Patricia fragen.

»Ja, wenn es läutet.«

»Bis morgen also.«

Als Patricia »Gehen wir!« rief, eilte Magnus ihr nach, blieb aber zwei Schritte hinter ihr und schnappte nach Luft. »Wer ist Susannah?«

## 14. Kapitel

Am nächsten Morgen kauerten im Frühstücksraum zwei Männer und eine Frau. Sie hatten sich an drei Tische verteilt und unterbrachen ihr Gespräch, als Magnus auf der Bildfläche erschien. Es hatte im Treppenhaus verführerisch nach gebratenen Eiern, Speck, Tomaten und Toast geduftet. Magnus wünschte leise und respektvoll einen »Guten Morgen«, suchte sich einen Tisch, wo er mit dem Rücken zur Wand sitzen konnte.

Jemand hantierte in der Küche, Fett spritzte in einer Pfanne auf. Milchiges Sonnenlicht, gefiltert durch die Sprossen in der Verandatür, drang in den Frühstücksraum. Ein Insekt drehte sich am Fensterrahmen verzweifelt summend im Kreise.

»Heute ist mein großer Tag«, lächelte der dritte Gast und wischte sich mit einer Serviette die Mundwinkel ab, erhob sich und legte die Hände auf die Stuhllehne, als wollte er eine Rede halten. Er trug Jeans, einen Rollkragenpullover, sein Gürtel war eng und breit. Er stand unschlüssig da, während er sich das Kinn kratzte. Seine Schläfen waren grau. »Ich reise ab.«

»Ich reise auch bald ab«, verkündete Magnus' Nachbar, der vor einem leeren Teller saß. Helle Flecken siedelten wie Seen auf seinen Wangen und seiner Stirn, auch auf seinen Händen, die zu Fäusten geballt auf seinen Schenkeln lagen. Weder Jackett noch Hose, noch Hemd oder Krawatte passten zueinander, weder in der Farbe noch im Muster. Er sah aus wie ein Clown. »Vielleicht bleibe ich auch.«

»Ich bleibe auf jeden Fall«, sagte die Frau und betrachtete ratlos ihren vollen Teller, den sie hin und her drehte, als wüsste sie nicht, wo sie beginnen sollte. Ihr gebeugter, magerer Körper zitterte. Dann stach sie beherzt in eine Tomate. »Ich bleibe für immer. Es ist so ein schönes Leben hier, immer Sonnenschein, überall nur diese freundlichen Leute und Zeit, Zeit gibt es hier im Überfluss.«

»Weil es keine Uhren gibt«, steuerte der Clown bei.

Auffordernd blickten die beiden Gäste Magnus an und warteten auf seinen Redebeitrag. Er räusperte sich und fragte: »Was ist heute für ein Tag?«

Da flog die Schwingtüre auf. Klack, klack. Patricia kam mit einem Tablett herein, und mit ihr schwirrten ein paar Takte Musik in den Frühstücksraum und übertönten das Insektensurren. Sie strahlte, trug denselben kurzen Rock und eine neue Bluse, darüber eine lavendelfarbene Halbschürze mit einer großen, steifen Schleife auf dem Rücken.

Sie schenkte Magnus ein Augenzwinkern und stellte mit einem kleinen Schwung in den Hüften das Essen vor seinen Nachbarn ab. Sie füllte seinen Teller auf: Rührei, Speck, Würstchen, Tomaten, Toast. Sie goss Tee und Saft für ihn ein und nannte ihn Georg und die alte Frau Theodora. Zum Schluss legte sie eine Serviette in Georgs Schoß und flüsterte etwas in sein Ohr, woraufhin sich sein Gesicht bis auf die hellen Hautflecken verfärbte.

Nach ihm wandte sich Patricia dem modischen Herrn zu, hakte sich bei ihm unter, lehnte den Kopf an seine Schulter und begleitete ihn hinaus. Ihre Hüften berührten sich.

»Alfred! So gern ich dich habe, ich will dich hier nie wieder sehen!«

»Wirst du mich besuchen?«, fragte Alfred.

»Auf keinen Fall.«

»Wir werden uns also nie wiedersehen?«

Magnus senkte den Kopf. Er hörte ein Tuscheln und Tätscheln, das Geräusch eines Kusses. Die Tür fiel hinter Alfred und Patricia zu. Nach einer Weile kam sie allein zurück, strich Magnus auf dem Weg in die Küche über die Schulter, eine Berührung, die bei ihm eine Gänsehaut auslöste. »Tee oder Kaffee, Magnus?«

Ohne eine Antwort abzuwarten, verschwand sie durch die Schwingtüre, die Schürzenzipfel wippten fröhlich auf ihrem Hintern.

Theodora schnitt einen Speckstreifen bis auf den Tellergrund, dass es klirrte, eine halbe Toastscheibe über den Rand des Tisches hüpfte. Sie bückte sich, pickte sie mit der Gabel vom Boden auf, kratzte ein paar Flusen ab und begann sie ausführlich mit Butter zu bestreichen. Ihre Zungenspitze folgte den Bewegungen des Messers.

»Was ist heute für ein Tag?«, fragte Magnus wieder.

»Ein schöner Tag«, antwortete Georg.

»Gefällt es dir hier?«, fragte Theodora.

»Ich weiß nicht«, antwortete Magnus unentschlossen.

»Du wirst sehen, es ist anders hier«, meinte Georg, »nach einer gewissen Weile wird es dir gefallen.«

Magnus zögerte. »Wie lange sind Sie hier?«

»Ich weiß nicht, ich habe meine Uhr nicht mehr«, sagte Georg und betrachtete seinen Toast eingehend. »Es war eine sehr schöne Uhr mit Kalender.«

Patricia kam mit einem Tablett an Magnus' Tisch und trug auf, was die Küche zu bieten hatte. Ihre Hände drückten die Serviette fest in seinen Schoß. »Lass es dir schmecken, Magnus«, hauchte sie, ihren Mund an seinem Ohr, ihr Knie an seinen Hüften.

»Bis morgen«, sagte Georg, als er sein Frühstück beendet hatte und ging mit langen Schritten zur Tür.

»Bis heute Nacht, Georg!«, erinnerte Patricia ihn, und Theodora schlug glucksend eine Hand vor den Mund.

Kaum war die Tür hinter Georg zugefallen, setzte Patricia sich zu Theodora, die einen Kartenstapel aus ihren weiten Kleidern fingerte, während Patricia Platz schaffte, das Geschirr am Rand des Tisches stapelte und die Krümel wegwischte.

Während Magnus alles gierig verschlang, was sich auf seinem Teller befand, hörte er Patricia fragen: »Nun sag uns, Theodora, was wird aus Alfred werden?«

Knorrige Finger mischten und mischten und legten schließlich aus. Fünf Kartenreihen erkannte Magnus von seinem Platz aus. Angespannte Stille trat ein. Theodora nickte betreten und kaute auf ihren Lippen.

»Er wird sterben«, sagte sie und zielte mit dem Zeigefinger auf eine Karte. Patricia schlug die Hände vor den Mund. »Aber noch lange nicht. Noch ewig lange nicht. Da! Da! Frühestens in zehn Jahren.«

»Kommt er wieder?«

»Nein, er kommt nicht wieder hierher.«

»Oh Theodora!«, jubelte Patricia, nahm sie in die Arme und drückte die schmächtige Gestalt an sich.

»Und … und … und«, rief Theodora, befreite sich aus der Umarmung, legte eine Hand auf die Brust und rang nach Luft. »Und das Beste ist, er ist glücklich, wenn er stirbt.«

»Alfred ist glücklich, wenn er stirbt«, sang Patricia und riss Theodora vom Stuhl, und sie wagten ein kleines Tänzchen um Magnus Faber herum. Atemlos plumpste Theodora nach zwei Runden auf ihren Stuhl zurück. Patricia schwang weiter ihre Hüften zu einer ungehörten Melodie.

Magnus war im höchsten Maße verunsichert, als Patricia und Theodora daraufhin wieder die Köpfe zusammensteckten und tuschelten, sein Name fiel und mit ihm zusammen die Stimmung ins Bodenlose sank. Bedrückte Mienen, mitleidiges Nicken, ein Seufzer. Seine Aussichten schienen nicht besonders rosig zu sein.

»Wann?«, fragte Magnus irritiert.

Die beiden Frauen schüttelten die Köpfe und Theodora sagte mit wissender Miene: »Das dürfen wir nicht sagen.«

Sie wissen es nicht, tröstete sich Magnus, schenkte sich Kaffee ein, goss frische Milch hinzu und rührte in seiner Tasse herum. Das Wahrsagen lehnte er im Grunde ab und war doch fühlbar beunruhigt zu hören, wie die beiden Frauen beim Frühstück mal kurz sein Schicksal besiegelten.

Was war von den Iden des März in der heutigen Zeit zu halten? Wenn es nach ihnen ging, musste das Schreckliche heute geschehen oder nie, heute war der vierte und letzte Tag der Iden des März, der 18. März. Würde es ein Wettrennen um seine Seele geben? Magnus nahm einen großen Schluck Kaffee. Da hatte er ein Wörtchen mitzureden.

»Es tut mir leid«, sagte Theodora, schob ihre Karten zusammen und verließ mit krummem Rücken, aber erstaunlich flink, den Frühstücksraum, um sich sodann unter hörbarer Anstrengung die Treppen hinaufzuschleppen.

Kaum waren sie allein, lehnte Patricia sich malerisch an einen Türpfosten, sie stellte einen Fuß vor den anderen und ließ ihre Hände auf dem lavendelfarben lackierten Türrahmen auf und ab gleiten, als streichelte sie das Holz. »Ich werde Alfreds Zimmer gleich reinigen, damit du umziehen kannst.«

»Ein Umzug lohnt sich eigentlich nicht«, murmelte Magnus. »Ich reise nämlich ebenfalls ab.«

Patricia lächelte nachsichtig. »Das bezweifle ich, Magnus.«

»Aber dieser Mann, dieser Alfred, der ist auch gegangen«, protestierte er.

»Es liegt nicht an dir, Magnus.« Patricia räkelte sich am Türpfosten und sah bedeutungsvoll unter ihrem Pony in die

Gegend. Plötzlich schien sie sich an etwas zu erinnern und beendete die Vorstellung von einer Sekunde auf die andere und verschwand in die Küche.

Der Umzug vom Souterrain in Zimmer 4 war eine simple Angelegenheit. Die ausgetretenen Treppenstufen knarrten verräterisch unter Magnus' Schritten, als er in den ersten Stock stieg. An der rechten Treppenhauswand hingen gepresste Kräuter in ovalen Bilderrahmen, darunter standen ihre Bezeichnungen in schnörkeliger Schrift: Huflattich, Giersch, Beifuß, Vogelmiere, Gemeine Schafgarbe, Wollkopf-Kratzdistel. Magnus kannte nur die Brennnessel, die auf der Hälfte der Strecke hing, dort, wo eine rote Notbeleuchtung brannte.

Unter der Dachschräge lagen sich Zimmer 3 und 4 gegenüber. In Zimmer 3 musste Theodora wohnen. Es war still hinter ihrer Tür, unter der der Tag einen schmalen Streifen Licht vor Magnus' Füße warf. Er stellte sich vor, dass sie auf ihrem Bett lag, klein und schmal, leise atmend sich vom Treppensteigen erholte und zur Decke sah, dort die wandernden Schatten beobachtete und überlegte, wie sie einen weiteren Tag in Mitteldorf verbringen wollte.

Sacht wie bei einem Krankenbesuch drückte Magnus die Klinke zu seinem neuen Zimmer herunter und schob die Türe auf. Die Türkante glitt schabend über den geblümten Teppichboden, als er eintrat. Es war ein Eckzimmer mit einem Fenster und einer Tür, die auf einen Balkon führte. An der gegenüberliegenden Wand war das Bett so ausgerichtet, dass man vom Kopfende aus hinaussehen konnte, wenn man die vergilbten Spitzenstores beiseite zog. Der getigerte Pyjama war auch schon eingetroffen und lag kunstvoll drapiert auf den voluminösen, geblümten Kissen und Decken. Neben dem Bett war ein pompöser Marmor-Kamin in die Wand eingelassen worden, in dem ein elektrisches Feuer brannte. Magnus blickte einen Moment versonnen in die Lücken zwischen den Flammen, die so täuschend echt waren, dass er glaubte, das Knistern zu hören und ein Holzfeuer zu riechen.

Statt einem Cocktailsessel war er nun stolzer Besitzer eines üppigen, geblümten Ohrenbackensessels, der unter dem Fenster stand. Auf einem Servierwagen daneben warteten Wasserkocher, Tasse und Teebeutel auf seinen Durst. Gegenüber am reich verzierten Kleiderschrank standen die Türen offen. Leere bis auf einen einsamen Plastikbügel. Hinter der Zimmertür entdeckte Magnus eine Nische mit Dusche, WC und Waschbecken. Ein leichter Duft nach Kampfer lag über seinem neuen Domizil.

Ein langgezogenes Hupen lockte Magnus auf den Balkon. Und da lag es vor ihm, sein Gemälde *Die Staumauer der Olef bei Mitteldorf* und hinter ihm das Ende der Welt. Am Himmel kreuzten sich zwei Kondensstreifen, der eine frisch gezogen, der andere zerfaserte sich bereits am wässrigblauen Himmel.

Ein Blick hinunter auf die Straßen, wo sich der 836er Bus der Haltestelle gegenüber der Arztpraxis näherte und in der Parkbucht stehen blieb, wo eine kleine, ordentliche Menschenschlange ihn erwartete, obwohl es doch keinen Fahrplan gab.

Niemand stieg aus oder ein. Der Busfahrer reichte braune, vollgestopfte Papiertüten und bunte Einkaufstaschen heraus. Die Einheimischen nahmen sie der Reihe nach in Empfang, bedankten sich, ohne Wechselgeld in Empfang zu nehmen, verteilten sich mit ihrer Beute über die Straßen und Gassen von Mitteldorf und verschwanden mit zufriedenen Gesichtern in ihre Häuser. Als der Bus am Hotel vorbeifuhr, um im Wendehammer zu drehen, kehrte Magnus in sein Zimmer zurück und fragte sich irritiert, um welch seltsamen, undurchschaubaren Brauch es sich da gehandelt haben mochte. Von dieser Art der Verwendung des Öffentlichen Personen-Nahverkehrs hatte er noch nie gehört oder gelesen. Eva war in Brühl stets mit dem Rad zum Einkauf gefahren. Und er hatte ihr stets Geld mit auf den Weg geben müssen, dass nach ihrer Rückkehr abgerechnet wurde.

Als die Kirchturmuhr ein paar Mal schlug, hängte Patricia sich bei ihm ein, im anderen Arm baumelte ihre Handtasche aus lavendelfarbenem Krokoleder. Sie schritten nebeneinander die flachen Stufen zur Hauptstraße hinunter wie auf eine Bühne. Klack-Klack machten ihre Pumps. Sie genoss offenbar die Aufmerksamkeit, die die Einheimischen ihnen schenkten, Magnus war es eher unangenehm in alle Richtungen lächeln und nicken zu müssen und zu ertragen, dass Patricia einen Kopf größer war als er. Starr blickte er geradeaus, als hätte er einen Stock im Rücken.

Sie überquerten die Marktstraße und stießen auf ein pinkfarbenes Eckhaus, *Lebensmittel & Bäckerei.* Im linken Schaufenster lagen verschiedene Brotsorten und appetitliche Kuchen und Küchlein, in allen denkbaren Pastellfarben und Größen aus, die auf silbernen Etageren und Spitzenservietten drapiert waren.

Wenn Magnus Eva in Brühl einkaufen geschickt hatte, bestellte er immer nur eine Sorte: Sandkuchen in einer länglichen Kastenform. Zwei Stück. Nicht vom Kanten. Was Eva jetzt wohl machte?

Patricia entnahm ihrer Krokotasche ihre Börse und drückte ihm die Handtasche in die Hand. Mit den beiden Worten »Warte hier« zeigte sie auf eine kleine Stelle auf dem Bürgersteig. Gewiss hätte sie nicht gezögert, ihn anzubinden, wenn er ein Halsband gehabt hätte.

Im Geschäft bildeten die Kunden eine ordentliche Menschenschlange. Hinter der Ladentheke bedienten ein Mann und eine Frau, die Zwillinge hätten sein können. Hakennasen, kurze Oberlippen, kleine Münder. Beide trugen sie hellblaue Kittel und ihr kastanienbraunes, glattes Haar im gleichen Schnitt. Er war die etwas größere, gröbere und lautere Ausgabe von ihr. Sie ließen sich Zeit und wogen in aller Ruhe ab, tüteten ein, zählten das Geld, berieten mit geschäftigen Mienen.

Patricia rückte in der Schlange vor und ließ Magnus gleichzeitig nicht aus den Augen. Er gab ihr mit einem Fingerzeig zu verstehen, dass er nur einen Blick in den Nachbarladen werfen wollte. Sie nickte knapp und mit gerunzelter Stirn.

Auf eine Gelegenheit wie diese hatte er spekuliert. Sein dritter Fluchtversuch sollte das werden, zwar bei Tageslicht, dafür aber ausgeklügelter als alle jemals zuvor. Zunächst täuschte er lebhaftes Interesse am rechten Schaufenster der pinkfarbenen Bäckerei vor, wo Konservendosen mit Erbsen, Bohnen oder Ananas, Tuben mit Senf, Ketchup oder Meerrettich, Päckchen mit Zucker, Mehl und Kaffee, Plastiktüten mit Nudeln und Reis, Wasserflaschen und Saftkartons, auch frisches Obst angeboten wurden. Saftig kamen Magnus die Früchte vor und von glattem, absolut fehlerfreiem, fast künstlichem Aussehen. Ein Apfel wäre ihm fast lieber gewesen als ein Stück pastellfarbener Kuchen.

Der Laden neben der Bäckerei stand leer. Die beiden Schaufensterscheiben links und rechts der Eingangstür waren verschmutzt, Tische und Regale im Inneren waren ausgeräumt. Die Anordnung erinnerte Magnus an seine Buchhandlung in Brühl, er spürte einen Stich in der Brust. Heimweh war das wohl. Er trat zurück und sah hinauf. *Schuster* stand in großen Lettern über den Tür- und Fensterrahmen, die hellgelb gestrichen waren, und im Geschoss über dem Laden befand sich eine Wohnung, zwei geschlossene Fenster ohne Gardinen und dazwischen ein kleiner, quadratischer Balkon ohne Blumen.

Magnus vergewisserte sich kurz. Patricia stand inzwischen an zweiter Stelle in der Schlange und hielt nach ihm Ausschau. Er winkte ihr zu, lächelte, Vertrauen gewinnend, Abschied nehmend, bevor er am verlassenen Schuster vorbei einen weiteren Schritt in die Freiheit machte und ihm im gleichen Augenblick ein grüner Fleck ins Auge sprang, reines Seetanggrün.

Geschockt klimperte er mit den Wimpern, kniff die Augen zu, versuchte die Vision abzuschütteln, öffnete sie wieder vorsichtig, blinzelte, suchte, und fand den seetanggrünen Fleck wieder, der ihm aus einem Schaufenster entgegenleuchtete, das sich neben dem Schuster befand.

Magnus stürzte auf das Fenster zu und presste seine Stirn gegen die Glasscheibe. Der grüne Fleck hing halb verdeckt durch einen Mantel von einem Bügel herunter. Es war ein fließender Stoff und schien zumindest einen Ärmel zu haben. Er spürte es, er fühlte, er roch es geradezu, es gab nicht den geringsten Zweifel, es handelte sich um Mutters Kleid. Erst jetzt merkte er, wie sehr er es vermisste hatte.

Er wusste nicht, wie es in den Besitz seiner Mutter gelangt war, die auf Kleidung Zeit ihres Lebens wenig Wert gelegt hatte. Sie hatte es in ihrem dunklen Schrank gehütet. Hier in Mitteldorf aber herrschte um das grüne Kleid herum Chaos. Es war nicht leicht auszumachen, in welcher Branche der Besitzer des Ladens tätig war. Magnus tippte auf eine Art Allgemeinladen, alles außer Lebensmittel. Die Preise im Kramladen waren erstaunlich niedrig. Die Verkaufsgegenstände waren nicht eingepackt und wiesen zum Teil deutliche Gebrauchsspuren auf. So konnte man genauso eine abgegriffene Aktentasche wie einen zerfledderten Auto-Atlas aus dem Jahre 1990, oder Decken, Halsketten, Sonnenbrillen, verstaubte Handtaschen, Gürtel, Schuhe zu einem Spottpreis erstehen.

Magnus hatte den Griff der Ladentüre in der Hand, als eine Stimme hinter ihm befahl: »Stehen bleiben!«

Das war nicht Patricias Stimme.

In der Glasscheibe der Ladentüre spiegelten sich die Umrisse zweier Männer. Der eine im hellen, offenen Mantel, der andere im dunklen Anzug. Der eine Kopf umrahmt von Locken, der andere mit kurzem Haar und einer einzigen Tolle, die ihm in die Stirn fiel. Der eine stämmig, der andere groß und hager.

»Magnus Faber?«

Magnus ließ die Hand langsam von der Klinke gleiten, drehte sich um und blickte in die strengen Männergesichter.

*Wir haben unsere Leute*, hatte Pesch junior ihm gedroht. Da waren sie! Magnus hob die Hände, ohne dass sie noch ein Wort gesagt oder ihn mit einer Waffe gedroht hätten. Patricias lavendelfarbene Krokotasche landete auf dem Bürgersteig.

»Sind Sie Magnus Faber?«, fragte der Lockige.

Magnus nickte langsam, während seine Gedanken sich überschlugen. Alles war aus. Er nahm die Hände herunter, hob Patricias Handtasche auf und trat einen Schritt auf die Männer zu.

Da griff ihm der Lange ans Jackett. »Sie schulden uns 50.000 Euro. Meinen Sie, Sie können einfach verschwinden und alles ist gut?«, zischte er. »Sie kommen jetzt sofort mit mir nach Brühl, freiwillig oder ich schleife sie dorthin.«

Der Lockige stieß dem Langen in die Rippen. »Immer langsam!«

Aber Magnus wusste, wann er verloren hatte, und trat einen Schritt näher. »Ich bin bereit.« Er spürte fast Erleichterung. Kein Sprung, keine Flucht, kein Kleid, kein Koffer, keine Susannah, nichts war mehr von Belang. Der Albtraum war vorüber. Er musste Patricia nur ihre Handtasche noch zurückgeben.

»Hey, hey, hey! Was wollen Sie von ihm?« Bei diesen Worten wurde ein Tortenkarton zwischen den drei Männern hin und her geschwungen, wirbelte gegen Nasen und Schultern, öffnete sich, und sein Inhalt – eine rosafarbene Sahnetorte mit schwarzen Schokoladenkeksen – ergoss sich über ihre Gesichter und Schultern, auf ihre Hosenbeine und Schuhe, sodass alle drei entsetzt zurückwichen. »Lassen Sie ihn gefälligst in Ruhe!« Patricias Perücke war verrutscht und ihr Gesicht rot angelaufen.

»Aber ...!«, stieß der Lange hervor.

Plötzlich hatte der Lockige eine Pistole in der Hand. Magnus taumelte bei ihrem Anblick.

»Dass ich nicht lache!«, rief Patricia, stieß die Pistole beiseite, hakte sich bei Magnus unter und zog ihn weg. »Noch nicht, meine Herren! Sie können ihn später haben. Noch nicht. Komm, Magnus, wir haben einen Termin.«

Sie rannte fast, und Magnus hatte Mühe, Schritt zu halten. Als er sich umdrehte, folgten die Männer ihnen nicht. Sie standen vielmehr verdattert vor dem rosafarbenen Sahnehaufen, als sei es ein unüberwindbares Hindernis.

Patricia zerrte Magnus durch Mitteldorf, ihre Handtasche an seinem Arm wirbelte herum. Als er sich umsah, gingen die beiden Männer gerade aufeinander los. Erst vor der Arztpraxis, als das Gartentor hinter ihnen zugeschlagen war, blieb Patricia mit klopfendem Herzen stehen, und Magnus schnappte nach Luft.

»Wer war das?«, keuchte sie.

»Der eine ist Oskar Pesch von *Pesch & Söhne*, den anderen kenne ich nicht.«

»Ich habe mal einen Film gesehen, da sah einer genauso aus, und er war Polizist«, meinte Pat.

Magnus nickte und sagte langsam: »Polizist.«

»Und vor denen hast du Angst?«

Magnus biss sich auf die Lippen.

»Du kannst mir meine Tasche wiedergeben.« Patricia zog sie aus seinen Händen, die sie krampfhaft festhielten, ohne dass es ihm bewusst gewesen wäre. »Komm!«, forderte sie ihn auf, »Susannah wartet auf dich.«

»Warum ist der Schuster nicht mehr da?«, fragte Magnus sie unterwegs.

»Hein, der Schuster?«

»Ja«, rief Magnus außer Atem.

»Er ist gegangen.«

»Gesprungen?«

Patricia blieb stehen und funkelte ihn böse an. »Gegangen, habe ich gesagt, kannst du nicht hören?«

Wie eine Mutter ihr Kind lieferte Patricia Magnus mit einem Seufzer der Erleichterung bei Dr. Joseph ab, verabschiedete sich mit kleinen Ermahnungen.

»Ich hole ihn in zwei Stunden wieder ab«, versprach sie, und als sie sein verunsichertes Gesicht bemerkte, fügte sie hinzu. »Vergiss nicht, warum du es machst.« Sie machte auf dem Absatz kehrt und rief: »Es wird schon nicht so schlimm werden.«

Schlimm? Zwei lange Stunden mit einer Susannah verbringen zu müssen, von der er nicht wusste, ob sie Hund, Tochter oder Ehefrau des Arztes war, erschien Magnus ein unangemessen hoher Preis für eine kleine Spritze, von der ihm schwindlig geworden war, und ein Gemälde, dessen rechtmäßiger Besitzer er war.

Dr. Joseph bot ihm einen Platz auf einem Stuhl im Flur an. Magnus setzte sich auf die Kante und presste die Knie zusammen.

»Susannah!«, brüllte Dr. Joseph ins gewundene Treppenhaus hinauf.

Der Hund antwortete und umkreiste bellend das Haus. Dr. Joseph trug an diesem Tag eine Bundhose aus dickem Filz. In sein dunkelgrünes Jägerhemd gruben sich viel zu stramme Hosenträger, die Magnus irgendwie bekannt vorkamen, Sekunden wurden zu Minuten. Dr. Joseph bemerkte, wie Magnus sich die Unterlippe blutig kaute, kratzte sich am Hinterkopf und sah dann erleichtert die Treppe hoch. »Ah! Da kommt sie!«

Ein hochgeschnürter Schuh erschien auf der obersten Treppenstufe, ein zweiter Schuh, dicke Waden und ein wollener Faltenrock folgten. Sie ging Stufe für Stufe, Schritt für Schritt, wie ein Kind. Eine faltige Hand voller Ringe und Armreifen schob sich Magnus auf dem Geländer entgegen. Dann war sie gelandet. Rosa Spitzenbluse, einen Kopf kleiner als Magnus, silbergraues Haar, Wangen und Lippen rosa, Augen klein und strahlend, und ein Lächeln, das hoffnungsvoll war.

# 15. Kapitel

Mann, Mann, Mann. Ein echter Columbo sind Sie!«, tobte Pesch und gebärdete sich wie ein Rumpelstilzchen, trat versehentlich in den Tortensahnehaufen, der zwischen ihnen am Boden schmolz, rutschte fast und fluchte: »Mist, verdammter! Sie sind ein ...«

Zimmermann blickte Magnus Faber verdutzt nach, der offensichtlich unter Personenschutz einer äußerst rabiaten, eisernen Lady stand, mit der er schnurstracks das Weite suchte und auf halsbrecherische Weise die Straße überquerte.

»Nichts wie hinterher!«, kommandierte Pesch.

Zimmermann hielt ihn am Ärmel fest.

Pesch schüttelte ihn ab. »Lässt sich von einer Frau übertölpeln! Herzlichen Glückwunsch!«

Zimmermann wand sich, es fiel ihm schwer zuzugeben, dass er den Überraschungsangriff verloren hatte. Aber wer hätte damit rechnen können, mit einem Sahnekuchen beworfen zu werden? Slapstick, das gab es nur im Kino. Er hatte noch Sahnereste davon in den Wimpern hängen, den klebrigen Geschmack im Mund und eine rosa Spur auf dem Trench. Pesch, neben ihm, hatte bekleckerte Schultern.

»Und Sie?«, fragte Zimmermann ihn, um ein bisschen Zeit zu gewinnen.

»Was hätte ich tun können? Sie haben ja meine Pistole. Wenn es nach mir gegangen wäre, hätten wir Magnus Faber jetzt am Wickel und könnten endlich nach Hause fahren.«

»Und ihn Ihrem Vater präsentieren und Sie ständen groß da, was?«

»Und was spricht dagegen?«, konterte Pesch.

»Ich dachte, Sie wollten ihm einen Aufschub gewähren?«, rief Zimmermann, während Pesch neben ihm immer noch um Fassung rang, während Magnus Faber hundert Schritte weiter gerade mit seinem Personenschutz die Praxis des Landarztes betrat.

»Schnappen wir ihn uns?« Pesch holte schon wieder zu einem Schritt aus.

»Nein, habe ich gesagt!«, entschied Zimmermann.

»Worauf wollen Sie warten, dass er uns durch die Hintertür abhaut, Mann?«, schimpfte Pesch.

»Die Frau hat doch gesagt, wir können ihn haben«, fuhr Zimmermann fort und fragte sich, wie die eiserne Lady das wohl gemeint haben konnte. Er kratzte sich am Kopf. Hielt sie Magnus Faber gefangen? »Später, hat sie gesagt.«

»Ha! Ha!«, machte Pesch. »Und Sie glauben Frauen?«

»Es spricht nichts dagegen.«

Pesch boxte verzweifelt in die Luft.

Zimmermann hob machtlos die Hände und dachte, die Zusammenarbeit fing ja gut an.

Nachdem Oskar Pesch am Vorabend seine Pistole abgegeben und sich gnädigerweise herabgelassen hatte, mit Bernd Zimmermann zusammenzuarbeiten, anstatt ihn bei der nächsten Gelegenheit zu erschießen, hatten die beiden Parteien sich mühsam auf eine Marschroute einigen können. Alles hörte auf Zimmermanns Kommando. Ihm war klar, dass die Vereinbarung opportunistisch war und dass Pesch jeden Augenblick nutzen würde, um wieder auf eigene Faust zu handeln, um Magnus Faber tot oder lebendig seinem Vater vor die Füße zu legen, wie ein Kater als Liebesbeweis eine Maus.

Einziger Vorteil an ihrer Zusammenarbeit war für Zimmermann die Tatsache, dass Pesch wusste, wie Magnus Faber aussah. Jedenfalls hatte er das behauptet. Erst hatte er ihn auf der Veranda des Hotels erkannt, und eben vor dem Secondhandshop hatte Zimmermann sich selbst davon überzeugen können. Zimmermann wäre vermutlich beide Male an ihm vorbeigelaufen, denn er hatte einen ganz anderen Magnus Faber gesucht.

Unglaublich aber wahr, der Mann in Weiß war wirklich Magnus Faber. Wer hatte ihn bloß nur dermaßen ausstaffiert? Die eiserne Lady, die selbst wie eine Modepuppe aussah. Nicht Zimmermanns Geschmack. Farben und Lack, fand er, machten eine Frau alt. An Tilly hatte er das noch nie gesehen.

Tilly, was sie jetzt wohl gerade tat? Hatte sie ihn schon abgeschrieben? Schon einen Neuen ins Visier genommen? Zimmermann seufzte. Er wünschte, er könnte Eva anrufen und ihr berichten, dass er Magnus gefunden hatte.

»Was ist nun?«, hörte er Pesch fragen.

Zimmermann betrachtete ihn, als sähe er ihn heute zum ersten Mal. Er legte einen Finger auf den Mund und machte »Pst«. Er müsse nachdenken, fügte er hinzu.

»Das kann dauern«, meinte Pesch und trat gelangweilt gegen die Ladentür des Secondhandshops.

Die eiserne Lady hatte also innerhalb von drei Tagen aus dem antiquierten Buchhändler einen Mann von Welt gemacht, resümierte Zimmermann. Alles Fassade, denn die Art, wie er alles auf Anhieb gestanden hatte, vielleicht sogar das, was er nie getan hatte, als Pesch über ihn hergefallen war, hatte gezeigt, dass im weißen Anzug immer noch der alte Magnus Faber steckte, nicht abgebrüht genug, um sich zu wehren oder abzugrenzen und für sich selbst zu sorgen. Gut für ihn, dass er nun unter dem Schutz dieser eisernen Lady stand.

Ihre Worte klangen noch in Zimmermanns Ohr nach: »Sie können ihn später haben.« Das war nicht so dahingesagt, das klang nach Prophezeiung, fand er. Der Fall Magnus Faber und dieses verrückte Dorf, das es nicht geben konnte und doch gab, in dem alles anders war als anderswo, steckten voller Rätsel. Da war etwas knapp jenseits seines Horizontes, etwas, das er noch nicht verstand. Noch nicht. Wo anfangen, fragte sich Zimmermann, und gab sich die einzig vernünftige Antwort: Eines nach dem anderen.

Er packte Pesch am Ärmel und befahl: »Kommen Sie!«

»Was haben Sie jetzt wieder für eine absurde Idee?«

»Wir werden Magnus im Auge behalten. Aber wir verstecken uns nicht länger.«

»Wie raffiniert! Und wenn wir ihn sehen, lassen wir ihn wieder laufen.«

»Genau.«

Bernd Zimmermann und Oskar Pesch wechselten die Straßenseite. Jeder hatte seine Hände in den Taschen vergraben und vermied es, den anderen anzusehen. Sie bezogen Stellung vor der Arztpraxis wie Marmorlöwen vor einem Schlosstor und versuchten, die erstaunten Blicke der Passanten zu ignorieren. Kurz darauf öffnete sich die Haustür.

»Es wird schon nicht so schlimm werden!«, rief eine weibliche Stimme. Die eiserne Lady kam heraus, ohne Magnus Faber, stolzierte auf ihren hohen Absätzen die Stufen herunter, schwang ihre Handtasche und marschierte zwischen den beiden Marmorlöwen hindurch, blieb kurz stehen, um sich zu orientieren, und schien nicht zu bemerken, wie Zimmermann hinter sie trat.

»Wo ist denn Ihr Schäfchen, Mylady?«, raunte er in ihr Ohr.

Sie zuckte zusammen.

»Ist es krank?«

Sie strich ihren Pony über die Augen.

»Was hat es denn?«

»Es scheint lebensgefährlich zu sein.«

»Oh!«, machte Zimmermann und verzog sein Gesicht wie ein trauriger Clown. »Das tut mir leid. Wie lange hat er noch?«

Sie zuckte mit den Schultern. »Das weiß man nie so genau.«

»Sein Arzt weiß es bestimmt«, meinte Zimmermann.

»Ja, fragen Sie ihn ruhig. Ich muss aber jetzt ...« und mit diesen Worten überquerte sie die Straße und betrat die Bäckerei.

Sie wird sich eine neue Torte holen, dachte Zimmermann und betrachtete die rosa Sahnespur auf seinem Trench. Nächstes Mal wäre er schneller und würde ihr die Torte ins Gesicht werfen.

»Was hat sie gesagt?«, fragte Pesch, der seinen Wachposten nicht verlassen hatte.

»Faber ist sterbenskrank.«

»Dann ist Abwarten wohl doch nicht das Mittel der Wahl«, murrte Pesch, während Zimmermann schon zur Haustür hochgegangen war, den Namen des Arztes studierte und den Türklopfer betätigte. Ein Hund kam ans Gartentor gelaufen und bellte.

Mit den Worten »Hast du was vergessen, Pat?« riss ein Mann mit grauen Haaren und krummen Beinen in Bundhosen und Hosenträgern über einem grünem Jagdhemd die Tür auf. Er blieb auf der obersten Stufe stehen und zog die Haustür ins Schloss. »Wer sind Sie?«

»Guten Tag, Herr Dr. Joseph. Ich ...«, er warf einen Blick zu Pesch und verbesserte sich, »wir sind auf der Suche nach unserem Freund Magnus Faber.«

»Soll das ein Patient von mir sein?«, knurrte der Arzt und raufte sich die Haare, als hätte er tausend Patienten.

»Wir glauben, ja, denn die Frau, die eben Ihre Praxis verlassen hat, hat in seiner Begleitung zuvor Ihre Praxis betreten.«

»Meinen Sie Pat?«

»Pat?«, fragte Zimmermann zurück.

»Patricia Hombach«, erklärte Dr. Joseph. »ist die Besitzerin unseres einzigen Hotels.«

»Ja, genau die«, sagte Zimmermann erleichtert, und Pesch nickte heftig. »Und? Wie sieht es aus? Ist unser Freund Magnus Faber bei Ihnen?«

»Nein«, lächelte Dr. Joseph, der sich plötzlich an etwas zu erinnern schien. »Nein, nicht dass ich wüsste.«

»Aber er muss hier sein«, behauptete Pesch.

»Ist er aber nicht.«

»Dürften wir uns vielleicht selbst davon überzeugen?«, fragte Zimmermann.

»Auf keinen Fall. Ich werde doch wohl wissen, wer in meinem Haus ist. Und jetzt entschuldigen Sie mich bitte«, sagte Dr. Joseph und schloss seine Haustür auf. »Ich muss zu einem dringenden Hausbesuch.«

Pesch musste an sich anhalten, um dem Arzt nicht an die Hosenträger zu springen, während Zimmermann sich höflich verabschiedete.

»Warum sind Sie nicht einfach rein!?«, schrie Pesch ihn an, nachdem der Arzt verschwunden war.

»Weil wir Freunde sind.«

Pesch warf seine Haartolle zurück und blickte verzweifelt in den immerblauen Himmel.

Bei ihrem Kontrollgang durch Mitteldorf entdeckten Pesch und Zimmermann Magnus Faber später noch zweimal, ohne dass sie seiner habhaft werden konnten. Oder wollten, aus Zimmermanns Perspektive. Er hatte sich auf die Idee versteift, dass sich, wenn er nur geduldig abwartete, der Fall Magnus Faber von selbst auflöste. Magnus Faber schien viele Freunde in Mitteldorf zu haben, die ohne Weiteres für ihn das Blaue vom Himmel herablogen, ihn schützten und beschützten, ihn aber auch führten und lenkten. Der Ort hatte eine seltsame Dynamik, die Zimmermann an ein Meer erinnerte, das mit Flut und Ebbe einsog, heranspülte, untergehen ließ, freigab, wie und was immer es wollte.

Sinnlos Hals über Kopf in die Fluten zu springen und die Lösung zu erzwingen, war unter diesen Umständen nicht der richtige Weg. Er bliebe besser am Strand stehen und wartete, bis die Lösung in den Sand geschrieben wurde.

Wenn du den Feind nicht lokalisieren kannst, bring ihn dazu, dass er zu dir kommt, hatte er selbst einmal in einem Zeitungsartikel geschrieben. Einfach zu rechten Zeit am richtigen Ort sein. Wunderbare Weisheiten. Wenn es nur so einfach wäre.

In diesem Anflug von Sentimentalität wurde Zimmermann bewusst, dass er seine Freunde an einer Hand abzählen konnte. An einer Hand, die nur drei Finger hatte. Da waren nur noch Robert Schach, ein Kollege aus der Redaktion aus der Zeit, als Zimmermann noch fest angestellt gewesen war, und Jean Heppermann, ein Nachbar, neben dem er viele Jahre in Brühl gewohnt hatte, der aber inzwischen mit einer Frau davongezogen war.

Von einer Frau, wie Magnus Faber sie an seiner Seite hatte, einer eisernen Lady, konnte er nur träumen. Ob Tilly sich so für ihn einsetzen würde? Vielleicht, sie konnte sehr fürsorglich sein, kämpferisch war sie sowieso, aber er hätte sich nicht von ihr in einen weißen Anzug stecken lassen. Von niemandem. Und da war es wieder, das alte Problem, das war er selbst.

Aber ohne Probleme, tröstete er sich, war das Leben auch nicht leichter.

## 16. Kapitel

Magnus war erleichtert und glücklich, ängstlich und verwirrt, er war alles zugleich, noch nie war in seinem Leben so viel auf einmal geschehen.

Susannah, Dr. Josephs Frau, verlangte nicht das von ihm, was er befürchtet hatte. Sie führte ihn nicht hinauf in ihr Schlafgemach, sondern in den Garten, an einer Sitzgruppe entlang, die im Schatten einer Kastanie stand. Mit einer Hand am Halsband des großen, grauen Hundes, den sie Roy nannte, umkreiste sie einen kleinen Seerosenteich, in den plätschernd ein Rinnsal aus dem Mund eines Wasserspeiers lief. Unheimliche Skulpturen lugten aus Büschen hervor oder standen malerisch verteilt auf dem Rasen: Drachen, Zwerge und Putten, allesamt rosa angehaucht, als hätten sie einen Sonnenbrand abbekommen.

Mit der freien Hand zeigte Susannah auf ihren Garten, der von Magnus vom Winter zu befreien sei. Sträucher, die von ihm zu stutzen, vertrocknete Blätter in den Beeten, welche von ihm zu entfernen seien. In die Bäume sollte er Licht schneiden, sodass sie einen Hut zwischen die Äste hindurchwerfen könnte, ohne dass er hängen bliebe. Die Rasenfläche sei mittels des elektrischen Vertikutierers, der aussah wie ein Rasenmäher, zu bearbeiten. Alle Abfälle hätten klein geschnitten drüben auf einem Komposthaufen zu landen. Zum Schluss zeigte sie auf ein rosafarbenes Gartenhaus, befahl Roy auf einen Platz und tippelte auf Zehenspitzen zurück ins Haus, wo kurze Zeit später im ersten Stock hinter einem Fenster ihr kleiner, grauer Kopf erschien. Auch ihr Mann hatte nichts Besseres zu tun, als Magnus' Eifer durch ein Fenster seiner Praxis zu beobachten. Und Roy fixierte Magnus ebenfalls, als er die beiden Türen des Gartenhauses aufzog, in dem sich Spaten, Rasenmäher, Harke, Scheren, Hacken, Säcke, Eimer, Samentütchen, Blumentöpfe und Rankgitter unordentlich übereinanderstapelten.

Magnus warf sein Jackett über einen Terrassenstuhl und krempelte sich die Hemdärmel hoch. Sechs Augenpaare folgten ihm, wie er im Gewirr der Gerätschaften aus dem Gartenhaus als Erstes Gummistiefel zog und sie gegen seine weißen Lederschuhe eintauschte. Sie waren groß wie Flusskähne. Er entdeckte eine grüne Gartenschürze, die ihm bis auf die Waden reichte. Zum Schluss wählte er eine Leiter und lehnte sie an einen Baumstamm. Bewaffnet mit einer Astschere erklomm er die oberste Plattform und schnitt nach Gutdünken, und hörte erst damit auf, als sein weißer Hut bei einem Test ungehindert hindurchsegeln konnte.

Nach den Bäumen stürzte er sich auf die Beete, arbeitete sich auf Knien an der Grundstückgrenze entlang, Magnus schnitt und harkte zusammen wie ein Besessener, und zupfte das, was er für Unkraut hielt.

Später kurvte er mit knatterndem Motor um die Skulpturen, den Teich, Roy und das Kabel herum und lüftete den Rasen, während Moosfetzen durch die Luft flogen und Magnus Blasen in den Innenflächen beider Hände erntete, die brannten wie Feuer. Wie das Feuer in seinem Inneren, als er zufällig über die Hecke auf die Straße blickte.

Der Lockige und der Lange, Pesch & Polizei, da standen sie wie Mahnmal. Dem Langen reichte die Hecke bis zum Bauchnabel. Der Lockige blinzelte mit verkniffenem Gesicht in die Sonne. Sie bewegten ihre Lippen, aber ihre Worte gingen im Lärm, den der Vertikutierer produzierte, unter. Aber Roy schien Ohren wie ein Luchs zu haben, schnellte plötzlich von seinem Platz hoch und lief im gestreckten Galopp auf die Hecke zu. Todesmutig sprang er in sie hinein und endete vor einem Maschendraht. Er jaulte auf und kläffte, die Männer traten einen Schritt zurück.

Magnus fuhr mit dem knatternden Vertikutierer in das Gartenhaus hinein, knallte die Türen zu und schaltete erst dort den Motor aus. Während er durch das kleine Fenster schielte, das nicht zur Hecke zeigte, zog er Gummistiefel und Gartenschürze aus, lief geduckt zur Terrasse, langte unter Roys leisem Knurren nach seinem Jackett, schlüpfte durch die Hintertüre und knallte sie dem Hund vor der Nase zu, als hinter ihm Dr. Joseph gerade die Haustür aufzog und sagte: »Es nicht noch nicht halb sechs, du bist zu früh, Pat.«

Patricia stand mit einem neuen Tortenkarton im Eingang und lächelte. »Das können nur Minuten sein, Herrmann. Soll ich später wiederkommen?«

Dr. Joseph winkte ab. »Er hat einfach alles stehen und liegen gelassen und nichts weggeräumt.« Er drohte Magnus mit dem Zeigefinger.

Aber Magnus hatte nur Blicke für sein Gemälde, das im Flur an die Wand gelehnt auf ihn wartete. Er langte danach und konnte es kaum fassen, dass ihn niemand daran hinderte, sondern Patricia und Dr. Joseph ihm aufmunternd zunickten.

»Vielen Dank!«, rief Susannah von oben.

»Vielen Dank!«, rief Magnus zurück. Roy kläffte an der Hintertür, als sie heraustraten. Von Pesch & Polizei war weit und breit nichts mehr zu sehen.

Magnus hatte seine zweite Aufgabe erfüllt, und anstatt sich an seinem Erfolg zu erfreuen, fragte er sich voller Unruhe, ob die dritte Aufgabe wohl darin bestünde, sein grünes Kleid wieder in Besitz zu nehmen.

Von der Praxis aus führte Patricia Hombach ihn nicht zurück zum Hotel, sondern ans Ufer des Stausees. Die letzten Strahlen der Abendsonne warfen ein langes, orangerotes Licht auf das glatte, schwarze, murmelnde Wasser und leuchteten den blanken Himmel von unten an. Auch Patricias Gesicht leuchtete rot. Sie ließ sich auf dem einen Findling nieder und öffnete den Tortenkarton in ihrem Schoß. Als Magnus zu ihr trat, tippte die Kuppe ihres Zeigefingers gerade auf ein Sahnehäubchen.

»Teilen wir?«, fragte sie, als wäre dies ein gewagtes Unternehmen.

Er ließ sich im Schneidersitz neben ihr nieder, und sie fütterte ihn. Er genoss den klebrig-süßen Teig auf der Zunge, ihre Finger an seinen Lippen, ihre schwarzen Haare und Augen nah an seinen.

»Warum bist du hierher gekommen?«, fragte sie nach einer Weile.

Magnus zeigte auf sein Gemälde.

»Und warum wolltest du nicht mehr leben?« Sie betrachtete ihn eindringlich.

Er hielt ihrem Blick nicht stand, sah weg und schwieg. Es war noch immer angenehm warm. Was vom Licht des Tages übrig blieb, war blau. Blau bis auf das Regenbogenlicht der Straßenlaternen von Mitteldorf. Es war die blaue Stunde und der wächserne Mond schob sich nur langsam heran, als Magnus begann: »Das ist eine lange Geschichte.«

Und er sprach von seiner Buchhandlung in Brühl, von seiner Mutter, seinem Vater und von Eva Zimmermann, von dem grünen Kleid, vom Kredit bei *Pesch & Söhne* und dem Tag, an dem alles anders wurde.

»Es war die Skulptur *Der Fisch* von Max Ernst, die heruntergefallen war, im gleichen Augenblick als Pesch meine Buchhandlung verließ. Natürlich nur eine Replik«, endete er.

»Bist du sicher?«, fragte Patricia.

Magnus zögerte nur kurz, ehe er antwortete: »Das Original könnte ich mir nie leisten.«

Sie lächelte hintergründig, als hätte sie alles gewusst, lange bevor er es ausgesprochen hatte. Als sie sich die Finger an ihrem Rock abwischte, an dem einen Rock, den sie Tag für Tag trug, seit dem Tag, an dem sie sich zum ersten Mal auf seine Bettkante gesetzt hatte, als hätte sie nur diesen einen, da musste Magnus an das grüne Kleid denken.

»Bevor die beiden Männer kamen, habe ich in dem Laden neben der Schusterei das grüne Kleid meiner Mutter entdeckt.«

Erstaunt riss sie die Augen weit auf. »Meinst du den Secondhandshop?«

Das erklärte das Durcheinander im Schaufenster, die niedrigen Preise und die Qualität der Waren. Er nickte.

Patricia legte beide Hände auf seine Wangen. »Wie sieht es aus?«

»Grün. Grün wie …«, er sah sich suchend um, »ach, ich weiß nicht … ein wunderschönes Grün eben.«

Sie schmiegte sich an ihn und hauchte: »Ich kann dir das Geld dafür nicht leihen, das weißt du.«

»Ja«, sagte Magnus, »das ist gegen die Regeln, ich weiß.

»Die Regeln von Mitteldorf«, schnurrte Patricia wie eine Katze.

»Aber ich kann dafür arbeiten.«

Wie sie ihn plötzlich ansah – halboffene Augen unter schweren Wimpern – hätte sie wohl nichts dagegen einzuwenden, wenn er sofort begänne, hier in der Dunkelheit am See mit all den Sternen, die aufgegangen waren und nicht wegsehen würden. »Komm!«, gurrte sie und zog ihn an sich.

Es waren Magnus' Todfeinde, die ihm zu Hilfe eilten. Gerade als er Patricia in den Arm nahm, sah er über ihre Schulter hinweg die zwei bekannten Gestalten am Horizont auftauchen. Die Schatten von Pesch & Polizei wurden in der Abendsonne lang und länger, und der helle Mantel des Lockigen blähte sich auf wie ein Segel.

»Da sind sie!«

Pats Kopf fuhr herum.

»Wir gehen«, entschied sie, ließ den Tortenkarton fallen, sprang auf und stürmte davon. »Beeil dich«, rief sie, ohne sich umzusehen.

Sein Gemälde unter dem Arm stieg Magnus ihr nach, beobachtete, wie sie Schritt um Schritt in das Regenbogenlicht von Mitteldorf eintauchte, ehe es ihn selbst aufnahm.

Als Magnus endlich das Hotel *Zur letzten Minute* erreichte, stand die Tür offen, Licht brannte im Flur. Als er einen Fuß über die Schwelle hob, wurde er mit einem Hieb hineingestoßen, sein Gemälde fiel ihm aus der Hand, er taumelte auf die Knie. Ein Tritt in die Seite und er kippte um. Ein Schlag in die Magengrube und er verlor das Bewusstsein.

Als Magnus wieder zu sich kam, saß Pesch auf ihm, zerrte an seinem Jackett und redete ohne Punkt und Komma auf ihn ein. Magnus verstand nur den letzten Satz: »Hör mir zu, mein Freund! Es ist vorbei, kapierst du?«

»Aber ich bin doch bereit mitzukommen«, stieß Magnus hervor, ehe Pesch ihm ein Taschentuch in den Mund stopfen konnte.

Pesch hielt ihm einen Block, auf dem einige Zeilen standen, und einen Stift unter die Nase. »Hier! Unterschreib!«

Magnus ergriff den Stift, sortierte ihn in seiner rechten Hand und langte nach dem Block. Und während er die Zeilen las, die sein Schicksal ein für alle mal besiegelten, hörte er plötzlich eine Stimme. *Kämpfe, Magnus Faber, kämpfe!* Eine hohle Stimme, die von irgendwoher kam und den ganzen Flur erfüllte. Oder kam sie aus seinem Inneren?

Magnus setzte den Stift auf und schrieb in großen Lettern *NEIN!* unter sein Geständnis und reichte Pesch den Block. Woraufhin Pesch fluchend *Die Staumauer der Olef bei Mitteldorf* ergriff und Magnus damit ohne Rücksicht auf Verluste so lange auf den Schädel schlug, bis sein Kopf die Leinwand durchbohrte, der Rahmen über seine Schultern und Arme hinwegrutschte und sich dort verklemmte. Der Bilderrahmen spaltete sich, brach auseinander.

Magnus schrie auf, hob die Faust und rammte Pesch den Stift ins Auge, Pesch schrie auf und stolperte schreiend davon.

Es war der Abend des letzten Tages der Iden des März, und Magnus lebte immer noch. Jedenfalls fühlte es sich so an. Es schien wirklich nicht leicht zu sein, zu sterben.

# 17. Kapitel

Obwohl der 18. März ein Sonntag war, saß Eva Zimmermann auf einem Hocker hinter der Ladentheke der Buchhandlung *Faber* in Brühl. Vor ihr lag ein karierter Notizblock. Sie hatte sich in Magnus' Wohnung Kaffee gekocht und ein Butterbrot geschmiert. Es war so still in der Buchhandlung wie in einem Grab, als sie einen Bleistift anspitzte und auf einem karierten Notizblock Kreuze und Kreise in die Kästchen kritzelte und Schiffeversenken spielte, während sie über ihr Schicksal nachdachte.

Nichts in ihrem Leben war mehr so, wie es einmal gewesen war. Und ihre Zukunft war seit drei Tagen, seit dem 15. März, dem Tag, als Magnus Faber sie fristlos entlassen hatte und verschwunden war, mehr als ungewiss.

Nachdem Pesch, dieser Schnösel von einem Geldeintreiber, am nächsten Tag mit seiner lästigen Befragung endlich zu einem Ende gekommen war, machte Eva sich im Telefonbuch auf die Suche nach einem Bildhauer, der die Skulptur *Der Fisch* reparieren konnte.

Ein gewisser Fritz Scheuer erregte ihre Aufmerksamkeit. In Brühl ansässig, gab er sich auch als Gutachter, Händler und Sachverständiger für Kunstgegenstände aus. Bei ihm war *Der Fisch*, so hoffte sie, in guten Händen. Als sie nach dem Preis für eine Reparatur fragte, meinte er mit weicher, sonorer Stimme, das komme drauf an. Er bot ihr an, sobald wie möglich in ihrer Buchhandlung vorbeizusehen, um die Skulptur zu besichtigen, einzuschätzen, ob es sich lohnte, und wenn ja, ihr einen Kostenvoranschlag zu machen.

Danach hatte Eva die Buchhandlung abgeschlossen, war nach Hause geradelt und hatte den Rest des Tages in ihrer kleinen Wohnung am Markt mit Warten und Nachdenken verbracht.

Gegen Abend hatte ihr Bruder Bernd sie angerufen und berichtet, dass er zusammen mit Pesch junior in Hellenthal gelandet sei, und er versprach hoch und heilig, nicht ohne Magnus Faber zurückzukehren. Den Ort, der auf dem Gemälde dargestellt war, habe er zwar heute noch nicht entdecken können, aber das hieße nichts, sie solle sich keine Sorgen machen, alles würde gut. Danach war Eva erleichtert gewesen.

Am nächsten Morgen war sie wieder mit ihrem Rad in die Buchhandlung gefahren, hatte die Rollladen hochgezogen, die Laden- und Hintertür aufgestellt und frischen, kühlen Wind durch die muffigen Räume wehen lassen und eine gründliche Putzaktion gestartet. Sie entfernte die Spinnweben von den Lampen und Antiquitäten mit einem Staubwedel, ohne auch nur die kleinste Kleinigkeit an Magnus' heiliger Ordnung zu verändern. Zum Schluss putzte sie sogar die Fenster.

Unterhaltung hatte ihr dabei das alte Röhrenradio geliefert, aus dem Eva nach langer Sendersuche dumpfe Popmusik hervorzauberte, ungewohnte Klänge in der Buchhandlung *Faber*, wo gewöhnlich nur leise klassische Musik spielen durfte. Eva summte oder pfiff zu den eingängigen Melodien und machte auch den einen oder anderen Tanzschritt, während sie den Feudel schwang, bis die Buchhandlung blitzte und blinkte.

Stolz betrachtete Eva ihr Werk nach getaner Arbeit, aber wesentlich einladender war der Laden immer noch nicht geworden. Es war nicht der Staub, der ihn altmodisch und spießig aussehen ließ. Da konnte sie putzen so lange sie wollte. Es müsste etwas anderes geschehen. Wenn Magnus Faber nicht stur wie ein Esel wäre, hätte aus ihnen allen zusammen – der Buchhandlung und Eva und Magnus – die Erfolgsgeschichte des 21. Jahrhunderts werden können.

Dann hatte ein Kunde die Buchhandlung betreten. Sie ließ den Bleistift fallen, sprang auf, zog ihr Shirt glatt und fuhr sich durch die Haare. Er war in ihren Augen ein alter Mann, mit den Jahren kleiner geworden. Seine grauen Haare hätten einen Schnitt verdient, sein Hemd ein Bügeleisen. Unter dem Arm trug er eine Aktentasche. Eva ging ihm entgegen, begrüßte ihn freundlich und fragte: »Was kann ich für Sie tun?«

Der Kunde sah sich suchend um. »Ich suche ein Buch.«

»Dann sind Sie hier genau richtig«, sagte Eva und rieb sich die Hände. »Etwas Bestimmtes?«

Er nickte und lächelte, er hatte ein Grübchen im Kinn, und Eva nickte ihm aufmunternd zu.

»Einen Kriminalroman«, sagte er endlich mit weicher Stimme, woraufhin alle Freundlichkeit aus Evas Gesicht wich. Wie sie diesen Wunsch hasste. Sie wusste nicht, wie oft sie diese Frage schon ertragen musste, ohne darauf die einzig wahre Antwort geben zu können: *Welchen? Wir führen fast alle, und die, die wir nicht führen, können wir Ihnen innerhalb von 24 Stunden besorgen.* Stattdessen ließ sie die Hände sinken und sagte mit belegter Stimme. »Wir führen leider keine Kriminalromane«.

»Wie schade«, meinte der Mann.

»Zur Zeit noch nicht«, berichtigte sich Eva schnell. »Wir bauen das Genre gerade erst auf. Wenn Sie noch einmal wiederkommen wollen? In 14 Tagen oder so?«

»Gerne.«

»Oder Sie geben mir Ihre Telefonnummer und ich rufe Sie an, sobald die Kriminalromane eingetroffen sind.«

Er reichte ihr seine Visitenkarte.

»Herr Scheuer?« Aufgeregt benutzte sie die Visitenkarte als Fächer. »Sie wollten also gar keinen Kriminalroman?«

»Doch! Doch! Ich liebe Krimis.«

Sie trat an die Ladentheke und wies auf die Skulptur. »Sehen Sie. Das ist sie.«

Scheuer stellte seine Aktentasche ab, setzte seine Brille auf, ein randloses Gestell mit kreisrunden Gläsern, und beugte sich über die Skulptur. Vorsichtig drehte er sie um, betrachtete sie von allen Seiten und lächelte Eva zu.

Es war ein eigenartiges Lächeln, wie Eva fand.

Schließlich entnahm er seiner Aktentasche eine große, viereckige, beleuchtete Lupe und studierte eingehend den Riss und ein kaum erkennbares Zeichen, das in das kleine, runde Podest eingemeißelt war.

»Ein schönes Stück«, sagte er leise und legte es behutsam auf die Ladentheke. »Aber leider irreparabel.«

Eva zog enttäuscht die Mundwinkel herunter. »Dann mache ich es selbst, ein wenig Gips und Farbe – und man sieht nichts mehr.«

Scheuer zuckte zusammen, als hätte sie ihm auf den Fuß getreten. Eva griff nach der Skulptur und ließ sie nachlässig von einer Hand in die andere wandern.

Scheuer starrte entsetzt auf ihre Hände. »Wollen Sie sie nicht vielleicht verkaufen?« Seine Stimme war nicht mehr weich, sondern er schien die Worte herauszupressen. »Geld kann man immer gebrauchen, nicht wahr?«

»Schon, aber ein paar Euro für eine kaputte Skulptur würden den Laden hier auch nicht mehr retten.«

»Und ein paar Euro mehr?« Scheuer sah sie abwartend an.

»Nein, nein, auf keinen Fall«, entschied Eva. »Mein Chef würde mich auf der Stelle feuern, er hängt an ihr.«

»Das kann ich gut verstehen«, sagte Scheuer wehmütig. »Kann ich ihn vielleicht kurz sprechen?«

Eva schüttelte den Kopf. »Er ist verreist.«

»Schade.« Scheuer steckte seine Lupe zurück, zog seine Brille ab, nahm seine Aktentasche auf. »Sie haben meine Karte, wenn Sie es sich überlegen, rufen Sie mich einfach an.«

»Auf keinen Fall«, wiederholte Eva.

Kaum hatte Scheuer die Buchhandlung verlassen, ärgerte sich Eva, weil sie ihn nicht wenigstens gefragt hatte, was er ihr für die Skulptur geben würde.

Als sie damit fortfahren wollte, Schiffe zu versenken, hatte sie den roten Faden und das Interesse verloren, den Ladenschluss nicht abwarten können und war nach Hause geradelt, die Skulptur in ihrem Fahrradkorb vorne am Lenker. Irgendwie hatte sie das Gefühl, dass sie sie nicht in der Buchhandlung zurücklassen durfte.

Und heute war schon der dritte Tag, den Eva allein in der Buchhandlung verbrachte. Insgesamt hatten in den letzten Tagen nur zehn Kunden das Geschäft betreten, von denen vier vergeblich Kriminalromane kaufen wollten. Und vier Blätter auf ihrem Notizblock waren schon mit Kreisen und Kreuzen vollgekritzelt. Sie schlug das letzte um und ihre Blicke wanderten gelangweilt umher.

Und der Bleistift begann fast wie von selbst auf dem leeren Blatt die Umrisse des Verkaufraumes nachzuzeichnen, nicht maßstabsgerecht, sondern nach Evas Augenmaß, entstanden Breite und Länge, die Ladentür, die Schaufenster, die Wände, der Flur ...

Sie hielt inne. Zweifel meldeten sich. Es war nicht fair, die Buchhandlung umzugestalten, auch nicht auf dem Papier, konnte es doch nichts anderes bedeuten, als dass sie annahm, dass Magnus nicht wiederkam. Das war nicht das, was sie wollte. Und es war nicht fair, aber auch eine schöne Vorstellung und nur ein Spiel, sagte sie sich, während ihre Hand mit dem Bleistift über das Blatt Papier flog und rasch den alten Grundriss der Buchhandlung mit neuem Inhalt füllte. Denn für Eva stand lange fest, wie *Faber* eigentlich aussehen sollte. Oft genug hatte sie die Einrichtung in Gedanken geplant und andere, gut gehende Buchhandlungen zu ihrer Inspiration aufgesucht.

Die dunklen, deckenhohen Bücherregale, die – wie in einer Bibliothek – in langen Reihen mit schmalen Gängen mitten durch den Raum führten, wanderten auf dem Papier an die Wände, wo sie einen weniger bedrückenden Eindruck machten. Ihre Höhe wurde um ein Drittel gekappt, sodass der Kunde auf Zehenspitzen leicht ins oberste Fach langen konnte. Darüber fanden Landkarten und Bilder und Fotografien einen herausragenden Platz. Tiefere, niedrigere Regale dienten als Auslage und lockten zum Stöbern.

Selbstverständlich waren die Bücher auch nicht länger alphabetisch, sondern endlich thematisch sortiert. Regalfarben sollten den Kunden den Weg weisen. Sach- und Fachbücher, Romane der Klassik und Moderne, Filme und Hörbücher, in den Auslagen der Schaufenster lockten Bestseller.

Ein Regal sollte einem ganz bestimmten Genre gewidmet sein, ein blutrotes Regal nur für ...

»Drrrrriiiing!«

Das Telefon hinter ihr ließ sie zusammenfahren. Schnell räumte sie den Notizblock unter die Ladentheke. Der prähistorische, schwarze Wandapparat mit einer Wählscheibe und einem Hörer, der so groß und schwer war, dass man nur kurze Gespräche führen konnte, ohne dass der Arm einschlief, ließ die Wand erzittern.

»Drrriiiiing!«

Das Klingeln erschütterte die Stille in der Buchhandlung. Eva starrte auf den rot flackernden Lichtknopf, der ihr wie eine Drohung vorkam. Sie wusste nicht mehr, wann das Telefon sich zuletzt bemerkbar gemacht hatte. Anfangs hatte sie oft geglaubt, es sei eine Attrappe und den Hörer abgenommen und dem Freizeichen gelauscht.

»Drrriiiing!«

Sie erhob sich, nahm ab und sagte, als ob sie jeden Tag hundert Anrufe entgegennahm: »Buchhandlung Faber. Guten Tag. Sie sprechen mit Eva Zimmermann. Was kann ich für Sie tun?«

»Hier ist Herrmann Pesch von *Pesch & Söhne*.«

»Guten Tag«, wiederholte Eva.

»Ist Ihr Chef wieder aufgetaucht?«

»Nein.«

»Geben Sie mir seine Handynummer.«

»Mein Chef hat kein Handy.«

Pesch schnaufte ins Telefon. »Ich kann meinen Sohn Oskar nicht erreichen, sein Handy schweigt.«

Eva nickte nur und vergaß, dass Pesch sie nicht sehen konnte.

»Ich würde Ihnen liebend gern die Polizei auf den Hals jagen, aber ...«

»Mir?«, fragte Eva erstaunt.

»Haben Sie mir nichts zu sagen?« Herrmann Pesch schnaufte schwer und unregelmäßig in den Hörer. Er hörte sich an wie jemand mit einem Herzleiden. Peschs Schnaufen ging in einen alarmierenden Pfeifton über.

»Sie werden schon alle irgendwann wieder auftauchen, Sie werden sehen«, beruhigte Eva ihn. Sie wollte nicht an seinem Tod schuld sein.

»Ich behalte Sie im Auge«, keuchte der alte Pesch, »und sagen Sie Ihrem Chef ruhig, dass das das Ende ist. Und zwar *sein* Ende. Haben Sie mich verstanden? Sein Ende!«

Eva nickte wieder und legte den Hörer leise und vorsichtig auf die Gabel und hypnotisierte den Apparat, als könnte er jeden Augenblick in die Luft fliegen oder zumindest wieder klingeln. Als das Telefon aber zurück in seinen Dauerschlaf verfiel, holte Eva ihren Notizblock wieder hervor, legte ihn längs und quer und betrachtete eingehend ihr Werk und notierte in einer Liste, was sie nicht zeichnen konnte: Farbe sollte endlich Einzug in die Buchhandlung halten. Jede Wand sollte in einer anderen Regenbogenfarbe gestrichen, die Decke mit bunten Tüchern abgehängt, die Regale nach Themen lackiert werden. Ein blutrotes Regal sollte allein den Kriminalromanen dienen, die sie anschaffen wollte. Magnus Faber zuliebe konnte sie sich zunächst auf deutsche Autoren beschränken. Zunächst.

Auch ein neuer, heller Holzboden und neue, helle Lampen mussten her. Bald fielen Eva auch Handwerker ein, Neffen, Onkel, Nachbarn oder Verflossene, die in den einschlägigen Berufen beschäftigt waren. Sie kannte Hinz und Kunz in Brühl. Schon ihre Großmutter hatte hier gelebt. Während das Projekt in Evas Kopf und auf ihrem Notizblock Strich für Strich Form und Gestalt annahm, trat ein Gedanke in ihr Bewusstsein:

In Wirklichkeit gab es nur einen, der *Faber* retten konnte.

Eine.

Und das war sie, Eva Zimmermann.

Eva Zimmermann und ein Haufen Geld.

Sie blickte hinüber zur Skulptur auf der Ladentheke, die in den letzten Tagen zusammen mit Eva zwischen der Buchhandlung und der Wohnung hin- und hergeradelt war. Fragen wollte sie wenigstens.

Fritz Scheuer nahm nach dem zweiten Klingeln ab.

»Hören Sie, mein Chef braucht Geld. Er ist einverstanden mit dem Verkauf. Aber nur, wenn der Preis stimmt.«

»An welche Summe hat er gedacht?«

»50.000 Euro«, sagte Eva forsch, und ihr wurde ganz übel bei dem Gedanken.

»In Ordnung«, sagte Scheuer.

»Echt?«, fragte Eva entsetzt nach.

»50.000 Euro«, wiederholte Fritz Scheuer.

»Wann?«

»Morgen?«

Eva nickte und drückte auf die Gabel. Lange stand sie da mit dem Hörer in der Hand und dachte darüber nach, was Scheuer wohl gesagt hätte, wenn sie 120.000 Euro verlangt hätte.

Und Bernd! Was würde er dazu sagen? Sie rief ihren Bruder an, aber die Stimme in seinem Handy erklärte, dass er gerade nicht zu erreichen sei.

## 18. Kapitel

Zur gleichen Zeit blieb Bernd Zimmermann allein am Ufer des Stausees zurück mit seiner sehr privaten Gewitterwolke über dem Kopf, während er Oskar Pesch wie einen Besessenen Magnus Faber und Patricia Hombach hinterher stürmen ließ. Was immer er auch vorhatte, Zimmermann machte sich keine Sorgen um Magnus. Peschs Waffe steckte in seiner Manteltasche, und die eiserne Lady passte auf Magnus auf wie ein Schießhund.

Zimmermann ließ sich auf einem Stein nieder. Patricia Hombach hatte ihren Tortenkarton hier stehen lassen. Zimmermann öffnete ihn und führte sich das letzte Stück Sahnekuchen – Nuss mit Schokolade – zu Gemüte, wobei er darauf achtete, seinen Trench nicht zu bekleckern.

Zimmermann versuchte Pesch zu verstehen. Der Arme hatte einen schlimmen Tag hinter sich. Schlimm war, dass er hatte zusehen müssen, wie Magnus Faber am Morgen vor dem Secondhandshop mit seiner eisernen Lady davonzog und am Nachmittag im Garten des Landarztes mitsamt Vertikutierer im Gartenhaus verschwand – beide Male, ohne etwas unternehmen zu dürfen. Unerträglich aber war es für ihn wohl geworden, als er das Heilige Paar gemütlich vom Picknick am Ufer des Stausees ins Hotel zurückkehren lassen musste, ohne es wenigstens zur Rede stellen zu dürfen.

Pesch hatte es wirklich nicht leicht. Aber wer hatte das schon?

Zimmermann wusch sich die klebrigen Sahnefinger im eiskalten Wasser des Stausees ab und machte sich langsam über den kurzen Uferpfad auf den Weg nach Hellenthal. Die Temperatur schien mit jedem Schritt zu sinken, ein Wind kam auf, der Himmel zog sich rasch zu. Kaum hatte Zimmermann die Staumauer erklommen, setzte ein leichter Nieselregen ein. Sein Handy in der Manteltasche meldete sich, weil in der Zwischenzeit ein Anruf eingegangen war. Aber es war wieder nicht Tilly, die versucht hatte, ihn zu erreichen, es war nur Eva. Er rief sie zurück.

»Stell dir vor, ich habe deinen Chef gefunden«, verkündete Zimmermann, als sie sich meldete.

»Wo?«

»In Mitteldorf.«

»Mitteldorf?«, fragte sie zurück.

»Ja, auch das verdammte Dorf haben wir gefunden.«

Sie interessierte sich nicht für das Dorf, sie wollte nur wissen, ob es Magnus Faber gut ging.

»Ja, ich denke schon. Keine Sorge, der tut sich nichts an. Es sieht aus, als hätte er sich hier im Dorf gut eingelebt. Er wohnt in einem Hotel, hilft als Gärtner aus, picknickt seelenruhig am See, und eine Frau scheint er auch gefunden zu haben.«

Stille am anderen Ende.

»Sie hat ihm wohl als Erstes vernünftige Klamotten gekauft«, erklärte Zimmermann und berichtete von der wunderbaren Wandlung des Unscheinbaren in einen Dandy. »Du hättest ihn nicht wiedererkannt.«

»Und was sagt er?«

»Ich komme einfach nicht an ihn ran, diese Frau beschützt ihn wie eine Löwin ihr Junges.« Er verschwieg, dass die eiserne Lady Magnus Faber zu einem Arzt gebracht und behauptet hatte, er sei sterbenskrank. Er wollte Eva nicht beunruhigen.

»Und Pesch?«

»Der dreht am Rad und kriegt ihn auch nicht.«

»Das ist doch die Hauptsache. Übrigens, ich habe jemanden gefunden, der die Skulptur repariert«, sagte Eva.

»Gut.« Zimmermann war während des Gesprächs am *Café Dressel* angekommen und sagte: »Ich rufe dich gleich zurück.«

Dieses Mal ließ er es bei einem Espresso bewenden, egal wie verführerisch der Kuchen in der gläsernen Theke ihn anlächelte. Die Verkäuferin war wieder die junge Frau mit der Freundin in der Pension *Sonnenschein* und den pinkfarbenen Lippen. Sie freute sich, Zimmermann wiederzusehen, und hatte es eilig, etwas loszuwerden.

»Ich habe inzwischen meine Mutter noch einmal nach dem Dorf gefragt.« Geheimnisvolle Pause. »Sie hat auch schon davon gehört. Aber sie ist sich nicht sicher«.

»Aha«, sagte Zimmermann.

»Aber, wo es ist, das weiß sie nicht«, fuhr sie fort.

»Macht nichts«, sagte Zimmermann, kippte den Espresso herunter, legte ein paar Münzen auf die Theke und hob die Hand zum Gruß.

»Wenn ich noch was höre, melde ich mich bei Ihnen«, bot sie an.

»Danke, aber machen Sie sich keine Mühe!«, rief Zimmermann, ließ die Tür hinter sich zufallen und rief Eva zurück.

»Da bin ich wieder. Was will der Mann denn dafür haben?«

»Das habe ich ihn noch nicht gefragt«, antwortete Eva.

»Versteht er auch was davon?«

»Im Telefonbuch stand, dass er selbst Bildhauer ist.«

»Dann wird es teuer«, meinte er.

»Und Sachverständiger und Gutachter und Händler«, zählte Eva auf.

»Frag vorher auf jeden Fall nach dem Preis«, riet Zimmermann ihr. »Wer weiß, ob sich das lohnt bei so einer billigen Kopie.«

»Mach ich«, versprach Eva.

Vor der Pension *Sonnenschein* stand der silberne Mercedes, als hätte Pesch ihn auf den Parkplatz geworfen, die Fahrertür war nicht ganz geschlossen, die Motorhaube noch warm. Die Regentropfen standen wie Pickel auf dem polierten Lack.

Als Pesch sich im Bett herumdrehte, blieb Zimmermann jeder Kommentar im Hals stecken, so sehr erschrak er über dessen entstelltes Aussehen.

Mit einer zerkratzten Hand drückte Pesch ein blutgetränktes Tuch auf sein rechtes Auge. Seine Oberlippe war geschwollen, sein Hemdkragen war zerrissen, die Krawatte baumelte halboffen herum. Ein Bild des Jammers, und eine Sekunde lang tat er Zimmermann fast leid.

»Hat die eiserne Lady Sie so zugerichtet?«

»Nein, Ihr braver Magnus Faber!«

»Respekt«, meinte Zimmermann. Das hätte er dem schmächtigen Kerlchen nicht zugetraut. »Und die eiserne Lady?«

»Keine Ahnung. Die hat geschlafen oder so«, krächzte Pesch. »Das hat er ganz allein geschafft.«

»Schätze mal, es war Notwehr«, tippte Zimmermann, wenn er daran dachte, wie Pesch Magnus Faber vor dem Secondhandshop angegriffen hatte.

»Nein!«, erwiderte Pesch. »Ich wollte nur mit ihm reden. Ganz normal von Mann zu Mann. Da geht der Wahnsinnige auf einmal auf mich los und sticht mir mit irgendwas ins Auge. Das ist versuchter Totschlag.«

»Na, na, na«, machte Zimmermann, setzte sich auf die Bettkante und untersuchte unter Peschs lautem Protest das lädierte Auge. »Sie brauchen einen Arzt«, entschied er. »Einen Augenarzt, sonst sehen Sie morgen nichts mehr.«

»Ich habe zwei Augen«, grunzte Pesch, ließ aber zu, dass Zimmermann ihn notdürftig mit einem frischen Handtuch versorgte und die Blutspuren von seinen Händen und seinem Gesicht abtupfte, jammerte nur, wenn er nicht feinfühlig genug behandelt wurde.

Zimmermann hatte Magnus Faber offensichtlich unterschätzt, er war mindestens so gewaltbereit wie Pesch es war, selbst wenn es Notwehr gewesen sein mochte. Hatte er sich vor dem Secondhandshop vielleicht nur verstellt? Zwei Schritte vor, einer zurück. Es war zum Wahnsinnigwerden. Columbo zu sein, war wirklich nicht einfach.

Bevor er einschlief, musste er an einen Film denken, in dem der echte Columbo einen Trick angewendet hatte, der richtig clever war. Ob der auch in Wirklichkeit funktionieren würde?

Kaum war Pesch am nächsten Morgen stöhnend erwacht, zückte Zimmermann sein Handy und gab vor, in seinen Kontaktdaten nach einer Nummer suchen. Freudig rief er irgendwann: »Da ist sie ja!« Während er auf eine Anzahl willkürlich gewählter Zahlen tippte, trat er ans Fenster und wartete. Er zog den Vorhang beiseite und sprach, das Gesicht zur Fensterscheibe gewandt, obwohl am Ende der Leitung niemand war.

»Guten Tag, Herr Pesch. Hier spricht Bernd Zimmermann. Ich habe gute und schlechte Nachrichten für Sie. Die gute ist, ich habe Magnus Faber gefunden, ja, ja, das freut mich auch. Es war nicht einfach. Aber jetzt kommt die schlechte Nachricht, Ihr Sohn Oskar hat ihn einfach wieder laufen ...«

Beim letzten Wort bekam Zimmermann einen Schlag in den Nacken und einen Tritt in den Rücken. Sein Kinn knallte gegen die Fensterscheibe. Die Kante der Fensterbank bohrte sich in seine Magengrube, die eisernen Rillen des voluminösen Heizkörpers schoben seine Kniescheiben für immer auseinander. Das Handy wurde ihm aus der Hand gerissen. Die Zimmertür schlug zu. Schritte polterten die Treppe hinunter.

Zimmermann sackte zu Boden und schlug mit dem Kopf gegen die Bettkante.

# 19. Kapitel

Magnus Faber war auf dem Weg zum Secondhandshop, um sein grünes Kleid endlich wieder in seinen Besitz zu bringen und damit die dritte Aufgabe zu erfüllen. Patricia hing an seinem Arm.

Nie war er dankbarer über den Hut, unter dem er einen großen Teil der blauen Flecken, die er von seinem Kampf mit Pesch zurückbehalten hatte, verdecken konnte. Eine Mischung aus Stolz, Scham und Erleichterung beschäftigte ihn.

Stolz, weil er gestern Abend gekämpft hatte wie noch nie in seinem Leben. Alle Knochen taten ihm noch weh davon, jeder einzelne.

Scham, weil sein eigener Kopf *Die Staumauer der Olef bei Mitteldorf* durchbohrt hatte und seine eigenen Schultern den Rahmen gesprengt hatten. Pesch einen Stift ins Auge gerammt zu haben, war bei Tageslicht betrachtet eine blutrünstige, unentschuldbare, verachtenswerte Tat.

Erleichterung, weil heute, am 19. März, die unheilverkündenden Iden des März endlich vorbei waren. Er hatte den gestrigen Kampf überlebt, und fühlte sich nun erst einmal in Sicherheit. Ab sofort könnte er sein Schicksal wieder in die eigenen Hände nehmen.

»Mein tapferer Held!«, jubelte Pat begeistert, als er ihr von seinem Kampf berichtete. »Das hört sich ja an wie ein echter ...«

Schnell verschloss Magnus ihren Mund mit seiner Hand.

»Was ist?«, blubberte sie hervor, riss seine Hand beiseite und hielt sie fest. »Ich wollte doch nur Kriminal...«, Magnus hielt sich ein Ohr zu. »... Kriminalfilm sagen.«

Er wusste, was sie sagen wollte, aber sie konnte nicht wissen, dass er dieses Wort nicht hören wollte. Sie wusste nicht, dass er kein Freund dieses Genres war, das er aus tiefstem Herzen ablehnte. Er hasste die Vorstellung, dass zur Unterhaltung der Leser das Böse sein Unwesen auf die Spitze treiben konnte.

»Woran denkst du nur?«, hörte er sie fragen.

»An mein Kleid«, antwortete Magnus, weil er seinen inneren Kampf nicht vor ihr ausbreiten wollte.

Vor dem kleinen, gelben, leeren Ladenlokal blieben seine Füße wie von selbst stehen. Versonnen legte Magnus die Hand über die Augen und betrachtete die Fassade, die in der Sonne verheißungsvoll leuchtete. Der spitze Dachgiebel warf einen schmalen Schatten auf die stuckverzierten Fenster. Als sein Blick hinunter zur Tür wanderte, entdeckte er, dass sie angelehnt war und im leichten Wind gegen das Schloss schlug. Er glaubte einen Schatten im Inneren umherwandern zu sehen. War der Schuster zurückgekehrt?

Magnus löste sich aus Patricias Arm und nahm die beiden Stufen mit einem Schritt und schob die Türe auf. »Hallo?«, rief er. Ein Echo kam aus den verlassenen Räumen und leer geräumten Regalen zurück. »Hallo?«

»Er ist nicht mehr da«, sagte Patricia. Sie war Magnus gefolgt und hielt ihn an einem Ärmel fest.

»Ich habe jemanden gesehen.«

»Das kann nicht sein.«

Sie blieb in der Tür stehen, während Magnus durch einen schmalen Flur in ein Hinterzimmer gelangte, das fensterlos und höchstens acht Quadratmeter groß war. An der Zimmerdecke breitete sich ein Schimmelfleck aus, die Wände waren nur rau verputzt, vergilbt und kahl, bis auf eine helle, viereckige Stelle, vielleicht 100 x 80 Zentimeter groß, an dessen oberem Rand, genau in der Mitte, noch ein krummer, rostiger Nagel steckte. Vorsichtig fuhr Magnus' Hand über die helle Stelle und betrachtete seine Finger.

»Was machst du da?«, fragte Patricia. Sie stand im Türrahmen.

»Wieso?«, Magnus fuhr zu ihr um und sah sie an, als sähe er sie zum ersten Mal. Er zuckte mit den Schultern.

»Nun komm schon, hast du dein Kleid vergessen?«

»Nein. Ich möchte nur noch schnell oben die Wohnung sehen, ja? Ich beeile mich.«

Er wartete ihre Antwort nicht ab, stieß sie fast beiseite, als er zurück in den Flur stolperte und dort die Treppe hinauflief. Die Wohnung bestand aus drei leeren, aber hellen, sonnendurchfluteten Räumen, einem kleinen, weißen Badezimmer und einer blitzblanken Küche. Zuletzt trat Magnus auf den Balkon und legte seine Hände auf das gelbe Geländer. Da lag es wieder – sein Gemälde in einer neuen Perspektive.

»Magnus!«, hörte er Pats strenge Stimme, die das Treppenhaus hinaufschallte.

»Ich komme!«, antwortete er und nahm sich doch noch eine Minute, um sich das Gemisch aus Duft, Farben und Summen, in das Mitteldorf eingehüllt war, einzuprägen, als wäre es das letzte Mal.

»Was findest du nur an leeren Räumen?«, warf sie ihm ungeduldig vor, als er herunterkam, und funkelte ihn böse an.

»Warum ist der Schuster nur gegangen?«, fragte er.

Sie senkte den Blick.

*Inhaberin: Margot Klemp* stand auf einem Schild auf der Ladentüre des Secondhandshop. Margot Klemp? Magnus stutzte. War sie nicht die Frau, der der Mann mit den Goldzähnen seine Kleidung bringen wollte. Mit festem Schritt folgte er Pat in den Laden.

Der Secondhandshop war sehr viel größer, als er angenommen hatte. Vom Schaufenster aus hatte er nur einen Bruchteil der Fläche erspähen können. Im Inneren setzte sich der Laden durch Wanddurchbrüche in eine fensterlose Tiefe anscheinend unendlich fort. Er war eine wahre Fundgrube. Ein Ende der Waren, Kartons, Tüten, Regale und Schachteln im schummrigen Licht war nicht auszumachen. Über allem hing ein modriger Geruch. Eine Unordnung sondergleichen. Hier lag ein Schuh, dort eine Tasche, dort ein Heft, oder hier ein umgekipptes Regal, dort ein umgefallener Hocker und wenige Schritte weiter zwei verfilzte Mützen, halb unter einen Teppich gekehrt.

Hier gäbe es reichlich für Magnus zu tun, falls er für den Erwerb des grünen Kleides seine Arbeitskräfte der Inhaberin zur Verfügung stellen müsste, so wie er das bei Susannah Joseph getan hatte. Es wäre für ihn ein Leichtes, System in dieses Chaos zu bringen. Er musste sich zusammenreißen, nicht sofort die Ärmel hochzukrempeln und loszulegen.

»Wo ist denn nun dein grünes Kleid?«, fragte Patricia.

Magnus war schon auf dem Weg zu ihm, schlängelte sich an einigen Stapeln Undefinierbarem vorbei bis zum Schaufenster hindurch. Als Abtrennung zum Verkaufsraum war in angemessener Höhe eine Garderobenstange angebracht, an der ungeordnet und dicht gedrängt hing, was auf Plastikbügel passen mochte. Hemden, Blusen, Gürtel, Krawatten, Taschen. Dazwischen das grüne Kleid. Als er es vom Bügel streifen wollte, entdeckte er ein Gesicht, das gegen das Schaufenster gepresst wurde.

Eine Fratze, bestehend aus plattgedrückten Fleischkreisen: Stirn, Nase, Wangen, Lippen, Kinn. Zwei Handflächen waren unter ihnen platziert wie Tatzen. Blutunterlaufene Haut, ein Auge, geschwollen wie ein Froschauge, das andere glühend vor Wut, heißer Atem beschlug die Scheibe.

Magnus duckte sich weg, zog das grüne Kleid vom Bügel und ließ es über sich fallen. Ein paar Herzschläge lang hockte er da und sog den Duft des Kleides ein. Verzückt und verzweifelt zugleich schloss er die Augen und atmete tief durch, ehe er wieder hinausspähte. Die Fratze wartete auf ihn und bleckte die Zähne. Magnus hatte das Gefühl, ihren stinkenden Atem riechen zu können.

Die Ladenglocke ging.

»Hallo, Margot«, rief ein Mann.

»Hallo Peter! Was kann ich für dich tun?«

Peter ging durch den Laden, an Magnus vorbei. Magnus linste durch sein Kleid. Peter zog einen Schuh aus und hielt ihn hoch.

»Sieh dir das an, meine Schuhe! Die Sohlen sind endgültig durch, die kann auch Kurt nicht mehr reparieren.«

Margot lachte, Pat auch.

»Welche Größe hast du noch mal?«, fragte Margot.

»45.«

»Dann komm, wir werden schon etwas für dich finden.«

Peter humpelte hinter Margot her.

»Magnus, wo steckst du?« Patricias Ruf holte Magnus zurück in die Welt der Secondhandwaren. Er kroch hervor, schüttelte im Schutz der Abtrennung das Kleid aus, legte es sorgsam gefaltet über den Arm und stieg über die Stapel Undefinierbares zurück.

Im gleichen Moment kehrten Margot und Peter von ihrer Suchaktion zurück. Peter trug bereits seine neuen Schuhe, die keine neuen Schuhe waren. Peter betrachtete sie stolz. Sie waren dunkelblau. Er hob erst den rechten, dann den linken Fuß. »Schöne Schuhe.«

»Das ist er!«, stellte Patricia Magnus vor, als sie die Verkaufstheke erreichten.

»Wir kennen uns«, kicherte Margot Klemp, und Speichel sammelte sich in ihren Mundwinkeln. Sie trug eine marineblaue Uniformjacke mit Schulterklappen, Stehkragen und Goldknöpfen, darunter Hosen bis zum Knie und Stiefel. Ihre roten Haare waren stramm zurückgebürstet und in einem Knoten zusammengebunden.

»Woher?«, fragte Patricia und musterte Magnus streng.

»Wir haben einen Abend zusammen im *Roten Milan* verbracht«, triumphierte Margot.

»Ja«, mischte sich Peter ein. »Ich war auch dabei. Hallo, Magnus. Du siehst toll aus.«

»Zusammen würde ich das nicht nennen«, begann Magnus und nestelte verlegen an seinem Kleid. Er wollte es sich mit keiner der beiden Damen verderben.

»Ich geh dann mal!«, rief Peter, nahm seine alten Schuhe auf und trabte hinaus. Kaum war die Ladentür hinter ihm zugefallen, fragte Patricia ungehalten: »Wann war das?«

»Lange bevor er bei *dir* war!«, erklärte Margot abfällig. »Nicht wahr, Magnus?«

»An meinem ersten Abend.« Magnus hielt das grüne Kleid wie eine Friedensfahne zwischen die beiden Streithühner und wartete auf ein Urteil. Es blieb still auf Patricias Seite, auf Margots auch. Unter einem Ärmel hindurch bemerkte er, dass Patricia eine Hand vor den Mund gelegt hatte. War es Begeisterung? »Woher haben Sie es?«, fragte er Margot.

»All diese Sachen hier«, antwortete sie und breitete ihre Arme weit aus, »finden einfach irgendwie den Weg zu mir.«

Magnus ließ das Kleid sinken und Patricia ihre Hand. Sie schien nach Worten zu suchen.

»Es ist wirklich ... wunderschön, Magnus«, flüsterte sie schließlich ergriffen. Aber ihre Augen sprachen eine andere Sprache.

»Zieh es an!«, bat er sie.

»Nicht jetzt!«, wehrte sie ab.

»Mir zuliebe.« Er hatte Zeit, Zeit ohne Ende, draußen wartete die Fratze auf ihn.

Patricia gab nach, bedeutete ihm, die Stelle, auf der er stand, nicht zu verlassen und verschwand in eine kleine Ankleidekabine.

Aber Magnus nutzte die Zeit, um in einem sicheren Abstand zum Schaufenster Ausschau nach seinem restlichen Hab und Gut zu halten, das den Weg irgendwie hierher gefunden haben könnte. Auf rollenden Kleiderständern stieß er wenig später auf sein Tweedsakko und Vaters alten Kaschmirmantel. Sie sahen verhältnismäßig gut aus.

Wenn er sie zu den fünf Sachen – Stola, Koffer und Kleid, die er schon gefunden hatte, und Auto und Koffer, die er noch finden wollte, – zählte, dann war die Frage nach den Siebensachen bereits beantwortet, die geforderte Zahl vollständig, und er musste sich weiter keine Sorgen machen und nur noch die letzten beiden finden.

Erleichtert schüttelte Magnus das Sakko und den Mantel aus und warf sie über seine Schulter. Wenn er für das grüne Kleid arbeitete, konnte er ebenso für Sakko und Mantel arbeiten. Wenig später stolperte Magnus über einen Pappkarton, in den Margot Brillen und Schmuck geworfen hatte. Seine Brille war nicht darunter. Auch sein Koffer stand nirgendwo herum. Und seine alten, bequemen Schuhe und seine Börse hatten wohl auch längst neue Besitzer gefunden.

Aus einem Zeitschriftenstapel schaute ein zerlesenes Taschenbuch hervor, und blickte Magnus geradezu herausfordernd an. Ein Taschenbuch im schwarzen Einband. Auf dem Buchrücken stand: *Thomas Thornton: Tod im Wald.*

Magnus blickte sich um, ehe er es mit spitzen Fingern hervorzog. Er hatte das Gefühl, seit Ewigkeiten kein Buch mehr in den Händen gehalten zu haben.

Auf dem Cover befand sich über dem Titel ein Foto von einem Herz, das von einem Pfeil durchbohrt war. Magnus schlug den Buchdeckel auf und blätterte vorsichtig durch die Seiten, als könnte er sich an ihnen verletzen. Er las quer, auf der Suche nach den Stellen, die ihm bestätigten, wie verachtenswert dieses Genre war und blieb. In seinem Fall lagen die Dinge anders. Es waren widrige Umstände, die ihn zum Schläger gemacht hatten, und nicht die pure Lust am Verbrechen.

»Es passt mir nicht«, hörte er Patricias Stimme hinter sich. Er hatte sie nicht kommen hören. Schnell steckte er den Roman in die Jackentasche und drehte sich zu ihr um. Das grüne Kleid hing schon wieder über ihrem Arm, was er bedauerte, er hätte sie gern darin gesehen.

»Es ist ihr wirklich viel zu eng«, bestätigte Margot, die hinter ihr auftauchte und ihr das Kleid abnahm, es an ihren eigenen Körper presste und meinte: »Soll ich es anprobieren?«

»Nein, nein«, widersprach Magnus. »Aber ich will es trotzdem haben.«

»In Ordnung«, sagte Margot bereitwillig, legte es auf die Verkaufstheke und begann es zu falten.

»Und hier das Sakko und den Mantel auch«, bat Magnus.

»Was willst du denn damit?«, fragten ihn beide Frauen unisono und gleichermaßen entsetzt.

»Sie gehören mir«, entgegnete er.

Patricia strich liebevoll über seine Brust unter dem weißen Jackett und wischte über die angestaubten Schultern. »Aber du hast doch jetzt diesen wunderschönen, weißen Anzug.«

»Und einen Mantel brauchst du bei dem schönen Wetter, das wir in Mitteldorf immer haben, auch nicht«, meinte Margot, legte beides beiseite.

»Eines Tages werden sich andere darüber freuen, die weggehen wollen«, fuhr Pat fort.

»Hinaus in die kalte, graue Welt«, ergänzte Margot und fröstelte bei dem Gedanken.

»Aber ich soll doch Siebensachen wiederfinden ...«, begann er, und Pats Fluch schien wie eine finstere Wolke über ihm zu hängen.

Margot und Pat lächelten sich an und betrachteten dann Magnus wie einen schwer erziehbaren Sohn.

»Wiederfinden heißt nicht unbedingt wiederbekommen«, erklärte Pat langsam und deutlich, während Margot zu jedem Wort nickte.

Magnus sah von einer Frau zur anderen. Ihre Augen waren so unergründlich wie ihre Worte.

»Selbstverständlich kannst du behalten, woran wir in Mitteldorf keinen Bedarf haben«, wurde er von Pat belehrt.

»Ich verstehe«, sagte er, ohne zu verstehen. Er wollte der Situation nur schnell entfliehen, allein sein und endlich seine Gedankenflut ordnen. »Geld für das Kleid habe ich keines.«

»Ich weiß«, flötete Margot Klemp. »Wer hat hier schon Geld?«

»Aber ich kann anpacken.«

»Wunderbar, Magnus Faber. Ich sehe, du kennst die Regeln von Mitteldorf.«

Er nickte ein wenig, denn er kannte diese Regeln nicht. Er kannte sie immer weniger.

»Wann kommst du?«

»Heute Nachmittag?«, schlug Magnus vor.

»Gerne«, sagte sie.

»Um 14 Uhr?«

Sie lächelte milde und meinte: »Weiß du denn, wann es 14 Uhr ist?«

Magnus zuckte mit den Schultern.

»Komm, wenn es läutet.«

»Ich warte!«, ermahnte Pat Magnus ungeduldig.

Er hatte keine Eile, wenn er daran dachte, dass draußen immer noch die hässliche Fratze lauern konnte.

»Grüß' Jakob von mir!«, hörte er Pat rufen und sah, wie sie zur Ladentür marschierte.

Jakob? Hatte sie Jakob gesagt? Konnte sie *den* Jakob meinen? Den O-beinigen, vollbärtigen, kleinen Mann, der Magnus auf dem Weg in den *Roten Milan* den Koffer abgenommen hatte?

»Warte!«, rief Magnus ihr nach. »Warte!«

»Was noch?« Pat ließ die Türklinke los.

»Draußen wartet Pesch«, flüsterte er, als er neben ihr stand.

»Na, und?«, antwortete sie und riss schwungvoll die Tür auf. Als sie auf der Straße stand, gab sie ihm ein Zeichen, dass die Luft rein sei.

Als er vor dem kleinen, gelben Laden wieder stehen bleiben wollte, zog sie ihn energisch weiter.

Pesch kauerte hinter der nächsten Straßenkreuzung, ohne sich hervorzuwagen, weil Pat mit fröhlichen Zurufen jede erdenkliche Aufmerksamkeit bei den Mitteldorfern fand, sie jeden Zweiten in ein Gespräch über das grüne Kleid verwickelte und gebührend auf Pesch aufmerksam machte und seine Untat in der letzten Nacht zur Katastrophe aufbauschte.

Die Interessen teilten sich.

Eine kleine Gruppe trat auf Pesch zu, die Hände drohend in den Hüften, kreiste ihn ein, redete wütend auf ihn ein, der ein oder andere stieß ihn wohl auch mit dem Fuß an, während der Kreis um ihn immer enger wurde.

Die andere Gruppe eskortierte Pat und Magnus bis zum Gartentor. Sie blieben dort winkend zurück, bis die Haustür hinter ihnen zugefallen war. Pesch hatte nicht mehr ganz so schrecklich ausgesehen, tröstete sich Magnus, ohne Scheibe auf dem Gesicht.

»Was machen sie jetzt mit ihm?«, fragte Magnus aufgeregt im Flur.

Pat entledigte sich ihrer Schuhe. Magnus beobachtete sie irritiert. »Mach dir keine Sorgen. Ich mache uns etwas zu essen, worauf hast du Hunger? Süß oder herb? Kalt oder warm?«

Magnus legte eine Hand auf seinen Magen. »Ich habe jetzt keine Zeit mehr zu essen.«

Das ließ Pat nicht gelten. Sie zauberte eines ihrer ungewöhnlichen Menüs, an deren Geschmack sich Magnus schon ein wenig gewöhnt hatte. Würstchen, Kohlgemüse und Kartoffelpüree. Pudding und Salat. Es hörte sich harmlos an, war es aber nicht.

»Wen soll Margot von dir grüßen?«, nahm Magnus den Faden während des Essens wieder auf.

Pat blickte erstaunt von ihrem Teller auf und sagte. »Jakob.«

»Wo finde ich ihn?«

Sie kaute auf ihrer Gabel und sah ihn fragend an.

Bis zu seinem Einsatz im Secondhandshop blieb Magnus noch eine unbekannte Zeit. Diese Zeit wollte er nutzen, um über die verfluchten Siebensachen nachzudenken, verzog sich in sein Zimmer, warf sein Jackett aufs Bett, setzte sich in den großen Ohrensessel und legte den Roman in seinen Schoß. Seine Gedanken wanderten zurück und eilten voraus, und die Ahnung, dass es hier nicht um die Siebensachen, sondern um Höheres, Weiteres, Größeres ging, beschlich ihn. Wenn er nur wüsste, was die Mitteldorfer von ihm wollten! Der tiefere Sinn, der hinter der Schnitzeljagd lag, die sie ihm auferlegt hatten, wollte und wollte sich ihm einfach nicht erschließen. Er war verborgen, bisweilen zeigten sich nur seine Umrisse.

Als Magnus seine umherirrenden Gedanken in keine gerade Bahn lenken konnte, gab er auf und schlug mit einer Mischung aus Neugier und Misstrauen den Buchdeckel auf, als sich ein Geräusch in sein Bewusstsein drängte. Schritte? Er horchte auf. Draußen schlich jemand um das Hotel *Zur letzten Minute* herum. Ein Auto hielt quietschend an. Schritte und Stimmengemurmel kamen näher. Zweige brachen. Dumpfes Krachen.

Magnus duckte sich in seinem Sessel.

Ein Schlag, ein Schrei, Poltern, Befehle, Scheppern, Rumpeln, das Gartentor schlug zu. Stille.

Magnus erhob sich und linste erst durch das Fenster, dann durch die Tür. Leise zog er sie auf und machte einen vorsichtigen Schritt auf den Balkon. An die Hauswand gepresst, blickte er sich um. Auf den Straßen von Mitteldorf sprach nichts dafür, dass sich soeben ein Verbrechen abgespielt hatte.

Magnus kehrte zu seinem Ohrensessel zurück, schlug den Roman zu und versteckte ihn hinter einem Kissen. Kriminalität war ein ubiquitäres, frequentes, aber nicht obligates Merkmal der Menschheit. Wo hatte er diesen Satz gelesen?

## 20. Kapitel

Als Bernd Zimmermann wieder zu sich kam, musste er sich mühsam orientieren. Er saß in voller Montur auf einem Dielenboden, eingeklemmt zwischen einem Bett und einem Heizkörper. Das war nicht sein Zuhause, nicht Tillys Wohnung, nicht sein Büro. Die Tapete war schrecklich geblümt, auf eine eifelige Art und Weise, er war also wohl noch immer in Hellenthal in der Pension *Sonnenschein*.

Und zu einem Wrack verarbeitet. Vorsichtig tastete er seine Schmerzpunkte ab: Kniescheiben, Magen, Nacken, Rücken, Kopf, Kinn ... aber nirgendwo Blut. Wer nicht blutet, lebt noch und wird weiter leben, sagte er sich.

Und die Pistolen? Verwundert stellte Zimmermann fest, dass beide Pistolen noch in seinen Manteltaschen steckten. Pesch war ein Stümper. Gott sei Dank. Zimmermann rappelte sich auf und humpelte ins Bad.

Vor dem Spiegel zog er ein paar Fratzen, um seinen Kiefer einzurenken, Gelenke knackten wie Scharniere, die lange nicht geölt worden waren. Aber Zimmermann fand, er hatte schon schlechter ausgesehen.

Dafür wirst du mir büßen, Oskar Pesch, schwor er, während er duschte, heiß und lange. Er nahm seine Augentropfen und fühlte sich danach schon fast wieder gut. Wut ist ein Motor, der brummt.

Nach seinem Handy musste er nicht lange suchen, Pesch hatte es ihm entrissen, und mit ihm alle eingespeicherten Telefonnummern und vor allem die Möglichkeit, Rückrufe aus Brühl zu empfangen. Was, wenn Tilly ausgerechnet jetzt anrief?

Schnell stieg Zimmermann in Hose und Pulli, warf sich den Trench über die Schultern und humpelte die Treppe hinunter und verlangte vom verdutzen Hotelier ein Telefon. Das Sprechen fiel ihm noch schwer, aber sein Gegenüber ließ sich nichts anmerken. Der Mann reichte ihm ein schnurloses Telefon.

Eva hob nach dem ersten Klingeln ab.

»Ist alles gut bei dir?«, fragte er.

»Natürlich. Jetzt, da ich weiß, dass Magnus lebt.«

»Hast du mit ihm gesprochen?«

»Keine Chance, aber ich lasse ihn nicht aus den Augen. Was ist aus dem Bildhauer geworden, wie heißt er noch gleich?«

»Fritz Scheuer«, sagte Eva. »Aber er ist teuer.«

»Zu teuer?«

»Das muss Magnus selbst entscheiden«, sagte sie. »Ich habe ihm einen Brief geschrieben. Würdest du ihm den geben, wenn ich ihn dir schicke?«

»Falls er hier ankommt, kein Problem«, sagte Zimmermann und dachte, dass die Frage der Reparatur der Skulptur für Eva sicher nur ein Vorwand war, um mit Magnus in Kontakt zu kommen.

»Er ist schon unterwegs.«

»Wir werden sehen. Und du, kannst du mein Handy sperren lassen? Pesch hat es mir geklaut.«

»Mach ich. Was ist mit dir, du sprichst so komisch?«

»Er hat richtig zugeschlagen.« Zimmermann rieb sich das Kinn, stellte sich mitten auf den Hotelparkplatz und blickte sich um, während er Eva von Peschs Überfall berichtete. Der Mercedes war verschwunden. Kein anderes Auto parkte hier. Der Himmel war durch und durch grau.

»Willst du nicht doch die Polizei einschalten?«, fragte Eva.

»Kommt nicht infrage. Das ist mein persönliches Ding.«

»Niemand verprügelt ungestraft den großen Columbo, verstehe, vergiss aber nicht ...«, begann Eva.

»Ich vergesse nie etwas«, versprach Zimmermann und fragte möglichst beiläufig: »Hat vielleicht jemand versucht, mich zu erreichen?«

»Ja, der alte Pesch.«

»Der kann mich mal. Sonst niemand?«

»Meinst du Tilly Hut?«, fragte Eva.

»Zum Beispiel.«

»Nein.«

»Nein«, wiederholte Zimmermann und drückte das Gespräch weg, brachte das Telefon zurück, bedankte sich beim Hotelier und bat, ihn ein Taxi zu rufen.

»Wo soll's hingehen?«, fragte der Taxifahrer lustlos, der wenig später vor dem Hotel hielt. Ein vierschrötiger Mann mit Baseballmütze saß am Steuer.

»Zuerst oben hinauf auf die Staumauer.«

»Geht nicht. Da dürfen nur die vom Forstamt oder der Talsperre drauf, und die einen Sonderausweis haben.«

Zimmermann hielt ihm einen Hunderter unter die Nase.

»Wie Sie meinen.«

Der Taxifahrer nahm, am Ende der Oleftalstraße, die für Unbefugte verbotene Fahrspur, die kurz vor dem Besucherparkplatz rechts ab steil in den Wald hinaufführte. Oben angekommen rollte er langsam über die Staumauer. Rechter Hand gluckerte das Wasser des Stausees, links standen einige Autos auf dem Besucherparkplatz neben dem kleinen Vorstaubecken. Das Taxi passierte die Warnschilder und hielt vor der Informationstafel des Wasserverbandes an, neben Peschs Mercedes.

»Weiter!«, kommandierte Zimmermann ungeduldig.

»Wohin denn?«

»Nach Mitteldorf.«

»Wohin?«, fragte der Taxifahrer und betrachtete ihn, als sei er verrückt geworden.

Zimmermann hatte nichts anderes erwartet. »Einfach da lang!«, Zimmermann wies mit ausgestreckter Hand zur Landzunge, hinter der, wie er definitiv wusste, ein kleiner, verwunschener Ort namens Mitteldorf lag. »Fahren Sie einfach weiter, Sie werden schon sehen.«

»Aber da kommt nix mehr. Da war noch nie was«, protestierte der Taxifahrer. »Da ist doch nur Wald und noch mal Wald.«

»Wollen Sie kein Geld verdienen?«

»Nee!« Der Mann nahm die Hände vom Lenkrad. »Auch wenn Sie mir noch so viele Hunderter geben, ich fahr da nicht hin.«

»Warum denn nicht? Sie tun ja so, als würde da der Gottseibeiuns höchstpersönlich wohnen.«

Der Taxifahrer verschränkte die Arme vor der Brust.

Zimmermann gab auf. »Schon gut. Ich steige hier aus und gehe zu Fuß. Schreiben Sie mir eine Quittung.«

Zimmermann zahlte und nahm die Quittung in Empfang. Er wartete, bis das Taxi gewendet hatte, zurück über die Staumauer gefahren und auf der anderen Seite wieder in den Wald verschwunden war. Eilig, wie ihm schien, als hätte der Fahrer es mit der Angst zu tun bekommen.

Zimmermann entsicherte seine Pistole, setzte die Mündung an den rechten Hinterreifen des silbernen Mercedes, presste beide Hände um den Abzug und schoss. Der Knall war dumpf und suchte sich seinen Weg unter dem Mercedes, ehe er sich zwischen Wald und Wasser verflüchtigte. Vögel stiegen schimpfend auf. Menschen wurden nicht aufmerksam, was Zimmermann ermutigte, sich dem linken Hinterreifen zuzuwenden, dem rechten Vorderreifen und danach dem linken Vorderreifen. Der Mercedes senkte sich.

Zimmermann ging in die Knie und verwischte die Schmauchspur rund um die Einschusslöcher. Die Projektile hatten die Seitenwände der Reifen nicht auf der anderen Seite wieder verlassen, sondern waren in ihrem Inneren hängen geblieben.

Zimmermann pustete über die Mündung seiner Pistole, steckte sie wieder ein, band seinen Trench mit dem Gürtel zu und machte sich auf den Weg nach Mitteldorf. Seine lädierten Kniescheiben zitterten bei jedem Schritt. Finstere Gedanken quälten ihn.

Er hatte noch keinen Plan. Der Trick des echten Columbo aus dem alten Kriminalfilm hatte bei Pesch besser als erwartet funktioniert, Zimmermann der Wahrheit aber nur ein kleines Stück näher gebracht.

Er erreichte die Talsenke, in der er Mitteldorf still und versonnen liegen sah, als könnte es kein Wässerchen trüben. Dort zwischen den niedlichen Häuschen und Gässchen musste irgendwo Pesch auf der Jagd nach Magnus herumturnen. Zimmermann machte einen großen Schritt über die bekannte Schwelle, öffnete seinen Trench, zog ihn aus und legte ihn über den Arm.

Er schlenderte durch den Ort und überließ sich seiner Intuition. Mitteldorf war wie immer. Ein warmes, buntes Märchen, in dem es summte und duftete, wo man Zeit hatte, freundlich und zufrieden zu sein. Schwer, sich in dieser Harmonie auf finstere Gedanken zu konzentrieren.

In der Bäckerei verkaufte man Zimmermann zwei Roggenbrötchen und einen Becher Kaffee. Beim Metzger erstand er ein paar Scheiben Salami und Schinken.

Die Post, die sich auch mit dem Verkauf von Schreibwaren ihre Existenz sicherte, betrat Zimmermann, um sich eine Zeitung zu kaufen. Hinter der Ladentheke saß ein Mann über seinen Schreibtisch gebeugt und hielt zwischen sich und die Schreibtischplatte eine überdimensionale Lupe. Er sah kurz hoch, als Zimmermann eintrat, nickte ihm zu und empfahl ihm die örtliche Wochenzeitung: *Der Mitteldorfer*, der kostenlos war.

Zimmermann bedankte sich und wollte schon kehrt machen, als sein Blick auf die Wand gegenüber dem Schaufenster fiel, die von der Decke bis zum Boden, von der linken Seite bis zu rechten mit einer einzigen schwarzen Tafel verkleidet war, die über und über beschrieben war, ausgewischte und durchgestrichene Zeilen, ein heilloses Durcheinander. An ausgefransten Kordeln hingen Kreidestücke und Schwämme herunter.

Zimmermann schob die Zeitung unter den Arm und trat näher. In der Mitte teilte ein dicker Kreidestrich die Tafel in zwei Hälften. Über der linken Spalte stand *Biete* über der rechten *Suche*.

Birgit suchte zwei Stühle, Wilhelm ein Dutzend Kalksandsteine, Klaus eine Astschere, Ralf suchte jemanden, der ein Dach reparieren konnte, Maria jemanden, der ihr das Holz hackte, und der Pastor jemanden, der eine Hose kürzen konnte.

Eine andere oder dieselbe Maria konnte eine kleine Pfanne erübrigen, Wilhelm wollte Autos waschen, Anni bot an, einen Pullover zu stricken, und Franz konnte Französisch.

»Suchst du was Bestimmtes?«, rief der Postmann von seinem Schreibtisch aus.

»Eh«, antwortete Zimmermann in Gedanken. »Ich weiß nicht, nicht direkt, aber was müsste ich tun, wenn ich etwas suchte?«

»Du bist keiner von uns, oder? Bist du ein Springer?«

Zimmermann sah ihn fragend an.

»Auch nicht? Dann geht es nicht. Du darfst nicht mitmachen. Das wäre gegen die Regeln.«

»Welche Regeln?«

»Die Regeln von Mitteldorf.«

Zimmermann räusperte sich und wartete, dass der Postmann ihm die Regeln erläuterte, aber der hatte sich schon wieder über seine Lupe gebeugt.

»Was sind das für Regeln?«, hakte Zimmermann nach und trat an die Verkaufstheke.

Aber der Postmann tat, als hätte er die Frage nicht gehört, und betrachtete jenseits der Lupe liebevoll Briefmarken. Auch als Zimmermann ein zweites Mal nachfragte, stellte sich der Postmann taub.

Ausgerüstet mit dem *Mitteldorfer* und tausend Fragen im Kopf ließ Zimmermann sich auf der erstbesten Bank nieder und machte es sich bequem. Er belegte seine Brötchen mit Salami und Käse und fand, dass Mitteldorf nicht besser oder schlechter als eine Kommune war. Hatten sie das nicht alle 1968 so haben wollen, fragte er sich und blätterte mit fettigen Fingern in der Zeitung. Er hätte im Postamt telefonieren können, er hatte einen öffentlichen Telefonapparat gesehen, aber nicht ohne einen aufmerksamen Zuhörer, der nebenbei Briefmarken sortierte. Vielleicht wäre aber auch das Telefonieren gegen diese sonderbaren Regeln gewesen. Wer konnte das schon wissen.

Mitteldorf hatte, wie es im *Mitteldorfer* stand, ganze 125 Einwohner. Eine stolze Zahl und kein Wunder, dass Zimmermann das eine oder andere Gesicht bekannt vorkam, wenn er aufsah. Schließlich trieb er sich nun schon seit drei Tagen hier herum.

*Der Mitteldorfer* war ein Käseblättchen. Politik und Sport und Wirtschaft waren kein Thema, dafür um so mehr das soziale Leben. Von Krankheit und Tod war die Rede, von Mut und Tapferkeit, von Wundermittelchen und medizinischen Hilfsmitteln. Aber auch davon, dass es immer irgendwo eine Lösung gab, für alles, und sei sie noch so unwahrscheinlich. Hörte sich alles schwer nach Kirche an, fand Zimmermann und faltete die Zeitung zusammen. Er war Agnostiker und sah entnervt auf.

Da drüben, war das nicht Margot Klemp vom Secondhandshop, wo er Magnus Faber zum ersten Mal gegenübergestanden hatte? Sie verließ gerade die Praxis des Landarztes. Und da hinten, stolzierte da nicht Patricia Hombach, Magnus' rabiater Schießhund, auf ihr Hotel *Zur letzten Minute* zu?

Zimmermann sprang auf, ließ Zeitung, Kaffee und Brötchen auf der Bank zurück und erwischte Patricia an ihrem lavendelfarbenen Gartentor.

»Mylady!«, rief er aus und verbeugte sich kurz.

»Sie schon wieder«, sagte Patricia und ihre schwarzen Augen funkelten.

Das Gartentor zwischen ihnen baumelte in den Angeln. Sie trug einen Rock, der eine Handbreit über ihren Knien endete, und Stiefel, die eine Handbreit unter ihren Knien endeten. Zimmermann legte seinen Kopf schief und blinzelte sie an. Sie strich ihren Pony aus den schwarzen Augen.

»Ist Magnus Faber da?«, fragte Zimmermann.

»Warum?«

»Ich müsste ihn dringend sprechen.«

»Warum?«, fragte Patricia wieder und stieß mit einem Knie das Gartentor zu.

»Er ist in Gefahr.«

»Das weiß er«, sagte sie und wandte sich ab.

»Ich könnte ihn beschützen.«

»Ich weiß«, rief sie und ging die Stufen hoch.

»Ich könnte Sie zwingen, mich hereinzulassen.« Zimmermann kam sich dämlich vor, als er seine Pistole auf sie richtete.

Patricia drehte sich um, und ihre Augen funkelten ihn böse an. »Aber Magnus Faber ist doch gar nicht da.«

»Wo kann ich ihn finden? Es ist wirklich dringend.«

»Im Secondhandshop. Der ist jetzt zu, macht aber bald wieder auf«, sagte sie und verschwand hinter ihre Haustür.

»Geht es auch genauer?«, fragte Zimmermann die lavendelfarbene Haustür.

Frustriert kehrte er zu seinem Frühstück zurück. Der Kaffee war kalt geworden, an dem Brötchenrest kaute ein Hund. Zimmermann knallte wütend mit der Zeitung. Der Hund trollte sich. Zimmermann ließ sich wieder auf die Bank fallen und wartete die Zeit ab.

Der Secondhandshop hatte auch eine halbe Stunde später noch nicht geöffnet. Zimmermann schimpfte über die verlorene Zeit, rüttelte an der Ladentür und lugte durch alle Scheiben. Er war ziemlich sicher, dass Licht im Inneren brannte.

Er drehte sich um, als der Bus mit großem Getöse an ihm vorbei in die Haltebucht einbog, wo er von einer ordentlichen Menschenschlange erwartet wurde, obwohl es doch keinen Fahrplan gab. Der Busfahrer kletterte heraus und winkte mit einem weißen Umschlag in der Hand Zimmermann zu. Der wollte erst nicht glauben, dass es ihm galt, trat dann aber näher.

»Ein Brief für Sie.«

»Woher wissen Sie, wer ich bin?«, fragte Zimmermann erstaunt.

»Sind Sie nicht ...«, der Busfahrer entzifferte die Buchstaben vom Briefumschlag, »... Bernd Zimmermann?«

»Doch. Aber woher ...?«

»Der Brief lag im Postfach.«

Zimmermann blickte irritiert zum Postamt von Mitteldorf, wo er eben noch gewesen war.

Manni schüttelte den Kopf. »Nein. Nein, dorthin bringe ich nur die Post aus Hellenthal. Mitteldorf hat ein eigenes Postfach im Postamt von Hellenthal. Und ich allein habe den Schlüssel dazu.«

»Danke«, sagte Zimmermann irritiert, als der Busfahrer wieder in seinen Bus kletterte, um Tüten und Taschen, die bis an den Rand gefüllt waren, an die Wartenden zu verteilen.

Es war Evas Handschrift auf dem DIN-A5 großen Briefumschlag, in dem ein weiterer, länglicher Briefumschlag steckte, der an Magnus Faber adressiert war. Jetzt erst fiel Zimmermann wieder ein, dass Eva den Brief angekündigt hatte.

Er steckte den Umschlag ungeöffnet gerade in die Innentasche seines Trenchs, als er auf der anderen Straßenseite eine kleine Menschengruppe entdeckte, die mit eiligen Schritten die Marktstraße entlangzog. Zimmermann erkannte sofort, dass es Pesch war, den sie in ihrer Mitte eingekreist hatten. Niemand war so groß wie er. Seine blonde Haartolle überragte jeden. Und sein geschwollenes Auge war auch nicht zu übersehen. Unter dem Denkmal machte die Gruppe halt. Eine Handvoll Männer, die auf Pesch einredeten, durcheinander und aufgebracht, sie zeigten mit dem Finger auf ihn, sie stießen ihn an, während Pesch in der Defensive nicht wusste, wohin er sich wenden konnte. Der Menschenkreis um ihn wurde enger. Dann entdeckte Pesch Zimmermann und warf ihm einen flehenden Blick zu.

Zimmermann senkte den Kopf, stopfte die Hände in seine Manteltaschen. Pesch zu retten, sah er im Moment nicht als seine Aufgabe an. Er war kein Polizist. Sein Magen und sein Rücken, seine Knie und sein Kinn erinnerten ihn zu sehr daran, was Pesch ihm angetan hatte. Unauffällig sah er auf. Einer schüttelte Pesch wie einen Kartoffelsack, Zimmermann durchlief ein wohliger Schauer, und er wünschte einen Moment lang, er wäre einer der Männer da drüben am Denkmal.

Niemand sonst in Mitteldorf nahm Anstoß an dem kleinen Menschenauflauf, als wäre der Anblick täglich Brot in Mitteldorf.

Die Gruppe schien zu beraten, was nun zu tun sei, ließ von Pesch ab, löste sich auf, ließ einen konsternierten Pesch zurück, der hilflos zu Zimmermann blickte, der noch vor dem Secondhandshop stand und ratlos mit den Schultern zuckte.

Zimmermann überquerte die Straße, trat auf ihn zu, blieb vor ihm stehen, als ihre Schuhspitzen einander berührten, und sah zu ihm auf. »Darf ich Ihnen einen Kaffee spendieren?«

Pesch wich seinem Blick aus. »Ein Bier wäre mir lieber.«

»Gut. Gehen wir.«

Sie gingen nebeneinander her wie Todfeinde es tun, ohne sich anzusehen, schweigend, und der Abstand zwischen ihnen konnte nicht groß genug sein, die atmosphärischen Schwingungen zwischen ihnen waren negativ geladen.

Zimmermann bog zuerst auf die Terrasse des *Roten Milan* ein. Die Eingangstür stand offen. Seine Schritte knirschten auf dem Kies. Als er dasselbe Geräusch nicht hinter sich vernahm, drehte er sich um. Pesch war zwischen den beiden Steinsäulen stehen geblieben. »Nun kommen Sie schon«, forderte Zimmermann ihn auf. »Keine falsche Bescheidenheit.«

Der Wirt saß draußen auf einem der Gartenmöbel. Seine Arme waren über der Brust verschränkt. Ein großes Bier stand vor ihm auf dem Tisch.

»Hallo!«, rief Zimmermann ihm zu. »Wir sind auf der Suche nach Magnus Faber.«

Der Wirt blickte stumm und finster zu Pesch, entwirrte seine Arme und nahm einen kräftigen Schluck.

»Und wir hätten auch gern so ein kühles Helles«, fuhr Zimmermann fort, setzte sich auf einen Stuhl ihm gegenüber und winkte Pesch zu sich heran.

Zögernd kam Pesch einen Schritt näher.

Der Wirt wischte sich den Schaum von der Oberlippe und verschränkte wieder seine Arme. Alles im Zeitlupentempo. Alles mit drohendem Blick auf Pesch. Irgendwann erhob er sich, latschte in seine Kneipe und ließ die Tür hinter sich zufallen.

Zimmermann winkte Pesch heran. »Nun kommen Sie schon. Er tut Ihnen nichts.«

Pesch machte einen weiteren Schritt.

Die Tür schwang auf, und der Wirt kam mit einem vollen Bierglas heraus und knallte es vor Zimmermann auf den Tisch. Der Schaum schwappte über, lief am Glas entlang auf den Tisch und vor dort auf Zimmermanns Trench, der dachte, prima, Bier mit Sahne, und begann sich trockenzureiben.

Plötzlich ging ein Ruck durch den Wirt. Seine Wimpern klimperten aufgeregt, seine Arme fielen auseinander, einer erhob sich, streckte sich aus, der Zeigefinger wurde ausgefahren. »Da!«

Zimmermann fuhr herum.

Da sah er Pesch wie der Teufel in Richtung Hauptstraße rennen, während sich auf der anderen Seite eine keuchende Männergruppe näherte. Zimmermann sprang auf und über die Terrasse auf die Straße, wo die Männer beinah in ihn hineingelaufen wären.

»Weg da!«, riefen sie und setzten ihre Verfolgung fort.

Zimmermann setzte ihnen nach. Pesch war schnell, seine Verfolger auch. Sie lachten und feixten. Es schien ein Spiel für sie zu sein.

Pesch bog an der Kreuzung links ab, überquerte den Wendehammer, lief an der Talsperre entlang, über den kleinen Uferweg direkt auf die Staumauer zu, wo er in seinen Mercedes sprang und den Motor anwarf. Er wusste nicht, dass es mit vier zerschossenen Reifen ein Ding der Unmöglichkeit war zu türmen. Seine Verfolger konnten es auch nicht wissen, sonst hätten sie ihn einfach da sitzen lassen können. So aber zerrten sie Pesch aus seinem Auto, schüttelten ihn durch und stießen ihn von sich.

Gehetzt blickte Pesch sich um. Es gab keinen Fluchtweg. Da waren nur die Staumauer, das Wasser und der Wald. Er sprang hin und her wie ein Hase, lief fast bis zur Mitte und kletterte über das Geländer, sortierte seine Füße auf dem kleinen Mauervorsprung und hielt sich zitternd am Handlauf fest.

»Ich springe!«, schrie er und seine Stimme überschlug sich.

Die Männer lachten ihn aus.

»Ich springe wirklich!«, drohte Pesch, ließ eine Hand los und nahm einen Fuß von der Mauer.

Sie lachten ihn aus.

Und sie lachten immer noch, als Zimmermann das Ende des Uferpfades erreichte, einen Fuß auf die Staumauer setzte und den Atem anhielt. Seine Blicke umfassten die Szene, seine Erfahrung schätzte die Lage ein.

»Feigling!«, riefen die Männer und winkten ab.

Feigling, dachte auch Zimmermann, er wird es nicht tun.

Die Männer bildeten einen kleinen Kreis, als heckten sie einen Plan aus, sie gingen auseinander und kehrten langsam in den Ort zurück. Sie hatten ihren Spaß gehabt. Ende der Vorstellung.

Und Zimmermann? Fünfzig Schritte trennten ihn noch von Pesch.

»Tu das nicht, Oskar Pesch!«

Ein Mann kam aus dem Wald auf die Brücke gewackelt. Er trug eine Latzhose, eine Kappe und Gummistiefel, lief an Zimmermann vorbei bis zu Pesch, griff entschlossen an sein Hemd und zerrte ihn über das Geländer zurück auf die Brücke. Pesch ließ sich fallen.

»Papiere!«, brüllte der Mann ihn an und bleckte eine stattliche Anzahl Goldzähne.

Pesch zog seine Brieftasche aus der Hosentasche.

»Handy!«

Pesch hatte zwei Handys. Zimmermann fluchte leise.

»Was ist mit dem Auto da?«, fragte der Mann und zeigte auf den Mercedes.

Pesch rückte die Autoschlüssel heraus.

»Und deine Klamotten!«

Pesch sah entsetzt an sich herunter. Nicht seinen Armani-Anzug und seine italienischen Schuhe zu verlieren, schien seine persönliche Katastrophe zu sein, sondern nur wenig später in einem schwarzen, hautengen Slip in der freien Natur zu stehen. Erfolglos versuchte er, seinen nackten Körper mit seinen Händen zu bedecken. Ein Bild des Jammers.

Der Mann aber, beladen mit seinem Diebesgut, wackelte zum Mercedes, stieg ein und rumpelte unter Missachtung der vier platten Reifen über die Fahrspur nach Mitteldorf.

Würde Pesch jetzt klein beigeben, gestehen, jammern, flehen? Im Staub auf nackten Knien? Zimmermann wettete fast darauf und wandte sich wortlos ab und folgte langsam und bedächtig den Männern über den Uferpfad. Reichlich Zeit für Pesch, nach ihm zu rufen, ihn einzuholen und endlich zu Kreuze zu kriechen. Zeitlupentempo, das Gehör spitz und messerscharf, aber Pesch rief nicht. Pesch kam nicht. Sturer Bock, dachte Zimmermann.

Erst in Höhe des Wendehammers, wo ein kleines, blaues Auto geparkt war, drehte Zimmermann sich noch einmal um.

Da war die Brücke leer.

Und die Wasseroberfläche unruhig.

## 21. Kapitel

Kurz nachdem es am frühen Nachmittag ein paar Mal vom Kirchturm geläutet hatte, lieferte Patricia Hombach Magnus Faber im Secondhandshop ab. Vor dem kleinen, gelben Laden hatte sie ihm zuvor ein wenig Zeit gelassen, noch einmal zu verharren und gedankenverloren auf die schmutzigen Fenster zu starren, während sie neben ihm ungeduldig von einem Bein aufs andere trat.

Margot Klemp kündigte sie an, Magnus nach einer bestimmten Zeit wieder abzuholen, obwohl Margot die Zeit lieber selbst bestimmt hätte. Sie hätte Magnus gern länger behalten, und ihr Laden hätte es auch dringend verdient. Aber Patricia blieb eisern, und wenn der Gedanke nicht so utopisch gewesen wäre, hätte Magnus auf die Idee kommen können, sie sei eifersüchtig.

Während er nicht ungern an ihre problematischen Stellen dachte und sich neuerdings sogar manchmal heimlich Evas vorstellte, wollte er mit Margots nichts zu tun haben. Patricia gab seiner Phantasie Nahrung, Eva Flügel, Margot einen Dämpfer.

Nun, er war hier, um ganz offiziell für sein grünes Kleid zu arbeiten und inoffiziell für den Kriminalroman, den er aus philosophischen Gründen gestohlen hatte, und den er mit sich trug, damit Patricia ihn nicht in seinem Zimmer finden konnte. Wenn er nun schon so tief gesunken war, dass er Menschen Stifte in die Augen jagen konnte, wollte er nicht auch ein Dieb sein. Eine Frage der Ehre.

Margot Klemp zeigte auf das Durcheinander in ihrem Laden. »Ich hoffe, du kommst zurecht.«

»Kein Problem«, meinte Magnus. »Gut, dass Sie nicht auch noch stapelweise Bücher haben, sonst ...«

»Wie kommst du darauf?«, unterbrach sie ihn. »Im Keller stehen hundert Kisten, wenn ich mich recht erinnere. Ich habe hier oben keinen Platz dafür.«

Danach überließ sie Magnus ihren Laden, den sie zu seinem Schutz, wie sie sagte, sorgfältig abschloss, bevor sie sich entfernte. »Ich bin gleich wieder da.«

»Wohin gehen Sie?, fragte Magnus.

»Ich besuche meinen Mann.«

»Jakob?«

Margot grinste anzüglich. »Ja, ich habe leider nur den einen.«

»Wo wohnen Sie denn?«, hakte Magnus nach, getrieben von dem Gedanken, seinen Koffer aufzuspüren.

»Ich sage dir eines, Magnus Faber, mein Jakob ist ein braver Mann, der nicht zu Hause herumhockt, sondern arbeitet.«

»Aber wo ist das?«

Margot verdrehte die Augen. »Jetzt ist es aber gut. Es geht dich nichts an, aber ich sage es dir trotzdem: Jakob arbeitet oben auf dem Hügel.«

Es gab nur einen Hügel in Mitteldorf, den Hügel mit dem Holzkreuz und der Kirche ohne Zifferblatt. »Ist er Pastor?«

Sie lachte auf und konnte nicht aufhören, trampelte vor Freude mit den Stiefeln auf der Stelle. Magnus wich entsetzt zurück. Als sie sich beruhigt hatte, fragte er, ob Jakob vielleicht einen kleinen, braunen Lederkoffer mit Metallkappen habe.

»Einen?«, fragte sie prustend und hielt sich den Bauch.

Keine weiteren Fragen. Er wartete, bis sie den Laden verlassen und den Schlüssel zweimal herumgedreht hatte. Er beobachtete sie, wie sie die Straße entlangging wie ein Soldat – eins-zwei, eins-zwei –, ehe er sein Jackett über einen Stuhl hängte und den Hut auf einen Tisch legte, die Ärmel aufkrempelte. Er wollte sich beeilen, in der Hoffnung, nach getaner Arbeit noch Zeit zu finden, einen ersten Blick auf die Bücherkisten im Keller zu werfen und einen zweiten heimlichen Blick in den Kriminalroman, den er bei sich trug.

Nach einem ersten Rundumblick begann er mit den Auslagen in den beiden Schaufenstern, die er zunächst leerräumte. In Margots Hinterzimmer stieß er neben einem Wandschrank auch auf ein Waschbecken, einen Eimer und mehrere nicht mehr ganz saubere Lappen und beschloss, die verschmierten Fensterscheiben zu putzen, wobei er sich vorstellte, es wären die Fenster des kleinen, gelben Ladens, die er bearbeitete. Es war eine zermürbende Tätigkeit, die in Brühl Eva streifenfrei für ihn erledigt hatte.

Eva Zimmermann. Ob sie wohl schon eine neue Stelle gefunden hatte? Es würde ihn nicht wundern, sie war nicht nur fleißig und zuverlässig, sondern auch gradlinig und gewissenhaft. Und sie hatte diese Augen, die so blau waren wie nichts.

Nachdem Magnus die Auslagen nach Themen drapiert hatte, durchforstete er mithilfe einer Taschenlampe das weitläufige Innere des Verkaufsraumes und stieß dabei auf einen Nebenraum, vor dem ein Vorhang hing.

Er lugte durch einen Spalt und ließ den Lichtstrahl der Taschenlampe kreisen. Der Raum hatte kein Fenster und keine Lampe. Er war etwa vier Meter lang und vier Meter breit und niedriger als der Laden. Die Wände waren rau verputzt, der Lehmboden kalt und feucht, ein muffig-modriger Geruch stieg auf. An den Wänden standen aufeinandergestapelte Holzkisten. Magnus schob den Vorhang beiseite und trat zögernd ein.

Es standen an den drei Wänden jeweils drei Holzkisten übereinander. Jede war etwa zwei Meter lang und 80 Zentimeter breit. Sie verliefen konisch, die Deckel waren mit Haltegriffen und Verschlüssen aus Messing verziert. Die Kisten waren aus drei unterschiedlichen Hölzern gebaut, hell wie Kiefer, mittelbraun wie Eiche, dunkelbraun wie Nussbaum.

Särge?, fragte sich Magnus, obwohl es unmöglich war. Er stemmte den Deckel einer obenstehenden Kiste hoch und leuchtete hinein. Das Innere war leer bis auf ein weißes Tuch. Er schaute auch in die beiden anderen Kisten, die oben standen. Sie waren ebenfalls leer bis auf ein weißes Tuch. Särge. Neue, ungebrauchte Särge in einem Secondhandshop?

Magnus verließ das Sarglager, zog den Vorhang sorgfältig vor, als es gegen die Ladentür hämmerte. Er schlich vorsichtig an ein Schaufenster und erkannte den Polizisten an seinem hellen Mantel und seinem Lockenkopf. Dann konnte Pesch nicht weit sein. Der Lange und der Lockige schienen unzertrennlich. Magnus verkroch sich in Margots Hinterzimmer und wartete.

Als es draußen wieder ruhig geworden war, trat er hinaus und versuchte, Anschluss an seine Arbeit zu finden, aber er fand nicht mehr den richtigen Dreh. Er wusste nicht, wo er beginnen sollte. Ihm wuchs alles über den Kopf. Er war so ein Leben einfach nicht gewohnt. Die Kriminalstücke, die mit ihm und um ihn herum spielten, kamen ihm vor wie ein Fortsetzungsroman mit unendlich vielen Bänden. Was würde auf der nächsten Seite stehen, im nächsten Kapitel? Was würde aus ihm werden? War er Opfer? War er Täter? Reglos stand er da.

Er fand nicht die Kraft, in den Keller hinabzusteigen und nach den Bücherkisten zu sehen, zu sehr fürchtete er eine neue böse Überraschung. Nach einer Weile zog er den Kriminalroman aus seiner Jackentasche, setzte sich auf den Holzstuhl. Er las das Zitat noch einmal, weil es so schön war, und noch einmal und noch einmal, und schlug dann erst die nächste Seite auf.

»Du bist nicht weit gekommen«, hörte er eine Stimme hinter sich.

Magnus ließ das Buch in seiner Anzugtasche verschwinden und wies auf die Auslagen und die geputzten Fenster.

»Immerhin.« Margot nickte zufrieden. Als er ihr anbot wiederzukommen, sagte sie: »Das kannst du gern machen. Jederzeit. Aber dein Kleid bekommst du jetzt schon von mir, ich vertraue dir.« Ihr einladendes Lächeln war ihm unangenehm. »Warte nur einen Augenblick.«

Sie musste am Sarglager vorbeigehen, um in ihr Hinterzimmer zu gelangen. Ihre Hand griff in den Vorhang und schüttelte ihn ein wenig, als hänge er unordentlich. Sie warf Magnus einen kurzen Blick zu, ehe sie die Tür zu ihrem Hinterzimmer hinter sich schloss. Sie produzierte ein paar undefinierbare Geräusche, ehe sie wieder heraustrat, in Magnus' grünem Kleid.

Sie drehte vor ihm eine Pirouette, sie hob die Arme wie eine Balletteuse, verdrehte ihre Taille wie eine Haremsdame und verbeugte sich schließlich vor ihm wie eine Sklavin.

Ratsch!

Es ging Magnus durch Mark und Bein. Der Riss war nicht in der Naht, es war auch nicht der seitliche Reißverschluss, der geplatzt war, der Riss verlief mitten durch den seidenen, schillernden, tanggrünen Stoff, nur auf der Rückseite, von den Hüften bis zu den Schultern, und legte Margots fleischfarbene Unterwäsche frei.

Sie richtete sich langsam auf, ging auf Zehenspitzen rückwärts in ihr Hinterzimmer, aus dem sie kurz darauf wieder in Uniform und mit einer Papiertüte erschien, in demselben Augenblick, als Pat zurückkehrte, froh und munter und frisch geschminkt.

»Alles in Ordnung?«, fragte sie und sah in betretene Gesichter.

Magnus und Margot nickten. Sie drückte ihm die Papiertüte in die Hand und schob ihn zur Ladentür.

Stola, Gemälde, Kleid, Sakko, Mantel zählte Magnus zufrieden vor seinem geistigen Auge. Es fehlten noch der Koffer und das Auto. Vom Koffer ahnte er zumindest, dass er ihn auf dem Kirchenhügel finden konnte. Und was sein Auto betraf, hatte er eine Idee; der Schrottplatz, den er von der Veranda des Hotels aus gesehen und der wie ein kleiner See in der immerwährenden Sonne von Mitteldorf geschimmert hatte.

Als Magnus und Pat wieder auf der Straße standen, war er erleichtert, dem Secondhandshop entkommen zu sein und von Pesch & Polizei nichts zu sehen. Er blickte zum Kirchenhügel, wo sich das Holzkreuz scharf vom hellblauen Himmel abhob, hinüber zum Schrottplatz, der am gegenüberliegenden Ortsrand lag. Von seinem Standort aus gesehen lagen beide Aufgaben, Koffer und Auto, gleich weit entfernt. Er könnte würfeln oder Münzen in die Luft werfen. Er musterte Patricia, die gelangweilt neben ihm stand und ihm die Entscheidung zu überlassen schien. Ihren schwarzen Augen war nicht anzusehen, was sie von ihm erwartete.

Und er, was erwartete er von sich? Noch einmal einen Blick in den gelben Laden werfen, das war es, was er wirklich wollte. Sehnsüchtig schaute er hinüber. Nur ein paar Schritte trennten sie voneinander. Und Pats eiserner Handgriff. Er seufzte.

»Zum Schrottplatz?«, fragte er und beobachtete sie, aber sie sendete keine Signale aus. »Komm!«

Unwillig folgte sie ihm über die Hauptstraße, die sie am Waldrand verließen. Querfeldein trieb Magnus sie ungeduldig an. Sie rang nach Luft und ließ sich zurückfallen.

Am Ende eines Feldweges stand eine Gestalt, unverrückbar wie ein Monument, in einem großen Torbogen. Er trug eine Latzhose, eine Kappe und Gummistiefel, aber als er lachte, hatte er statt drei Goldzähnen nur gelb-braune Stummel im Oberkiefer.

»Paul!«, rief Patricia keuchend! »Warum wohnst du so weit weg?«

»Weil es hier so schön ist«, rief er und breitete seine Arme weit aus und umfasste mit ihnen die ganze Welt. Paul und Pat begrüßten sich herzlich, Küsschen links, Küsschen rechts, und vergaßen Magnus, der die große Zahnlücke bewunderte, die sich zwischen Pauls Eckzähnen auftat und die eingefallene Oberlippe, die schlapp darüberhing.

Während Paul und Pat Nettigkeiten austauschten, blickte Magnus umher. Das Schrottplatz war halb so groß wie ein Fußballfeld und lag hinter einem mannshohen Zaun. Auf die Abteilung Papier und Pappe, von einem Stapel Holzreste streng getrennt, folgten Plastikabfälle. Die Abteilung Metall nahm gut die Hälfte ein und war unterteilt in kleine und große Gegenstände, vom verbeulten Toaster bis zum Fahrrad ohne Reifen. Glanzstück dieser Abteilung war eine monströse Metallpresse. Wer die hinter sich hatte, war platt wie eine Scholle und landete auf einem Spezialstapel. Verdeckt von der Metallpresse entdeckte Magnus einige Autos. Sein schwarzer, hoher Opel war nicht dabei, das wäre auch zu schön gewesen.

»Ah!«, schnaubte Paul plötzlich, wandte sich von Pat ab und legte Magnus seine Hände, groß wie Pranken, auf die

Schultern. »Jetzt erinnere ich mich! Du bist doch Magnus Faber aus Brühl! Der Mann mit dem rosafarbenen Schal. Der Mann, der nicht gesprungen ist.«

»Paul!«, ermahnte Patricia ihn. »Du hast Besuch. Hast du nicht was vergessen?« Sie zeigte auf seinen Mund.

»Gewiss, gewiss.« Er durchwühlte seine Hosentaschen und kramte etwas hervor, stopfte es mit der hohlen Hand in den Mund, rückte es zurecht, schloss den Mund, mahlte darauf herum, sperrte den Mund weit auf, er hatte drei Goldzähne und grinste amüsiert über Magnus' verstörtes Gesicht.

»Sie!«, stieß Magnus hervor. »Sie haben meinen schwarzen Opel. Wo ist er?«

»Siehst du ihn hier irgendwo?«, fragte Paul zurück.

»Nein, aber ...«

»Du wirst hier nirgendwo ein schwarzes Autos finden. Vergiss es!«

Pat breitete die Arme aus. »Ich hab's dir doch gesagt.«

Okay, sagte sich Magnus und versuchte ins Spiel zu finden.

Paul klopfte ihm auf die Schulter.

»Ich verstehe«, gab Magnus vor.

»Bist du sicher?«, fragte Paul ungläubig.

Nein, dachte Magnus, machte sich aber auf den Rückweg. Langsam setzte er einen Schritt vor den anderen, mehrmals sah er zurück, um sich zu vergewissern, ob Pat sich die Mühe machte, ihn zu verfolgen. Nein, sie stand noch neben Paul im hohen Torbogen des Schrottplatzes und ließ ihren Schützling gewähren, lächelte ihm aufmunternd zu und winkte unauffällig, ohne den Arm zu heben. Da beschleunigte er seine Schritte.

So beflügelt, fanden Magnus' Füße den Rückweg wie von selbst und marschierten zielstrebig am Kreisverkehr vorbei. Magnus konzentrierte sich auf sein Ziel, den kleinen, gelben

Laden, sah nicht nach rechts, nicht nach links, mit einem Blick wie durch einen Tunnel, als ihn ein Geräusch wie bei einer Explosion aus dem Takt brachte. Ein Geschrei kam auf.

Nach einer Schrecksekunde wandte Magnus sich vorsichtig um. Der rot-weiße 836er Bus war mit einem gelben Auto zusammengestoßen. Soweit Magnus die Situation beurteilen konnte, war der Bus ohne die Vorfahrt zu beachten in den Kreisverkehr eingebogen und hatte dabei die rechte Seite eines gelben Autos aufgeschlitzt. Hilfe nahte in Form herbeieilender Passanten. Man sollte den Krankenwagen rufen, dachte Magnus. Der Verkehr staute sich, stand still.

Dem Bus entstieg nur der Fahrer, die anderen Sitzplätze waren unbesetzt. Aus dem gelben Auto kletterte eine Frau, die offensichtlich unverletzt geblieben war. Busfahrer und Autofahrerin gaben sich die Hand. Schon waren sie umringt von Schaulustigen. Man lobte das gelbe Auto, das dem Unfall standgehalten hatte und immer noch fahrtüchtig war, klopfte ihm unermüdlich aufs Dach und bestaunte den Schaden, den man vermutlich auch für nicht besonders gravierend hielt.

»Das war ein Wunder!«

Im Jubel und Trubel wurde Magnus auf der anderen Straßenseite erst spät wahrgenommen, aber dann gab es kein Zurück. Erst zeigte nur ein Mann auf ihn: »Da ist Magnus Faber!«

Eine Frau rief: »Komm mal rüber!«

Magnus zögerte.

»Nun komm schon!«, riefen mehrere Einwohner. »Sieh dir das an!«

Zwischen verlassenen Autos schlängelte sich Magnus bis zur Unfallstelle. Der Busfahrer trat auf Magnus zu und schüttelte ihm die Hand. »Gratuliere, Magnus Faber!«

Magnus traute seinen Ohren nicht, und seinen Augen noch viel weniger. Waren das nicht seine Hose und sein Hemd, die der Busfahrer da mit der allergrößten Selbstverständlichkeit trug? Dem Busfahrer entgingen die Blicke, die ihn musterten, nicht. Verlegen strich er sich über den Bauch. »Ich bin in Ordnung, keine Sorge, Magnus Faber. Und die Frau auch, vielen, vielen Dank, Magnus Faber.«

Magnus nickte mechanisch. Wiederfinden hieß nicht wiederbekommen, hatte Pat gesagt. Das war nicht das Problem. Er hing weder an Hemd noch an Hose und hatte sie deswegen nicht einkalkuliert. Sie machten seine schöne Rechnung zunichte. Von Neunsachen war keine Rede gewesen.

Wenn er aber Auto und Koffer von der Suchliste nahm, dann wäre er jetzt am Ziel, musste nicht mehr suchen und nicht mehr finden, musste Pat nur noch den Erfolgsbericht zukommen lassen und konnte gehen ... konnte das sein?

Ungläubig ging Magnus um den Bus herum. Das große, hohe Gefährt hatte lediglich eine kleine Beule an der rechten Stoßstange. Das gelbe Auto wirkte verloren.

»Magnus Faber! Magnus Faber!«, hieß es ehrfürchtig, und es war ein bisschen, als wäre er der König von Mitteldorf, als der Kreis, den Nachbarn und Bekannte um die Fahrerin, eine zierliche Frau von undefinierbarem Alter, gebildet hatten, sich öffnete, als Magnus auf der Bildfläche erschien.

Die Unfallfahrerin schien zu humpeln, beteuerte aber, dass sie dies schon vor dem Unfall getan hätte, und früher ohne das schöne, gelbe Auto aufgeschmissen war. Sie bedankte sich ausführlich und überschwänglich bei Magnus, während er sich fragte, wofür um alles in der Welt man ihm dankte und wo um alles in der Welt er die Unfallfahrerin schon gesehen hatte. Aber Fragenstellen in Mitteldorf war ein aussichtsloses Unterfangen. Niemand wusste das besser als er. Und dennoch musste er sich beherrschen, als der Busfahrer ein weißes Blatt über die Köpfe der Herumstehenden in die Luft hielt und sagte: »Ich fahr dann mal. Es gibt viel zu tun.«

»Vergiss meinen Zucker nicht.«

»Und denk an die Nudeln und den Wein!«

»Und an meine Zeitung.«

»Hab ich dir gesagt, dass ich dringend Batterien brauche, die kleinen Knopf-Batterien, zwei Stück, ja?«

»Wird erledigt«, rief Manni, der Busfahrer. Von Geld war keine Rede, stellte Magnus verwundert fest. »Ihr müsst aber eure Autos erst wegsetzen, sonst komme ich nicht durch.«

Die Autos, die im Wege standen, wurden kurz an den Straßenrand gesetzt, die Fahrer stiegen wieder aus und kamen zur Unfallstelle zurück.

Manni kletterte in seinen leeren Bus. Nur er allein und niemand sonst, er warf den Motor an, löste mit einem Zischen die Bremsen, drehte ab und fuhr in Richtung Talsperre. Schwarze Wolken entstiegen dem zitternden Auspuff. Im Wendehammer kehrte das riesige Gefährt zurück und machte sich knatternd auf den Weg nach Kall über Schleiden und Hellenthal, wie die Lettern auf der Anzeigetafel über der Heckscheibe verkündeten.

Magnus musste an das Schauspiel denken, dass er nach seinem Umzug vom Hotelfenster im ersten Stock aus beobachtet hatte, als der Busfahrer an der Haltestelle Einkaufstüten an die in einer ordentlichen Schlange wartenden Mitteldorfer ausgeteilt hatte. Der Kreis der Unbegreiflichkeiten schien sich zu schließen.

Als der Brunftschrei des Hirschen in der Ferne verklang, verabschiedete sich Magnus mit den Worten »Ich habe zu tun«, felsenfest entschlossen, dass ihn nun nichts und niemand mehr daran hindern konnte, noch einmal nach dem kleinen, gelben Laden zu sehen, als ihn jemand fragte: »Wo willst du hin, Magnus Faber?«

Es war die Unfallfahrerin.

»Auf die Staumauer«, rutschte es Magnus heraus, dem sein Herz auf der Zunge lag. War nicht die Staumauer einmal sein Ziel gewesen?

»Ich fahre dich«, sagte die Unfallfahrerin.

»Nein. Vielen Dank. Das kann ich nicht annehmen«, widersprach er und versuchte zu entkommen.

»Du musst«, sagte sie.

Er zögerte und blickte in viele freundliche, aber resolute Gesichter. Die Fahrerin wollte die Beifahrertür öffnen, die der Bus gerammt hatte, aber sie klemmte und ließ sich nur mithilfe eines Zuschauers öffnen.

Die Fahrerin wies auf den Sitz und sagte: »Bitte sehr, Magnus Faber.«

Halb schob man ihn, halb sank er auf den Sitz und legte die Papiertüte mit seinem Kleid auf seinen Schoß. Und im gleichen Augenblick brach für Magnus alles jenseits des Autos weg, als hätte sich ein Spalt aufgetan und den Rest der Welt verschluckt.

Der Sitz, die Fußmatte, der Schaltknüppel, das Lenkrad, das Armaturenbrett, der Wagenhimmel und sogar der heilige Christophorus, der am Innenspiegel schaukelte, das alles zusammen war die Summe, mehr als die Summe der Einzelteile, die seinen alten, schwarzen Opel ausgemacht hatten. Innen war es sein Opel. Ungläubig blickte Magnus hinaus und konnte nur eines denken: Neunsachen mit Koffer, Achtsachen ohne Koffer.

Ein Schritt vor, zwei Schritte zurück. Selbst wenn er den Koffer nicht fand, freiwillig oder unfreiwillig, war er über das Ziel hinausgeschossen.

Zu weit? Vielleicht auch nicht. War es nicht besser, zu viel zu haben als zu wenig? War es nicht meistens im Leben so? Strebte danach nicht jeder?

Es sei denn ...

»Gute Fahrt!«, rief ein Mann Magnus zu, schlug die Tür zu, die anstatt satt ins Schloss zu fallen, aus der oberen Angel kippte, schräg hing, ehe auch die untere Angel brach, und die Tür scheppernd zu Boden fiel.

»Ich heiße Gertrud«, sagte die Unfallfahrerin, als sie sich neben Magnus schob. »Frische Luft«, meinte sie mit einem Blick auf die offene Beifahrerseite und fuhr ruckelnd an. Stolz lächelnd umklammerte sie das Lenkrad und fragte: »Ist das nicht ein schönes Auto? Ich bin so froh, dass ich es habe. Vorher musste ich immer zu Fuß gehen, und das ist mit meinem Bein eine Qual gewesen.«

Wiederfinden heißt nicht wiederbekommen, dachte Magnus, und sah aus dem Fenster.

Aber zur Staumauer fuhr Gertrud ihn nicht.

## 22. Kapitel

Verdammt!

Der Staudamm war immer noch leer.

Und die Wasseroberfläche immer noch unruhig.

Luftblasen blubberten empor, Wasserringe breiteten sich wellenförmig aus. Eine Barkasse steuerte auf die Stelle zu.

Im Laufen riss sich Bernd Zimmermann den Trench und den Wollpulli vom Leib, warf seine Schuhe von sich und streifte die Socken ab und kletterte die Uferböschung hinunter.

»Baden verboten!«, schrie der Bootsmann mit schneidender Stimme. Er war ein kleiner Mann mit einem krausen Bart und einer verglühenden Zigarre zwischen den Lippen.

Zimmermann stieg trotzdem bis zu den Waden ins eiskalte Wasser.

»Sie bleiben draußen, haben Sie gehört? Ich brauch' Sie nicht. Ist ja nicht das erste Mal.«

Zimmermann zögerte, hilflos hin- und hergerissen zwischen der Verpflichtung, einen Mann retten zu müssen, den er verabscheute, und der Erleichterung, dass es einen anderen gab, der das für ihn erledigen wollte. Und so kam es, dass er gehorchte.

Der Bootsmann stellte sich äußerst geschickt an, als er Pesch, schlaff wie einen Mehlsack, aus dem Wasser fischte und Arm für Arm und Bein für Bein in sein Boot hievte, zum Ufer zurückruderte, wo er das Boot fachmännisch vertäute. Pesch bewegte sich immer noch nicht, als der Mann hinauskletterte, die steile Uferböschung hochkraxelte, nach dem Seil mit dem Takelhaken langte, zurück ins Boot sprang und es um Peschs Rumpf schlang.

»Wir sollten einen Arzt rufen!«, rief Zimmermann aufgelöst und lief nervös am Ufer auf und ab. Endlich begann er, Sinn und Zweck der Balkenkonstruktion zu verstehen.

Der Mann beachtete ihn nicht weiter, stieg aus seinem Boot, kletterte das Ufer empor und zog aus dem Unterholz einen Anhänger hervor. Über den Flaschenzug wollte er den nassen, schlaffen Körper aus dem Boot hieven. Er sprang ans Seil, Pesch am anderen Ende blieb über dem Bootsboden schwebend stecken. Der Bootsmann fluchte. Zimmermann stürzte herbei und hängte sich ebenfalls ans Seil, und mit vereinten Kräften gelang es ihnen, Pesch aufsteigen zu lassen und im Anhänger abzulegen. Ehe Zimmermann einen Blick auf den Zustand des Geborgenen werfen konnte, warf der Bootsmann eine schmutzige Wolldecke über ihn, stieß Zimmermann beiseite und spannte sich selbst wie ein Esel vor den Anhänger.

»Sie müssen ihn zu einem Arzt bringen!«, rief Zimmermann hinter ihm her.

»Der Mann braucht keinen Arzt«, rief der Bootsmann, ohne sich umzudrehen und trottete davon. »Dem hilft nur noch ein Segen.« Der Anhänger rumpelte über Stock und Stein, fuhr über Zimmermanns Wollpulli und Trench. Der Körper unter der Wolldecke schien sich zu bewegen.

Zimmermann trat von einem Bein aufs andere. Er spürte jeden Stein unter den nassen, nackten Füßen. Und sein Gewissen schlug ein Rad. Er hätte Pesch nicht allein lassen dürfen. Er hätte ihn festhalten müssen. Er hätte sich nicht anstiften lassen dürfen. Er hätte, er müsste, er sollte ...

»Warten Sie!«, rief er, aber seine Stimme klang nicht besonders bestimmt und fordernd, wie es sich gehört hätte, sondern eher brüchig und verloren. Kein Wunder, dass der Bootsmann sie einfach überhörte, im Wendehammer den Anhänger an sein blaues Auto befestigte und davonfuhr.

»Ein Segen könnte mir auch nicht schaden«, sagte Zimmermann, der Agnostiker, zu sich selbst und trocknete seine Füße an seinen Socken ab, stieg in seine Schuhe, sammelte seinen Wollpulli und den Trench vom staubigen Weg auf, schüttelte sie aus und zog sie wieder an. Sahne-, Bier- und Reifenspuren passten ideal zu seinem Zaubermantel. Und den Segen gab es beim Pastor.

Als er die steile Fahrspur zum Kirchenhügel hinaufstapfte, verfluchte er den echten Columbo und seinen verflixten Trick. Der Schuss war nach hinten losgegangen.

Das Einzige, was er sich nicht vorzuwerfen hatte, war unterlassene Hilfeleistung, selbst wenn der Luftraum über Mitteldorf nicht für den Funkempfang gesperrt wäre, er hätte am Ufer keinen Arzt anrufen können, womit? Sein Handy war von Peschs Händen in die eines Räubers gefallen. Und damit war auch jede Chance auf ein Gespräch mit Tilly verloren.

»Ach, Tilly«, stöhnte Zimmermann, »wenn du wüsstest, was ich hier mitmache, du würdest mir auf der Stelle alles verzeihen.« Was natürlich Blödsinn war, Tilly würde ihm die Hölle heiß machen, wenn sie erführe, dass er nicht eingegriffen hatte, als noch die Zeit dazu war, sondern seinen kleinlichen Wut- und Trotzgefühlen nachgegeben hatte.

Was hätte er denn machen sollen? Zum Landarzt laufen? Bis der an der Unfallstelle gewesen wäre, wäre es zu spät gewesen.

Aber, das musste er zugeben, da hatte er alle vier Reifen des Mercedes, mit dem Pesch noch hätte fliehen können, zerschossen, als wäre ein Reifen nicht genug gewesen. Und später hatte er einfach zugesehen, wie die Mitteldorfer Pesch wie einen Hasen auf die Staumauer trieben, und hatte nichts unternommen, rein gar nichts, da war er weit über die Grenze der Legalität hinausgegangen. Er hatte es nicht verhindert, dass Pesch in den Tod getrieben wurde. Er war ein schäbiger Mitläufer, ein ... ach verdammt, er hatte auf der ganzen Linie versagt!

Hoffentlich erfuhr Tilly das nie. Selbst Eva könnte er das nicht beichten. Höchstens dem lieben Gott, da oben in der Kirche auf dem Hügel. Wenn es ihn nicht gab, und er seine Worte nicht hören konnte – umso besser.

Kurz bevor Zimmermann die Hügelkuppe erreichte, machte er schon den eckigen Kirchturm aus, der in den hellblauen Himmel ragte. Stück für Stück tauchte auch der Rest der Backsteinkirche vor ihm auf. Das Kirchtor stand offen, vor ihm parkte das blaue Auto des Bootsmannes, der Anhänger schien bereits leer zu sein. Zimmermann eilte schnurstracks darauf zu, als eine bellende Stimme ihn stoppte: »Kannst du mal anpacken?«

Er entdeckte zunächst niemanden, stellte nur entsetzt fest, dass das große Holzkreuz, ein Wahrzeichen von Mitteldorf, bedenklich wackelte und auf ihn zu kippen drohte. Was nicht weiter verwunderlich war, da eine tiefe Grube es fast unterhöhlt hatte. Es war der Bootsmann, dessen Kopf am Grubenrand erschien: »Nun mach schon!«

Was hatte er vor? Pesch am Fuße des Holzkreuzes zu verscharren? Zimmermanns Fantasie uferte gerade aus, als er hinabsprang und half, das Kreuz nicht etwa wieder gründlich zu befestigen, sondern aus seiner Verankerung zu hebeln. Keine Zeit für Fragen. Als das morsche Holz endlich nachgab, kippte das Kreuz ächzend zur Seite und knallte krachend auf den Rand der Grube, bebte, federte, ehe es zur Ruhe kam. Rote Erde kam wie eine Lawine ins Rutschen. Staub wirbelte auf.

Als die beiden Männer herauskletterten, rief Zimmermann keuchend: »Was soll das?«

»Das Kreuz muss weg«, erklärte der Bootsmann und stützte sich auf seinen Spaten.

»Ausgerechnet jetzt?«, rief Zimmermann atemlos. »Was ist mit Oskar Pesch?«

»Der ruhet in Frieden«, der Bootsmann zeigte hinter sich auf ein flaches Gebäude, das wir eine Garage aussah. »Der eilt nicht, aber das Kreuz hier ist marode, ehe es beim nächsten Sturm jemandem auf den Kopf fällt, baue ich es lieber ab.« Dann musterte er Zimmermann misstrauisch. »Du bist Polizist.«

»Nein. Aber Sie sind Pastor?«

»Im Gegenteil«, erklärte sein Gegenüber mit feierlicher Stimme und verbeugte sich kurz. »Gestatten, ich bin Bestatter, Jakob Klemp mein Name.«

»Klemp?«, stutzte Zimmermann. »Klemp? Die Inhaberin vom Secondhandshop heißt auch Klemp, wenn ich nicht irre.«

»Das ist meine Frau«, brummte Klemp und zog an seinem krausen Bart, als wollte er ihn sich ausreißen, dann grinste er: »Und du hast Magnus Faber immer noch nicht erwischt?«

Zimmermann schüttelte den Kopf und fragte: »Was wird aus Oskar Pesch?«

»Der kriegt hier ein schönes Plätzchen.«

»Wollen Sie ihn etwa hier in Mitteldorf beerdigen? Sind Sie verrückt?«

Jakob zuckte mit den Schultern. »Warum nicht? Selbstmörder werden selten vermisst.«

»Aber Pesch hat einen reichen, einflussreichen Vater.«

»Na und?«, sagte Jakob.

»Ich werde ihn informieren müssen. Er wird seinen Sohn überführen lassen wollen.«

»Von mir aus. Wenn er ihn bis Hellenthal tragen will. Wir warten immer drei Tage«, sagte Jakob unbeeindruckt und malte mit seinem Spaten unergründliche Muster in die rote Erde. »Aber ich könnte dir auch einen Deal anbieten.«

»Was für ein Deal soll das sein? Wenn Sie glauben, ich mache bei Ihren Spielchen mit, haben Sie sich aber geschnitten.«

»Sagst du nichts, sagen wir nichts«, fuhr Jakob unbeirrt fort.

Zimmermann runzelte die Stirn. »Wie meinen Sie das?«

»So, wie ich es sage«, meinte Jakob. »Wir sagen niemandem, dass du es nicht verhindert hast, dass Pesch von der Staumauer gesprungen ist, sondern einfach da gestanden und zugesehen hast, als wärest du in einem Freiluft-Theater und du ...«

»Stopp! Stopp! Stopp!«, unterbrach Zimmermann ihn und hob die Hände hoch.

»... und du sagst niemandem, was du hier gesehen hast.«

## 23. Kapitel

Hallo! Hallo! Hallo!«, rief es da hinter ihnen. »Hallo! Hallo! Hallo!«

Im knöchellangen Kardinalsrock, die Arme weit ausgebreitet, kam unverkennbar der Pastor herangeweht. Ein weißer Stehkragen hob sich von seinem rosaroten Kopf ab. Das Gewand mit den vielen kleinen, kugeligen Knöpfen spannte sich und war kurz davor vom Speckbauch des wohlgenährten Kirchenmannes gesprengt zu werden.

»Kundschaft!«, rief Jakob ihm entgegen und zeigte auf Zimmermann.

Der Pastor stieg mit einem viel zu großen Schritt über das Holzkreuz hinweg und lamentierte: »Es ist ein Jammer! Da liegt es nun, wie ein x-beliebiges Stück Holz!« Er tätschelte Jakob kurz die Schulter. »Nicht wahr, mein Sohn?«

Er wollte Zimmermann an sich drücken, schon stieg diesem der Geruch nach Rasierwasser in die Nase, da rammte Klemp mit Schwung seinen Spaten in den Boden. Der Pastor wich zurück, verschränkte die Hände wie zu einem zornigen Gebet, blickte Zimmermann prüfend durch die runden Gläser seiner Brille an und verkündete. »Richtet nicht, so werdet ihr nicht gerichtet.«

Ehe Zimmermann von irdischen Gesetzen sprechen konnte, war seine Gegenwart nebensächlich, denn Magnus Faber erschien auf der Bildfläche.

»Magnus Faber!«, riefen Klemp und der Pastor plötzlich unisono entzückt aus und blickten über Zimmermann hinweg, wo sich eine Gestalt in weißem Anzug, weißem Hut und einer braunen Papiertüte unter dem Arm mit letzter

Kraft auf den Hügel zu schleppen schien. Die Herren ließen Zimmermann stehen und eilten ihm entgegen. Der Pastor zog ihn an sich wie einen verlorenen Sohn und rief: »Endlich! Wie ich mich freue. Wir haben auf dich gewartet.«

Magnus Faber zeigte ungläubig auf die Brille des Kirchenmannes. Das war seine Brille, die etwas schief auf der Nase des Pastors saß!

»Endlich kann ich vernünftig sehen!«, hörte Magnus ihn rufen und sah ihn entzückt mit den Wimpern klimpern.

Magnus war ganz gut ohne seine Brille ausgekommen, er hatte sich daran gewöhnt, nicht alles mehr genau zu sehen, es war angenehm. Aber die Brille machte seine Suche nach seinen Siebensachen ein Stück mehr zu einem Desaster – oder einem Riesenerfolg. Wer konnte das wissen? Es geriet alles aus den Fugen. Er kam nun – inklusive Koffer, der wahrscheinlich hinter der nächsten Ecke erbarmungslos auf ihn wartete – bereits auf Zehnsachen. Drei Sachen zu viel. Ob das Plus- oder Minuspunkte gab, konnte er nur raten. Das ungute Gefühl, dass er auf einer falschen Fährte war, verstärkte sich. Die Rechnung ging einfach nicht auf, aber sie war nicht unlösbar. Nein, er, Magnus Faber, konnte nur nicht mehr rechnen. Pat hatte ihn verflucht.

Als Zimmermann hinzukam, legte der Pastor beschützend den Arm um Magnus. Ein kleiner, gelber Tropfen lief ihm aus der Nase. Der Pastor zerrte ein weißes Taschentuch aus seinem Gewand und wischte den Tropfen mit großer Geste hinfort. »Das ist chronisch. Wenn mir unser guter Manni nicht meine Medizin aus Hellenthal mitbrächte … Wir haben hier ja keine Apotheke … aber, Gott sei´s gedankt, endlich den Bus und Manni, der uns mit allem versorgt.«

»Und warum fahren Sie nicht selbst nach Hellenthal oder eine andere Stadt?«, fragte Zimmermann ratlos. »Hier gibt es doch Autos genug. Sie könnten auch zu Fuß gehen, es ist doch nicht weit.«

»Um Gottes willen«, rief der Pastor aus. »Nach Hellenthal? Mitteldorf verlassen? Wissen Sie überhaupt, was Sie da sagen? Da draußen ist es so kalt und grau, nicht wahr, Jakob?«

»Jakob?«, wiederholte Magnus erstaunt.

»Jakob Klemp, unser lieber Bestatter.«

Klemp schielte zu Magnus, der erst die Augen entsetzt aufriss, etwas sagen wollte, aber mit offen stehendem Mund verdutzt schwieg. Zimmermann glaubte, sich vorstellen zu können, welche Gedanken in seinem Kopf herumgeisterten.

»Nun?«, fragte der Pastor Magnus. »Hast du alle Aufgaben erfüllt, mein Sohn?«

Magnus zuckte mit den Schultern.

»Immer noch nicht? Du Ärmster!«, machte der Pastor und legte einen Finger auf den Mund. »Sollen wir ihm einen Tipp geben, Jakob?«

»Das ist gegen die Regeln«, brummte Jakob.

»Was für Aufgaben, was für Regeln?«, mischte sich Zimmermann ein.

»Das ist für deine Ohren nicht bestimmt«, entschied der Pastor und hob abwehrend eine Hand. »Die Beichte ist heilig. Komm, mein Sohn!«

Mit diesen Worten nahmen er und Klemp den verdutzten Magnus zwischen sich, stiegen im Gleichschritt über das niedergestreckte Holzkreuz und wichen dem geparkten Auto mit Anhänger vor dem offenen Kirchentor aus.

»Ich muss unbedingt mein Handy wiederhaben!«, schrie Zimmermann hinter den dreien her.

»Das ist im Secondhandhop!«, rief Jakob ihm zu. »Du kannst es dir abholen.«

»Wie großzügig!«, fluchte Zimmermann.

»Vergiss den Deal nicht!«

Magnus sah zum Kirchturm ohne Zifferblatt hoch, ehe er hinter den Westflügel der Kirche verschwand. Zimmermann setzte sich an den Rand der Grube und bohrte seine Schuhspitzen in die rote Erde und dachte, dass er gut daran tat, Agnostiker zu sein und es auch zu bleiben.

Hinter dem Westflügel der Kirche führte ein Weg an einer Art Garage und einem kleinen Privathaus, Fachwerk mit grünen Fensterläden, vorbei zu einem freien, offenen Gelände, das von einem schmiedeeisernen Zaun begrenzt wurde. Zwei Steinsäulen ließen einen Durchgang wie zu einer Art verwunschenem Garten. Der Pastor, der Bestatter und Magnus Faber traten ein.

In einem wogenden Meer von Narzissen waren kleine und große Grabsteine ohne Inschriften, grobe Findlinge, in denen es silbern oder golden glitzerte, und windschiefe und verwitterte Holzkreuze ohne eine sichtbare Ordnung errichtet. Das Blumenmeer erinnerte Magnus an den Ort, an dem alles begann, den Schlosspark von Brühl, wo er Eva entlassen hatte. Eine heftige Sehnsucht ergriff ihn.

»Im Sommer ist das hier eine bunte, wilde Blumenwiese mit Schmetterlingen, Bienchen und Vögelchen! Ein wahres Paradies!«, rief der Pastor aus wies mit großer Geste über den Friedhof, als sei er sein Reich. »Ist es nicht wunderbar?«

Magnus nickte in Gedanken. Er machte einen Schritt auf Jakob zu, zog an seinem Ärmel und sagte leise. »Sie müssen meinen Koffer haben.«

»Ich?« Jakob zupfte an seinem Bart und brummte etwas Unverständliches.

»Sie haben ihn mir vor drei Tagen abgenommen.«

»Vor drei Tagen?«

Magnus nickte mit hochgezogenen Augenbrauen.

»Ja, ich erinnere mich dunkel«, begann Jakob zögernd. »Es tut mir leid, aber ich muss ihn wohl irgendwie verloren haben.«

»Aber Jakob!«, tadelte ihn der Pastor, der die Ohren gespitzt hatte.

»Das ist mir noch nie passiert«, verteidigte Jakob sich, »aber er lag immer hinten auf dem Anhänger zusammen mit all dem anderen Zeugs, das ich immer so hin und her fahre, und als ich heute Morgen damit zur Staumauer musste, weil wir ja den Neuzugang hatten, hab ich ihn leergeräumt. Da war der Koffer schon nicht mehr da.«

Magnus starrte ihn ungläubig an.

»Schätze, er muss mir irgendwann runtergefallen sein oder so. Was war drin?«

»Nichts«, antwortete Magnus tonlos. Nur Neunsachen! Es waren Enttäuschung und Erleichterung, die sich in seinem Inneren bekämpften. Wenn es denn so war! Wer konnte wissen, was hinter der nächsten Ecke auf ihn wartete? Immer noch waren seine Uhr und seine Börse nicht wieder aufgetaucht. Auch seine Schuhe hatte er an niemandem entdeckt. Kein Licht am Ende des Tunnels.

Ehe Magnus Gelegenheit hatte, sich weitere Katastrophen auszumalen, nahm der Pastor ihn beiseite. »Willst du wirklich immer noch springen?«

»Natürlich«, stieß Magnus hervor. Wenn man ihn nur ließe!

»Warum?«

»Weil ich Schulden habe«, murmelte Magnus und senkte den Kopf.

»Geld?«, fragte der Pastor und legte einen Finger an seine tropfende Nase.

»Ziemlich viel Geld.«

»Na und?«

»Ohne Geld verliere ich meine Buchhandlung, und ohne Buchhandlung will und kann ich nicht leben.«

»Geld«, nuschelte der Pastor nachdenklich. »Geld, Geld, Geld, wegen Geld würde ich nicht springen.«

»Ich auch nicht«, mischte sich Jakob ein.

»Aber jeder ist für sich selbst verantwortlich«, resümierte der Pastor, während Magnus, wie so viele Male zuvor, seine geliebte Skulptur *Der Fisch* von Max Ernst auf dem Steinboden der Buchhandlung liegen sah. Ob Eva sie inzwischen aufgehoben hatte?

»Da du einmal hier bist«, fuhr der Pastor fort, »kannst du dir auch gleich eine schöne Stelle für später aussuchen. Schade, schade, dass du nicht früher gekommen bist. Wir haben gerade heute Morgen erst ein wunderbares Plätzchen vergeben, nicht wahr, Jakob? Lage Süd, Südwest, freie Sicht auf den See, unverbaubare Aussicht sozusagen.«

»Ist jemand gestorben? Das tut mir leid«, sagte Magnus völlig durcheinander.

»Das muss dir nicht leid tun. Es war eine Erlösung für den armen Kerl.«

»Wer war es?«

Der Pastor legte einen Finger auf den Mund und schüttelte den Kopf. Jakob zeigte auf die Garage. »Wir haben seine Leiche geborgen. Sie ist im Übrigen da drüben aufgebahrt. Willst du sie sehen?«

»Nein!«, entgegnete Magnus schnell.

»Wir haben ihm die Entscheidung selbst überlassen«, erklärte der Pastor. »Niemanden, der sich wirklich das Leben nehmen will, kann man daran hindern. Er hatte wohl große Schuld auf sich geladen.«

»Woher wissen Sie das?«

»Ich weiß es nicht«, begann der Pastor. »Aber was ich weiß, ist, dass hier in Mitteldorf andere Gesetze herrschen, mein Sohn, als anderswo.«

»Ich habe gehört, vor Gott sind alle gleich?«, fragte Magnus zaghaft.

Der Pastor faltete die Hände zum Gebet und klagte: »Was wollen wir denn machen? Wir haben doch hier in Mitteldorf nichts, mein Sohn! Keine Industrie. Keine Rohstoffe. Kein Gewerbe. Kein Handel. Nicht einmal Handy-Empfang. Der Tourismus findet anderswo statt. Nicht einmal die Fischerei ist hier möglich.«

»Aber Sie müssen doch nur über die Staumauer fahren und die Welt steht Ihnen offen«, rief Magnus erstaunt.

»Aus Mitteldorf raus?«, fragte der Pastor und riss entsetzt seine kleinen, runden Augen auf. »Hast du gehört, was er gesagt hat, Jakob? Jetzt fängt er auch noch damit an.«

»Warum nicht, Sie haben Autos«, verteidigte sich Magnus, »Und einen Bus. Außerdem ist es nicht weit, man kann auch zu Fuß gehen.«

Der Pastor hob die Hand und gebot Einhalt. »Schweig still, mein Sohn! Ich habe mir sagen lassen, dass du noch nicht einmal deine Buchhandlung verlassen hast, bevor du hierher kamst. Geschweige deine Heimatstadt Brühl! Und du wagst es, uns hinaus in die Welt zu jagen?«

Magnus räusperte sich verlegen.

»Gott, der Herr, hat uns diese Staumauer doch nicht umsonst geschenkt. Dieses Wunderwerk der Natur ...

»Es ist nicht Gottes Werk ...«, begann Magnus zaghaft.

»Dass sie sich zum Magneten für Selbstmörder entwickelt hat, dafür können wir doch nichts«, verteidigte sich der Pastor und blies die Wangen auf.

»Aber Sie müssten es nicht ausnutzen.«

»Wir haben nie jemanden überredet oder etwa nachgeholfen, das kann man uns nicht nachsagen, nicht wahr, Jakob?« Jakob kaute an seiner Zigarre. »Wir haben aus der Not eine Tugend gemacht. Das ist nicht verwerflich. Im Gegenteil, heißt es nicht, hilf dir selbst, so wird dir geholfen?«

Magnus schüttelte fassungslos den Kopf. »Hat sich schon oft jemand von der Staumauer herabgestürzt?«

Pastor und Bestatter überlegten angestrengt. Es sah aus, als gingen sie insgeheim ein paar Geschäftsjahre durch.

»Selten«, sagte der Pastor.

»Oft«, sagte Jakob.

»Am liebsten sind uns natürlich die, die nicht springen«, fuhr der Pastor fort. »Aber wenn einer sterben will, will er nicht mehr leben, so einfach ist das.«

»Und die es nicht sofort tun?«, wollte Magnus wissen.

»Solche wie du, meinst du?«

Magnus nickte und spürte, wie sein Herz schneller schlug.

»Denen stellen wir Aufgaben.«

»Ich weiß«, sagte Magnus. »Die müssen ihre Siebensachen wiederfinden.«

Der Pastor lächelte milde.

»Ich habe sogar viel mehr als sieben gefunden«, erklärte Magnus stolz und begann akribisch mithilfe seiner Finger aufzuzählen. »Stola, Gemälde, Kleid, Mantel, Sakko, Hemd, Hose, Auto, Brille. Neunsachen!«, und mit einem Blick zu Jakob, »beinah Zehnsachen, wenn der Koffer nicht verschwunden wäre. Was sagen Sie nun?«

»Zehnsachen«, murmelte Jakob und wandte sich kopfschüttelnd ab.

»Bravo!«, rief der Pastor.

Erleichtert atmete Magnus auf. Er hatte sich nicht verrechnet. Mehr war besser als wenig. Aber dann legte der Pastor eine Hand auf Magnus' Arm und raunte: »Schön und gut! Aber darum ging es nicht«, raunte er.

Magnus riss die Augen auf. Sein Herz schien stehen zu bleiben.

»Siebensachen! Das ist doch nur so eine Redensart.«

»Eine Redensart?«, fragte Magnus stockend. Hatte Pat ihn nicht verflucht, als er es gewagt hatte, genau das auszusprechen, als sie zum ersten Mal von den verfluchten Siebensachen sprach?

»Jedenfalls hier in Mitteldorf ist es so«, erklärte der Pastor. »Es geht nämlich gar nicht um die Aufgaben«, sagte der Pastor. »Es geht um etwas ganz anderes.«

»Aber Pat hat ...«, Magnus versagte die Stimme. Er war tatsächlich die ganze Zeit auf einem Irrweg gewesen? Alles vergebens? Saß er in einer Endlosschleife fest? Kam er im Leben nicht mehr dazu, sich das Leben zu nehmen? Angst und Schrecken überfielen ihn.

»Pat nimmt ihren Auftrag sehr ernst. Aber diese Aufgaben«, fuhr der Pastor leise fort, »sie sind nur, sagen wir, eine Art Mittel zum Zweck.«

»Zu welchem Zweck?«, fragte Magnus mit zitternder Stimme. Welch anderen Zweck konnten sie haben, als ihm das Leben zur Hölle zu machen?

»Es geht nur um die Zeit.«

»Welche Zeit?«

»Die Zeit, die die Lebensmüden dafür brauchen, diese Aufgaben zu lösen.«

Magnus versuchte, den Kloß herunterzuschlucken, der in seinem Hals festsaß und mit jedem Satz des Pastors anschwoll.

»Die Zeit, über das Leben nachzudenken, sich selbst zu entdecken oder eine neue Lebensaufgabe zu finden, etwas Wichtiges herauszufinden, verstehst du, was ich meine?«

»Nein.«

»Vor zehn Jahren, glaube ich«, mischte sich Jakob ein und zeigte auf den Herrn Pastor, der die Nase kräuselte, als müsste er gleich niesen. »Da hat er die Regeln von Mitteldorf aufgestellt. So wie die Zehn Gebote.«

»Na, na«, sagte der Pastor und lächelte stolz. »Es waren gar keine zehn, und es war aus reiner Sorge um das Wohlergehen meiner Schäfchen in Mitteldorf, deren Existenz damals wirklich an einem seidenen Faden hing. Damals gab es hier natürlich noch kein Hotel. Das haben wir erst, seitdem Patricia hierher gekommen ist. Sie war sehr krank, weißt du, und wollte eigentlich springen, aber dann hat sie es vergessen und ist geblieben.« Er hielt sich die Nase im letzten Moment zu. Die Hand wischte er sich an seinem Rock ab. »Angefangen hat es mit dem ersten Auto, das wir auf der Staumauer fanden. Mit Schlüssel und Papieren, aber vom Fahrer keine Spur.«

»Genau«, kommentierte Jakob und zog an seinem krausen Bart. »Das Auto konnten wir gut gebrauchen, es war ein Toyota.«

»Dann haben wir den ersten Toten herausgefischt. Ich frage dich, mein Sohn«, und der Pastor hob die Hände zum himmelblauen Himmel. »Wie sieht das aus, wenn an unserem schönen Ufer Leichen treiben?«

»Wohl wahr«, kommentierte Jakob. »Erst hatten wir nur Pauls Kranwagen für die Bergung der Leichen. Bis der auf die geniale Idee kam, einen Pfahl mit Flaschenzug da unten fest einzubetonieren. Wirklich gute Idee, seitdem ist es einfacher. Trotzdem immer noch Schwerstarbeit.«

»Aber vorher nimmt Paul den Selbstmordkandidaten noch schnell ihr gesamtes Hab und Gut ab«, konnte Magnus beisteuern.

Pastor und Bestatter wechselten einen Blick.

»Wo ist das Problem? Es wäre doch sowieso alles verloren«, erklärte Jakob verwundert. »Und richtig Geld bringen nur die Autos. Die Konten der armen Seelen kann man noch so lange überziehen, bis sie gesperrt werden. Die Geheimnummern tragen die Meisten ja irgendwo bei sich.«

»Sie bereichern sich!«, warf Magnus ihm entsetzt vor.

Jakob verdrehte die Augen. »Wie denn? Die Meisten springen doch wie du, weil sie Geldsorgen haben. Das bisschen Geld, das wir da noch rausschlagen können, bekommt der Manni für die Einkäufe.«

»Ich verstehe«, sagte Magnus langsam.

»Die Kleidung und so, die teilen wir uns untereinander auf.« Mit einem schelmischen Lächeln rückte der Pastor seine Brille zurecht, die einmal Magnus gehört hatte. »Sie steht mir gut, nicht wahr?«

Magnus konnte seine Ansicht nicht teilen.

Vertraulich zog der Pastor ihn am Ärmel. »Viele springen aber auch aus Liebeskummer oder wegen einer tödlichen Diagnose oder einfach Einsamkeit, das wollen wir nicht vergessen. Auf jeden Fall bekommen all die armen Seelen, anstatt für den Rest ihres Lebens im Wasser zu treiben, auf dem Boden des Sees zu vergammeln oder von einem Fisch oder Vogel gefressen zu werden, hier oben auf diesem wunderbar gelegenen Hügel eine völlig kostenlose, traumhafte Beerdigung mit allem Komfort. Wir tun nur Gutes. Auch du, mein Sohn, wirst eine solche Beerdigung bekommen, wenn du nur willst.«

»Besten Dank«, meinte Magnus.

»Das machen wir gerne. Das ist das Wenigste, das wir für dich tun können. Eigentlich dürften wir dir das alles nicht sagen. Aber du bist doch ein Springer, nicht wahr?

Magnus nickte.

»Und du springst bestimmt, oder?«

»Ja, ja«, versicherte Magnus.

»Und du sagst nichts dem anderen?« Der Pastor zeigte hinter sich.

»Er ist ein Komplize von Oskar Pesch und sieht aus wie ein Polizist aus einem Film, sagt Pat, dem sage ich bestimmt nichts.«

Pastor und Bestatter blickten ihn verwundert an.

»Und Oskar Pesch sage ich erst recht nichts«, versprach Magnus.

Die Blicke der beiden verdüsterten sich. »Egal«, rief der Pastor endlich aus. »Hauptsache, du sagst niemandem etwas. Auch nicht, falls du doch nicht springst und eines Tages lieber in dein altes Leben zurückkehrst! Sonst sind wir erledigt. Schwöre bei Gott, dem Herrn!«

Magnus hob die Hand zum Schwur.

Der Pastor segnete ihn. »Und jetzt suchen wir ein schönes Plätzchen für dich, mein Sohn.«

Er ging voraus, und Jakob folgte ihm, zog den Spaten hinter sich her, diensteifrig liefen sie über die Gräber hinweg und diskutierten, als Magnus plötzlich sagte: »Nein.«

Sie drehten sich auf dem Absatz um.

»Was hast du gesagt?«

»Nein«, rief er und erschrak über die Kraft in seiner eigenen Stimme. Er brauchte noch Zeit, das alles zu verstehen. »Nicht jetzt. Das geht mir zu schnell. Ich brauche noch ... Zeit.«

»Zeit, hast du gesagt?«, fragte der Pastor erstaunt. »Wir haben dir doch schon so viel davon geschenkt!«

Was redete der Pastor da? Wie sollte man Zeit verschenken können? »Zeit«, wiederholte Magnus und blickte zum Kirchturm ohne Zifferblatt.

## 24. Kapitel

Zimmermann saß noch auf dem Holzkreuz, als das Trio – Jakob, der Pastor und Magnus Faber – wieder um den Westflügel herumgeschlichen kam. Einträchtig, wie er fand. Wusste Magnus nun auch von Peschs Tod? Der Pastor und Jakob verabschiedeten sich von Magnus am offenen Kirchtor, nachdem er einer Aufforderung einzutreten, widerstanden hatte.

Guter Mann, dachte Zimmermann, und erhob sich. Sein Trench klebte vom Harz. Seine Kniescheiben klemmten noch von der Prügelei mit Pesch. Er selbst war in der Zwischenzeit auch nicht in der Kirche gewesen. Das Beichten war ihm vergangen, während er sich überlegt hatte, wie er Magnus dazu bringen konnte, ihm freiwillig nach Brühl zu folgen, um seine Finanzen in Ordnung zu bringen. Und ob er ihn überhaupt überreden wollte. Es war kein schlechtes Leben, hier in Mitteldorf. Wenn er könnte ...

»Wann fahren Sie?«, fragte Magnus, als er auf Zimmermann zukam.

»Jetzt!« Zimmermann streckte ihm feierlich die Hand entgegen. »Kommen Sie mit?«

Magnus schlug zögernd ein, schüttelte aber den Kopf. »Ich bleibe.«

Zimmermann zog seine Hand zurück. »Hat der Pastor Sie bekehrt?«

»Vielleicht.«

»Was wollen Sie hier machen?«

Über Magnus' Gesicht huschte ein Lächeln, als er sich umsah. »Vielleicht kann ich den kleinen, gelben Laden haben, den, der zwischen dem Secondhandshop und der Bäckerei liegt, den, der schon so lange leer steht.«

»Wo früher der Schuster war?«

»Ja. Was hier fehlt, ist eine Buchhandlung.« Kaum gesagt, schien Magnus den Entschluss fast schon wieder zu bereuen und sprach nicht darüber, dass er den Laden schon besichtigt hatte, dass im Hinterzimmer ein heller Fleck an der Wand war und Margot hundert Kisten Bücher in ihrem Keller hortete.

Zimmermann lächelte ihm aufmunternd zu. »Nur zu. Das Glück gehört dem Mutigen.«

»Ich wünschte, ich hätte alle meine schönen alten Bücher aus Brühl.«

»Meine Schwester könnte Sie Ihnen schicken.«

Magnus runzelte die Stirn. »Ihre Schwester?«

»Eva.«

Magnus riss die Augen auf. »Eva Zimmermann?«

Zimmermann nickte.

»Dann sind Sie gar kein Polizist?«

Zimmermann strich seinen Trench glatt und lächelte verlegen. »Ich sehe nur so aus. Aber in Wirklichkeit bin ich bloß ein Journalist und ...«, er verbeugte sich leicht, »Evas großer Bruder, Bernd Zimmermann. Es gab noch keine Gelegenheit, mich vorzustellen.«

Magnus riss den Mund auf und ließ ihn offen stehen. Als Zimmermann sich wieder auf das Holzkreuz setzte, ließ er sich neben ihn fallen.

»Nachdem Sie einfach verschwunden waren«, erklärte Zimmermann, »ohne eine Nachricht zu hinterlassen, hat sie mich angerufen. Sie hat sich große Sorgen um Sie gemacht. Sie fürchtete, Sie könnten sich etwas antun.«

Magnus nickte ergriffen. Wie wenig er Eva kannte, und wie gut sie ihn!

»Ich sollte ein wenig auf Sie aufpassen, damit dieser Geldeintreiber Sie nicht zwischen die Finger bekommt, sonst nichts. Ich bin auf Ihrer Seite.«

»Sie sind gar nicht Peschs Komplize?«

»Aber nein«, lachte Oskar. »Im Gegenteil. Wir sind Gegner. Ich bin nur Eva zuliebe hier.«

Magnus musterte ihn nachdenklich.

»Aber eigentlich hätte ich mir das alles sparen können«, fuhr Zimmermann fort. »Sie haben ja Patricia Hombach und ein ganzes Dorf, das hinter ihn steht.«

Magnus lächelte stolz. »Wenn Paul mir nicht vor drei Tagen alles abgenommen hätte, könnte ich jetzt nicht neu anfangen.«

»Aber Sie sind wenigstens nicht gesprungen. Pesch hat die Chance nicht ergriffen ...« Zimmermann schlug sich entsetzt eine Hand vor den Mund. Er hatte das nicht sagen wollen.

»Was ist mit ihm?«, fragte Magnus. »Wo ist er eigentlich?« Er hatte seinen Verfolger fast vergessen.

»Hat der Pastor es Ihnen nicht gesagt?«

»Was denn?«, fragte Magnus und eine Ahnung schlich sich heran.

»Der Bestatter auch nicht?«

»Was denn?«, wiederholte Magnus, obwohl er die Antwort zu kennen glaubte. »Was hätten sie mir sagen sollen?«

Zimmermann streckte die Hand aus und wies wortlos zur Garage. Das Tor stand weit offen, das Innere schien ein schwarzes Loch zu sein. Eine Katze hockte davor und leckte sich die Pfoten. Vom Pastor und Bestatter war nichts zu sehen. Vom Kirchturm läutete es ein paar Mal. Als Zimmermann aufsah, konnte er auf keiner Seite des eckigen Turmes ein Zifferblatt entdecken.

Eine Biene segelte heran und flog zwischen Zimmermann und Magnus davon, drehte eine Ehrenrunde, kehrte zurück und landete zu ihren Füßen auf dem Holzkreuz und krabbelte zu einer verharzten Stelle.

»Ich würde Pesch ja überführen lassen«, erklärte Zimmermann nach einer Weile, »aber Jakob sagt, der Busfahrer nimmt keine Passagiere mit und schon gar keine toten.«

Magnus nickte und dachte an den verwunschenen Friedhof. »Er bekommt eine schöne Beerdigung hier oben.« Er holte tief Luft und schien nach neuen Worten zu suchen. »Aber wenn das der alte Pesch erfährt, dann ...«

»Das muss er nicht«, widersprach Zimmermann schnell und dachte an den Deal mit Jakob. »Von mir erfährt er es jedenfalls nicht.«

»Aber Sie müssten es ihm sagen!«

Zimmermann winkte ab. »Es verschwinden ständig Menschen.«

Magnus schluckte und schüttelte dann das schlechte Gewissen wie eine unangenehme Fliege ab. Das da draußen war nicht mehr seine Welt. Er lächelte Zimmermann zaghaft zu.

Zimmermann grinste zufrieden zurück. »Ich sehe, wir verstehen uns. Soll ich Eva nun bitten, Ihnen die Bücher zu schicken, oder nicht?«

»Nein, lassen Sie mal«, Magnus schüttelte bedauernd den Kopf. »Sie werden wohl alle unter den Hammer kommen.«

»Ach, je«, Zimmermann griff in die Innentasche seines Trenchs und zog den Briefumschlag heraus, den Eva ihm geschickt hatte, der immer noch zugeklebt war, und er reichte ihn Magnus. »Den hätte ich beinah vergessen, meine Schwester hat ihn mir geschickt. Er kam heute an. Er ist für Sie.«

*Magnus Faber, Hotel, Mitteldorf bei Hellenthal* stand auf dem Umschlag in Evas Handschrift. Magnus öffnete ihn umständlich und zog ein gefaltetes Blatt heraus. Es war ein Scheck.

»175.000 Euro!«, stieß er erschrocken hervor. »Was soll das?«

Zimmermann sah ihm über die Schulter und entzifferte den Namen des Zahlungsempfängers. »Für Sie! Sie sind ein reicher Mann! Gratuliere.«

»Von Fritz Scheuer«, las Magnus langsam den Namen desjenigen vor, der den Scheck ausgestellt hatte. »Wer ist Fritz Scheuer? Ich kennen keinen Fritz Scheuer. Warum sollte er mir Geld schenken?«

Zimmermann schlug sich gegen die Stirn. »Das ist der Gutachter!«

Magnus blickte ratlos hoch.

»Dem Eva die Skulptur zur Reparatur gebracht hat. *Der Fisch* hatte einen ziemlich Schaden davongetragen, als er aus dem Regal fiel.«

Magnus riss den Mund auf.

»Sieht so aus, als hätte er ihn ihr abgekauft«, riet Zimmermann und applaudierte insgeheim seiner Schwester. Ein kluges Mädchen. Sie sorgte für sich.

»Aber *Der Fisch* kann unmöglich so wertvoll gewesen sein, sie ist doch nur eine billige Replik, das muss ein Irrtum sein.«

Zimmermann zuckte mit den Schultern. Eine Weile hingen die beiden Männer ihren Gedanken nach. Auch wenn sie dachten, sie seien geheim und frei, kreisten sie doch um ein und dieselbe Person: um Eva mit den blauen Augen.

Es läutete ein paar Mal vom Kirchturm. Zimmermann und Magnus sahen zum Turm ohne Zifferblatt hoch. Es wurde Zeit zu gehen. War alles gesagt? Es schien so. Zimmermann erhob sich langsam, als der letzte Ton verklungen war.

»Aber ich brauche hier kein Geld«, sagte Magnus seufzend und betrachtete den Scheck.

»Tja«, meinte Zimmermann. »Bisweilen geschehen die Wunder eben zu spät. Nun, kommen Sie, gehen wir.«

Nebeneinander stolperten sie den Hügel hinab. Nach ein

paar Schritten blieb Magnus zurück und betrachtete das friedliche Mitteldorf, das zu seinen Füßen lag. Es war dunkel geworden in der Zwischenzeit, die Regenbogenlaternen hüllten das schlafende Dorf in ein sanftes Licht.

»Worauf warten Sie?«, drängte Zimmermann. »Ich will endlich nach Hause.«

»Wie wollen Sie ohne Auto zurück nach Brühl kommen?«

»Ich könnte diesen rot-weißen Geisterbus nach Kall und von Kall aus den Eifelexpress nehmen.«

»Ich könnte Manni fragen«, versprach Magnus.

»Ja, aber vorher muss ich unbedingt noch in den Secondhandshop. Mein Handy ist dort hoffentlich gelandet. Ohne Handy bin ich ein Nichts.«

»Der Laden ist jetzt zu«, erklärte Magnus.

»Ohne Handy fahre ich nicht«, beschloss Zimmermann.

»Bleiben Sie noch eine Nacht hier?«

Zimmermann legte den Kopf schief und blinzelte ihn an. Eine Nacht mit Magnus im Hotel *Zur letzten Minute* war vielleicht angenehmer als eine Nacht ohne Pesch in der Pension *Sonnenschein* in Hellenthal.

»Kommt drauf an. Hat Ihre Freundin ein Telefon?«

Magnus nickte.

»Auch einen Fernseher?«

»Nein.«

Zimmermann stöhnte auf und meinte: »Es wird gehen.«

Im Hotel *Zur letzten Minute* war noch ein Zimmer frei, aber es war eigentlich nicht für Leute wie Bernd Zimmermann gedacht, wie Patricia Hombach betonte. Sie wollte eine Ausnahme machen.

»Magnus' Freunde sind auch meine«, fügte sie ohne ein Lächeln hinzu.

Zimmermann sollte im Souterrain schlafen, wo Magnus Faber seine ersten Nächte verbracht hatte. Auf die Frage nach einem Telefon für ein dringendes Gespräch, überreichte sie Zimmermann ein kabelloses Gerät, das er mit hinabnehmen durfte, um ungestört zu sprechen.

»Passen Sie auf, dass Magnus nicht springt?«, fragte Zimmermann Patricia.

Patricia und Magnus wechselten einen Blick.

»Niemanden, der sich wirklich das Leben nehmen will ...«, begann Patricia und zupfte an ihrem Pony.

»... kann man daran hindern«, vollendeten Zimmermann und Magnus den Satz im Chor.

»Gehört dieser Spruch auch zu den Regeln von Mitteldorf?«, fragte Zimmermann.

»Gute Nacht!« sagte Patricia. Sie schien ihn loswerden zu wollen. Von einem Abendessen war keine Rede.

Zimmermann suchte mit dem Telefonhörer das Souterrain auf. Die niedrige Zimmerdecke, die Blümchentapete, das Waschbecken hinter dem Paravent, der Cocktailsessel, der Nierentisch und nicht zuletzt das Himmelbett – alles leicht verblichen und verkommen – ließen wenig romantische Gefühle aufkommen. Er ließ die Tür offen stehen, setzte sich in den kleinen Sessel und wählte Evas Telefonnummer.

»Stell dir vor, Tilly hat eben angerufen«, überraschte sie ihn.

»Tilly?« Zimmermann setzte sich aufrecht hin. »Was hat sie gesagt?« Er spürte, wie sein Puls sich beschleunigte. Er hatte nicht mehr mit einem Anruf von ihr gerechnet.

»Du sollst dich zum Teufel scheren.«

Er sank in sich zusammen. Das war es also.

»Ist mein Brief angekommen?«, fragte sie.

»Ist er«, bestätigte er.

»Ist er mir böse?«

»Natürlich nicht, was glaubst du? Er ist dir sehr dankbar, ich soll dich von ihm grüßen«, behauptete Zimmermann.

»Wann kommt er zurück?«, wollte sie wissen.

»Keine Ahnung.«

»Er bleibt doch nicht da, oder?«

»Es sieht so aus.«

»Das darf nicht wahr sein! Und du?«

»Ich scher mich zum Teufel«, murmelte er, drückte das Gespräch weg und horchte.

Das Klack-Klack spitzer Absätze und schlurfende, stolpernde Schritte zu leiser Tanzmusik drangen ins Souterrain. Lachen und Stimmen. Ein Mann und eine Frau. Klack-Klack. Dazu ein Big-Band-Sound, vielleicht Glen Miller. Zimmermann begann mit dem Kopf leicht im Rhythmus zu nicken, während er zur Zimmerdecke schielte, wo zwischen Holzbalken Schatten zu schweben schienen.

Dann verstummte die Musik, die Schritte entfernten sich, die Stimmen wurden leiser. Und es wurde still im Hotel *Zur letzten Minute.*

Ganz still.

# 25. Kapitel

Am anderen Morgen brach Zimmermann die Regeln von Mitteldorf und legte einen Hunderter auf die Nachtkommode. Nach einem ordentlichen Frühstück ging es in der Haustür ans Verabschieden, und er wurde von Patricia mit einem kleinen, beiläufigen Nicken und einem bösen Blick bedacht.

Während Zimmermann im Secondhandshop in einer großen Wühlkiste nach seinem Handy fahndete, wartete Magnus draußen im Sonnenschein auf dem Bürgersteig und hing seinen Gedanken nach.

»Boooooah!«

Lange bevor der Bus zu sehen war, war der Brunftschrei zu hören. Als er endlich in den Ort gerollt kam und in der Haltestelle zum Stehen kam, ging Magnus hinüber. Das riesige Gefährt war nass und verschmiert vom Regen, durch den es gefahren sein musste. Ein Dutzend Mitteldorfer wartete in einer ordentlichen Schlange vor der Fahrertür, obwohl es keinen Fahrplan gab. Manni nahm mündliche Bestellungen auf und sammelte Listen ein. Magnus stellte sich hinten an.

»Was kann ich dir mitbringen?«, fragte Manni, als Magnus an der Reihe war. »Du hast noch nie etwas bestellt, oder?«

»Danke, nichts, ich habe nur eine Bitte. Könnten Sie Bernd Zimmermann gleich auf dem Rückweg nach Kall mitnehmen?«

Manni riss entsetzt die Augen auf. »Einen Passagier?«

Magnus nickte.

»Lebt er noch?

»Ja.«

»Und du?«, fragte Manni. »Was machst du?«

»Ich bleibe hier«, sagte Magnus entschlossen.

Manni zwinkerte ihm zu und reckte seinen Daumen in die Luft, legte aber dann die Stirn in Falten und drohte mit dem Finger: »Nur dir zuliebe nehme ich ihn mit.« Dann drehte er mit einer Kurbel die Anzeigentafel über seiner Windschutzscheibe so lange weiter, bis sie auf *Sonderfahrt* stand.

»Würden Sie Eva von mir grüßen?«, fragte Magnus, ehe Zimmermann in den Bus steigen konnte. »Könnten Sie ihr sagen, dass es mir gut geht und ...«, er unterbrach sich und blickte sich um, als könnte er belauscht werden, »und dass ich hier bleibe.«

Zimmermann nickte und wartete, dass Magnus fortfuhr.

Magnus reichte ihm den Kriminalroman, für den er bei Margot Klemp hart gearbeitet hatte, und in dem er noch nicht über die erste Seite hinausgekommen war. »Der Scheck liegt drin«, erklärte er. »Eva kann die Buchhandlung behalten, wenn sie will. Sie kann sie modernisieren und auch endlich Krimis verkaufen. Dieses Buch könnte der Anfang sein.«

»Das wird sie freuen. Soll sie Ihnen nun Ihre alten Bücher schicken?«, fragte Zimmermann.

Manni wurde ungeduldig und klopfte aufs Lenkrad.

Magnus schüttelte langsam den Kopf. »Nein«, sagte er. »Ich bin jetzt ein Mitteldorfer.«

Zimmermann sah ihn fragend an.

»Ich werde nur die Bücher verkaufen, die den Weg zu mir finden.«

»Es wird Zeit!«, drängte Manni und ließ seinen Fuß mit dem Gaspedal spielen.

Bernd Zimmermann stieg ein und nahm in der letzten Sitzreihe Platz, die Türen schlossen zischend, er streckte die Beine in den Gang hinaus. Das Abschiedskomitee – Magnus Faber und ein gutes Dutzend anderer Mitteldorfer – stand noch an der Haltestelle. Zimmermann hob die Hand zum Gruß. Als er sich umdrehte, sah er Patricia Hombach regungslos auf der Veranda stehen. Und er glaubte, ihren bösen Blick zu spüren.

Kurz darauf rollte der Bus über die Schwelle am Ortsrand und gab das Holpern als ein sanftes Schaukeln an seinen einzigen Insassen weiter. Manni stellte die Scheibenwischer ein, noch bevor die ersten Regentropfen auf die übergroße Scheibe seines Busses fallen konnten.

Auf der Staumauer schickte Zimmermann wehmütige Blicke auf den stillen, dunklen See zur Linken und das kleine Rinnsal zur Rechten. Manni drückte auf die Hupe.

»Boooooah!«

Zimmermann drehte sein Handy nervös zwischen den Fingern hin und her. Wenn er an Tilly dachte, überfiel ihn eine innere Unruhe.

»Können Sie nicht schneller fahren?«, rief er dem Busfahrer zu.

Manni schüttelte im Rückspiegel den Kopf.

Daraufhin versank Zimmermann hinter den verregneten Scheiben in ein langes Schweigen, das anhielt, bis Manni seinen Fahrgast in Kall am Bahnhof absetzte. Er wollte kein Fahrgeld annehmen, das sei gegen die Regeln.

»Welche Regeln?«, fragte Zimmermann und schob seine Börse wieder in die Gesäßtasche.

»Die Regeln von Mitteldorf.«

Da verabschiedete sich der freie Journalist Bernd Zimmermann und begann noch im Eifelexpress, einen langen Artikel für seine Zeitung zu schreiben. Bis tief in die Nacht feilte er an seinen Worten.

Am nächsten Morgen stürmte er in die Redaktion und drang in Frank Petersens Büro ein.

»Morgen, Chef!«, rief er gut gelaunt.

»Sieht man Sie auch noch mal?«, fragte Petersen und zog die Augenbrauen missbilligend hoch.

Zimmermann warf den dreiseitigen Artikel auf Petersens Schreibtisch. »Den müssen Sie unbedingt abdrucken! Eine echte Sensation!«

Petersen blätterte lustlos durch die drei Seiten. »Worum geht es?«

»Lesen Sie!«, forderte Zimmermann ihn auf und ließ sich auf der anderen Seite des Schreibtisches auf einen Stuhl fallen. »Einen Aufmacher habe ich noch nicht, aber ...«

»Nehmen Sie doch Platz«, murrte Petersen, beugte sich vor und begann mit gerunzelter Stirn zu lesen. Er war als Schnellleser bekannt, ein Mann, der eine DIN-A4-Seite in einer halben Minute lesen konnte, ohne dass ihm der kleinste Fehler entging. Als er nach einundeinhalb Minuten den Kopf hob, blickte er Zimmermann an, als sähe er ihn zum ersten Mal.

»Was sagen Sie dazu?!«, rief Zimmermann triumphierend aus. »Ist das nicht die Story des Jahres?«

»Das ist gequirlte Scheiße, Mann. Wann haben Sie sich das denn aus den Fingern gezogen? Haben Sie gekifft?«

Zimmermann sank in sich zusammen.

»Hören Sie, Zimmermann, das ist gut geschrieben, aber wer soll Ihnen das glauben?«

»Aber es ist alles wahr, jedes Wort, ich schwöre!« Zimmermann hob die Hand zum Schwur. »Ich bin selbst da gewesen.«

Petersen verdrehte die Augen. »Haben Sie Beweise?«

»Was meinen Sie denn damit?«

»Was wohl? Fotos, Hotelrechnungen, Bustickets, Quittungen von Restaurants oder Tankstellen, was weiß ich. Vor allem Fotos, Mann. Sie sind doch kein Anfänger!«

»Aber ...!«

Petersen zuckte mit den Schultern und warf Zimmermann seinen Artikel zu. »Sonst können Sie sich das hier aufs Klo hängen. Unsere Leser würden uns für verrückt halten.«

»Okay. Ich liefere die Beweise und Sie drucken!«

»Mal sehen.« Petersen rümpfte die Nase und fügte hinzu: »Wenn Sie mich jetzt allein lassen würden, ich habe zu tun.«

Zimmermann rappelte sich auf, nahm seinen Artikel an sich und stopfte ihn in seinen Trench. Er hatte die Türklinke schon in der Hand, als ihm noch etwas einfiel. »Und wenn ich Ihnen Magnus Faber hier in die Redaktion bringe?«

»Dann bringen wir die Story groß raus.«

Noch am gleichen Tag parkte Zimmermann in Hellenthal auf der Staumauer der Oleftalsperre direkt vor der Informationstafel, stieg aus und machte sich auf den Weg nach Mitteldorf. Freude und Unruhe wuchsen mit jedem Schritt. Gleich, gleich würde er alles wiedersehen. Sein Fotoapparat baumelte vor seiner Brust, er war startklar, der Akku voll geladen.

Aber die Fahrspur endete nicht an einer Talsenke, sondern verzweigte sich in schmale Pfade, die immer tiefer in den Wald hineinführten. Zimmermann stolperte über Wurzelgeflecht und stieß sich den Kopf an tief hängenden Ästen. Der Himmel über den dicht stehenden Baumwipfeln war dunkelgrau verhangen.

Nach einer Weile hielt Zimmermann inne, starrte zwischen den Stämmen durch, lauschte und nahm Witterung auf. Vergebens. Keine Melodie drang an sein Ohr, nur sein eigenes Schnaufen, kein betörend süßer Duft stieg ihm in die Nase, nur der Duft nach feuchtem Wald. Kein Dorf war zu sehen, keine Straßen, keine Häuser, kein Hügel, keine Kirche, kein Denkmal. Kein Magnus Faber.

Mitteldorf war nirgendwo.

## Danken möchte ich:

Ralf Kramp, der seinem Herzen einen Ruck gegeben hat,

Volker Maria Neumann, der meinte, aus diesem Roman einen Krimi zu machen, sei nicht zielführend,

und

Rolf Bergmeier, der nichts Besseres zu tun hatte, als mir mit dem Bundeswaldgesetz vom 2.5.1975, § 2b Abs. 1 das Leben schwer zu machen.